夏目漱石 美術を見る眼

ホンダ・アキノ

平凡社

夏目漱石　美術を見る眼　目次

装丁　細野綾子

はじめに

「芸術は自己の表現に始つて、自己の表現に終るものである」
これは夏目漱石が書きのこした唯一の美術展覧会評「文展と芸術」の冒頭におかれた言葉である。一読、ふむ、それはそうもいえるだろう、と特に疑問を抱くことなく済ませてしまいそうになる。しかし、待てよ、と続く漱石のやたらと熱をおびた芸術論を読み、ひとたび立ち止まって思いをめぐらせれば、コトはそう簡単ではない気もしてくる。そもそも「自己」とはなんなのだろう。それを「表現する」とは具体的にどういうことなのか。いや、表現するような自己が、たとえば自分にはあるのだろうか……そんなふうに考えはじめると、途端に言葉につまってしまった。

中学生のとき、学校の図書館で借りてきた『吾輩は猫である』に、思えば不思議なほど熱中した。もしかしたら児童向けのダイジェスト版だったか、所どころに挿まれた剽軽な挿絵も記憶に残っている。読むといっても、古今東西にわたる多彩な蘊蓄は文字を目で追うだけで、社会への鋭い風刺もまったく理解していなかった。それでも文章の小気味いいリズムや、吉本と欽ちゃんとドリフをベースに大阪で育った自分の笑いの基準とはまったく異質のユーモアを発見したのは新鮮な驚きで

あった。たとえば、苦沙弥先生が日記を書いているのを猫が描写する、

寒月と、根津、上野、池《いけ》の端《はた》、神田辺《へん》を散歩。池の端の待合《まちあい》の前で芸者が裾模様《すそもよう》の春着をきて羽根をついていた。衣装は美しいが顔は頗《すこぶ》るまずい。何となくうちの猫に似ていた。何も顔のまずい例に特に吾輩を出さなくっても、よさそうなものだ。

というくだりが私のツボにはまり、繰り返し読んでは一人でにやにやしていた。ただし続く「吾輩だって喜多床《きたどこ》へ行って顔さえ剃《す》ってもらやあ、そんなに人間と異《ちが》った所はありゃあしない。人間はこう自惚《うぬぼ》れているから困る」と、猫が冷やかに人間を評する眼《まなこ》に感じ入ることは一切なかった。そういえば「細君《さいくん》」などといった昭和の子どもには目新しい、古い言葉の響きにも魅せられた。

その後は順番に漱石の小説を手に取ったが、素直に面白がっていられたのは次に読んだ『坊っちゃん』『三四郎』ぐらいまでだった。『それから』『門』になると、不勉強な中学生には十分に楽しめなかった。癇癪《かんしゃく》もちで家族や下女に不機嫌をぶつけたりした素顔を知って、眉をひそめたりもした。それでも高校、大学へと進むうちに漱石の小説をほぼ通読し、以後は何年かに一度ずつ読み返した。とくに社会に出てからは、行き詰まったり迷ったりしたとき、なぜか「漱石にかえる」ということを繰り返してきた。するときまって気力が回復した。気づけば何十年もそんなことをしている。そのかん、さまざまな作家に凝ったものだが、たいてい一時的な熱中で終わるのに、漱石に関しては「終わらない」。何度も戻っていく。いったいなぜ私は漱石から離れられないのか。もしか

したら、多くの人がそのようなことをしていて、とりたてて疑問を感じていないだけかもしれない。ただ読みたいから読む。それで十分ではないか。

しかし、である。過去に大岡昇平、江藤淳、吉本隆明、柄谷行人などなど、漱石に取り組んだ著名な作家や評論家も数多い。みまわせば今なおさまざまなメディアで漱石の引用を目にする。漱石に関する本の出版もあとを絶たない。近年は伝記や学習漫画のような路線ではなく、漱石や周辺の人物を素材にフィクションをまじえたコミックも登場してよく読まれているようだ。生誕○年や没後○年といった記念の年でなくても、漱石はいつでもどこかに引っぱり出され、それを受容する日本人がいる。高校教科書に採用されている『こころ』や『坊っちゃん』は岩波文庫で売り上げ上位の常連で、各々一三九刷、一二五刷（二〇二四年十一月現在。新潮文庫『こころ』は二〇二〇年時点で累計発行部数が七五〇万部）を数えるという。漱石の作品が途絶えることなく読まれ続けていることにあらためて驚かされる。

「漱石文学は現代文学である」と半藤一利さんが書いていた。「現代人が直面している不安や焦燥や幻滅の原因をさぐるヒントが、漱石を読むことでつかめるかもしれないのである」と。まさしくそれは漱石文学を読むありがたみであろう。ただ、もっと深いところで日本人は漱石に魅せられ、離れられないような感じがするのである。どうしてだろう。

私はその大勢の一人にすぎない。けれど、であるならば――と、ふと思ったのだ。漱石を知ることは、自分を知ることであり、ひいては現代の日本人を知ることではないかと。

そこで、美術という面から漱石に向き合ったのがこの本である。きっかけは、前に『二人の美術記者　井上靖と司馬遼太郎』を書いたとき、そういえば漱石が新聞に美術展評を書いていた、と思い出したことに遡る。明治四十年、四十歳のときに教員を辞めて朝日新聞に入社した漱石は、小説だけでなく折にふれて美術に関する記事を紙面に綴った。「門外漢として」と前置きし、自由で忖度のない持論を堂々と展開するさまは、一種痛快だ。そこで先の本でもいささか強引に横道にそれ、漱石独自の仏教美術論についてページを割いた。ほどなく、思いもよらず漱石について話す機会を頂いたので、「〝美術記者〟としての漱石」とテーマを決め、横道を掘り下げはじめた。同時代の美術への眼差しから漱石の言葉に分け入っていくうちにどんどん深入りした。そこにはさまざまな発見が待っていた。

新聞は専門的な美術雑誌とは異なり、美術愛好家でない、また必ずしも漱石ファンでない明治・大正の一般市民を対象としている。その媒体で当代のアートシーンに切り込んだ漱石の美術眼は何を物語るのか。そこで鍵となるのが、あの「芸術は自己の表現に始つて、自己の表現に終るものである」という言葉である。

本書ではこの言葉を念頭におきながら、漱石がおもに同時代の美術にどのように対峙したのかを追った。そこからは芸術にとどまらない、漱石の生きる姿勢が浮き彫りになり、さらには漱石をこえて、私たちがこれからを生きていく指針までがみえてきたのである。

I　漱石の美術遍歴と美術批評の背景

一　子ども時代から積み重ねた美術体験

彩色を使った南画が一番面白かった

漱石はそもそも美術とどんなふうにつきあってきたのだろうか。のちの回想を読めば、子ども時代から絵を見ることが好きだったらしく、長じるにつれて守備範囲を少しずつ広げていったことがみてとれる。明治四十四年、『思い出す事など』でこんなふうに回想する。

小供のとき家に五、六十幅《ぷく》の画《え》があった。ある時は床の間の前で、ある時は蔵の中で、またある時は虫干の折に、余は交る交るそれを見た。そうして懸物の前に独り蹲踞《うずく》まって、黙然《もくねん》と時を過すのを楽とした。今でも玩具箱《おもちゃばこ》を引繰り返したように色彩の乱調な芝居を見るよりも、自分の気に入った画に対している方が遥かに心持が好い。

画のうちでは彩色を使った南画が一番面白かった。惜《おし》い事に余の家の蔵幅《ぞうふく》にはその南画が少なかった。子供の事だから画の巧拙などは無論分ろうはずはなかった。好き嫌いといった所で、構図の上に自分の気に入った天然の色と形が表われていればそれで嬉しかったのである。

「小供のとき」というのは、養父の塩原家を離れて生家に戻ったあと、十歳前後であろうか。金之助少年には、いまだ芸術うんぬんといった意識はなかっただろう。ましてや画家の表現がどうのと考えをめぐらすこともなく、たんに目の前の線と色彩が織りなす別世界を眼や頭や心で無邪気によろこんでいたに違いない。では、その後はどうか。

鑑識上の修養を積む機会を有《も》たなかった余の趣味は、その後別段に新らしい変化を受けないで生長した。従って山水によって画を愛するの弊はあったろうが、名前によって画を論ずるの譏《そし》りも犯さずに済んだ。丁度画と前後して余の嗜好《しこう》に上った詩と同じく、如何《いか》な大家の筆になったものでも、如何に時代を食ったものでも、自分の気に入らないものは一向顧みる義理を感じなかった。（以上『思い出す事など』二十四）

一連の思い出話からは、幼い頃より一人で画を見る素養をはぐくんでいったこと、なかでも山水画を好んだこと、また色彩に敏感に反応したことなどが読みとれる。また、専門的な美術の勉強をしなかったおかげで「名前によって画を論ずるの譏りも犯さずに済んだ」という表現からは、権威や評判によって自分の嗜好を曲げることなく、生涯「子供の眼」をもち続けたこと——あるいは願望としてそうありたいと考えていたことがうかがわれる。

今も展覧会などでは私もつい、作品を見る前に作家名やタイトルが記されたパネルを見てしまいがちである。そこに知られた画家の名があれば、一瞬のうちに「これは大家の作品だ」という先入観や構えが入りこんできて、その眼で作品に向き合ってしまう。まして「国宝」「重要文化財」などの〝お墨付き〟が添えられていたりすると、見る前から価値判断をしかねない。その途端、自分の感性で作品を見ることが妨げられているにもかかわらず、たいてい気づかない。漱石はそのたぐいの愚かさを自ら戒め、つとめて素の眼で画に向かおうとしていたのである。

「美術的な建築」を諦めた理由

二十歳前後の印象的な逸話がある。大学予備門の予科から本科に進むにあたって、漱石は建築を専門に選んだ。その理由をこんなふうに語っている。

元来僕は美術的なことが好《すき》であるから、実用と共に建築を美術的にして見やうと思つた……

（「落第」『中学文芸』、明治三十九年、以下同）

しかし、哲学科の友人米山保三郎の反対に遭い、彼の勧める文学の道に進むことになったという。

君は建築をやると云ふが、今の日本の有様では君の思つて居る様な美術的の建築をして後代に遺すなど丶云ふことは、迚《とて》も不可能な話だ、それよりも文学をやれ、文学ならば勉強次第で幾百年幾千年の後に伝へる可《べ》き大作が出来るぢやないか。

米山はそういったのだ。漱石は当時「ピラミッドでも建てる様な心算《つもり》」でいたが、米山は後代に残る建築として、たとえばロンドンのセント・ポール大聖堂を例に出したらしい。漱石は自分が建築を選んだ理由の一つに「飯の喰外《くひはづ》れはないから安心だ」という思いがあったと告白する。

僕の建築科を択《えら》んだのは自分一身の利害から打算したのであるが、米山の論は天下を標準として居るのだ。

漱石はすっかり降参した。米山は漱石の資質も鑑みていたにちがいない。相手の才能や適性とともに大局を見て直言してくれる、もつべき友とは彼のような人のことをいうのであろう。同時に、このときの漱石のように素直に聞く耳をもち、有意義な助言と判断すれば従う柔軟性も大事なのだとこの逸話は教えてくれる。そういったやりとりが将来どれほど大きな実りをもたらすか。これはのちの漱石の美術評に通じているといえなくもない。

哲学を学び「空間論」を研究していた米山は明治三十年、二十八歳で病没した。文学の道に進んだ漱石が後世に読みつがれる作品を生んだことを知る由もない短い生涯であった。『吾輩は猫である』（三）で苦沙弥が旧友「曾呂崎天然居士」の墓碑銘を書こうと苦吟している。天然居士は、参禅にも熱心であった米山の号である。

西欧美術との出会い

帝国大学の英文学科を卒業した漱石は、明治二十八年（一八九五）に英語教師として愛媛県尋常中学校（のちの松山中学校）に赴任したが、翌年には第五高等学校の講師となって熊本に移った。その在任中、文部省から英語研究のためのイギリス留学を命ぜられて明治三十三年秋に日本を出発した。二年あまりを英国で過ごすうちに、西洋画への関心も募らせていく。なお漱石が留学していた間、ロシアを脅威と恐れていた日本は明治三十五年に日英同盟に調印している。この関係を後ろ盾に、漱石がイギリスから帰国した翌三十七年に日露戦争がはじまった。

イギリスに着く前に漱石はフランスで一週間滞在し、開催中であったパリ万博を訪れている。会場の一つであるグラン・パレでは「フランス美術の１００年展」が催されていた。ダヴィッドやアングルらに代表される新古典主義からモネやシスレーらの印象派、さらにルドンやモローなどの象徴派まで約三千点が展示されており、漱石は足を運んでいる。ただし十月二十五日の日記に「美術館ヲ覧ル宏大ニテ覧尽セレズ〔サ〕」とあるから、とても全貌を堪能する余裕はなかったらしい。とはいえ、量質ともに層の厚い十九世紀フランス美術を、圧倒されつつもとりあえず一望する機会とはなったろう。日本の展示も見たが、「尤《もっと》モマヅシ」と落差を感じさせる一言ですませている。このとき絵画を出品した黒田清輝、藤島武二、浅井忠らが渡仏していた。

ロンドンに落ち着くと、漱石はナショナル・ギャラリー、ヴィクトリア&アルバート美術館、テート・ギャラリーなど博物館や美術館にまめまめしく足を運んだ。そのたびにカタログに感想をメモするなどして鑑賞し、知識を蓄えると同時に幅広く古今東西の美術を見る眼を養っていった。同時に、ジョージ・エリオットなど文学者だけでなく、ラファエル前派の画家で詩人ダンテ・ガブリエル・ロセッティの旧宅などにも訪れている。そんななかで芸術と文学の関係に思いを巡らせ、両者を切り離しがたいものとして考えるようになっていったようだ。また留学中、挿図がふんだんに掲載されたイギリスの月刊美術誌「ステューディオ」(一八九三年創刊)の定期購読をはじめている。帰国してからも亡くなるまで取り続け、熱心にめくっていたという(同誌は一九六四年、八五三号で終刊となった)。

二　小説にあらわれた美術

ターナーの松と汽車

西洋体験で培った芸術と文学をめぐる思想は、のちの漱石の仕事にさまざまなかたちであらわれることとなった。明治三十八年に書かれた小説「**幻影の盾**」や「**薤露行**」は、「アーサー王伝説」

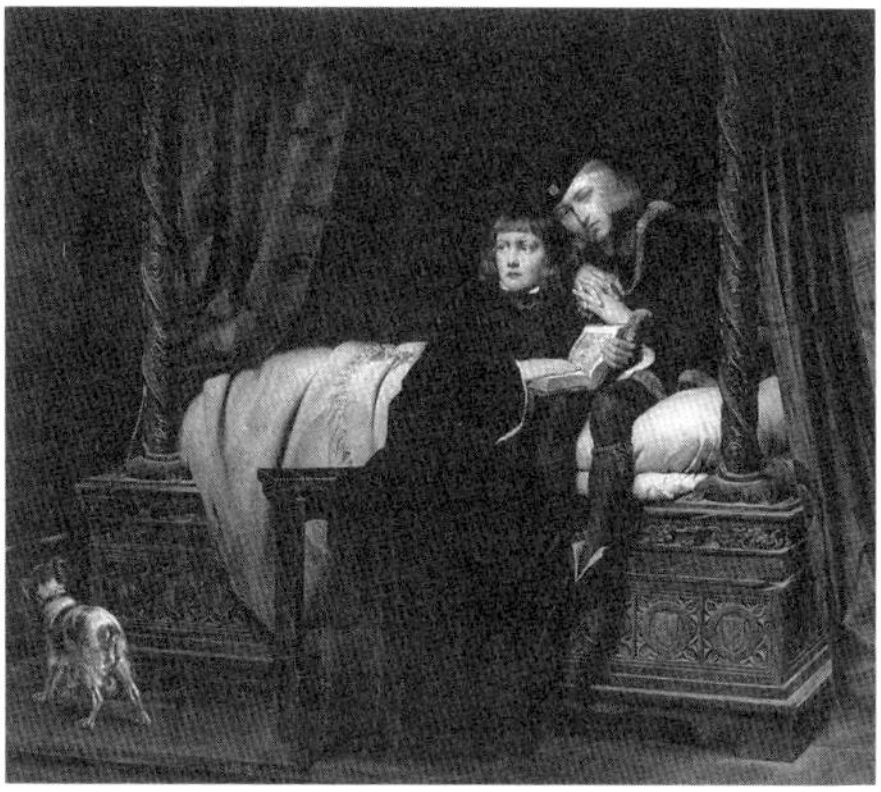
図1　ポール・ドラローシュ《エドワードの子供達》1831年　ウォレス・コレクション

を題材にしている。「アーサー王伝説」は六世紀のウェールズに端を発してヨーロッパに広まった英雄アーサー王とその騎士たちにまつわる種々の物語で、ビアズリーなど十九世紀末芸術やラファエル前派の絵画のモチーフとなった。それらのイメージは漱石の文学表現や文体にまで影響を与えたとされる。また帰国して明治三十八～四十年に刊行した『吾輩は猫である』や『漾虚集』の装幀は、あきらかに世紀末のデザイン思潮アール・ヌーヴォーを想起させる。当時まだ美校生であった橋口五葉にデザインを依頼したのだが、漱石の意向が強く反映されたためであった。

ほかに漱石の作品と美術のかかわりを探せばいくらでも見つけられることは、かつて芳賀徹氏が『絵画の領分』で詳細に紹介し、その後もさまざまな研究で広めつつ深められてきた。漱石が同時代の美術を見る眼の背景として、おもなところを見渡しておくことにしよう。

明治三十八年一月「帝国文学」に発表した短篇「**倫敦塔**」は、十九世紀フランスの画家ポール・ドラローシュの《エドワードの子供達》（図1）と《レディ・ジェーン・グレイの処刑》（図2）に想像を助けられて書いたことを、漱石は最後に注記している。前者はドラローシュ本人による複製版がウォレス・コレクシ

図2　ポール・ドラローシュ《レディ・ジェーン・グレイの処刑》1833年　ロンドン・ナショナル・ギャラリー

ヨン（本画はルーヴル美術館）に、後者は当時はテート・ギャラリー（現在はナショナル・ギャラリー）に所蔵されていたから、いずれもロンドンで見ることができただろう。「倫敦塔」については後にもふれたい。

『**吾輩は猫である**』（明治三十八～三十九年連載）では、水彩画に凝っている主人と迷亭の会話でルネサンス期のイタリアの画家アンドレア・デル・サルトが話題に上っていることを思い出す方も多いのではないか。迷亭が、「画をかくなら何でも自然その物を写せ。天に星辰《せいしん》あり。地に露華《ろか》あり。飛ぶに禽《とり》あり。走るに獣《けもの》あり。池に金魚あり。枯木《こぼく》に寒鴉《かんあ》あり。自然はこれ一幅の大活画なりと。どうだ君も画らしい画をかこうと思うならちと写生をしたら」と、アンドレア・デル・サルトがそう言ったのだからと主人に写生を勧める。主人がむやみに感心する陰で、迷亭はこっそりと嘲笑を浮かべている。半可通や他人の言葉を鵜呑みにすることへの皮肉がこめられていて、美術が小説の有効な道具として用いられている。

明治三十九年の『**坊っちゃん**』に英国の画家ターナーが登場することはよく知られていよう。教頭の赤シャツと画学教師の野だ（野だいこ）が舟釣りに出かけたときの気取った会話のなかで引用されている。赤シャツが向こうの青嶋を眺めながら「あの松を見たまえ、幹がまっすぐで、上が傘

図3　ジョゼフ・マロード・ウィリアム・ターナー《金枝》1834年　テート・ギャラリー

のように開いてターナーの画にありそうだね」と言うと、野だが「まったくターナーですね。どうもあの曲がりぐあいったらありませんね。ターナーそっくりですよ」と心得顔で応じる。ターナーが《金枝》（図3）などで幻想的に描いた松の高木が想定されているらしい。ついで、野だが「どうです教頭、これからあの島をターナー島と名づけようじゃありませんか」と余計な発議をすると、赤シャツは喜んで賛同するのである。挙句の果てに野だは、嶋の岩の上に「ラファエルのマドンナ」を置けばいい画ができますぜ、とお追従を言う。西洋画の知識が知識以外の何も伴わずに振り回されているのは、ちんぷんかんぷんのまま聞いている坊っちゃんよりも恥ずかしい。こうして二人の滑稽さが浮き彫りにされる。これもまた小説の手段として美術が有効に用いられている例であろう。漱石がのちに講演「私の個人主義」で暗に自虐をこめて話したように、鼻持ちならない赤シャツのモデルが漱石自身だとすれば、書物などから仕入れた知識を借着して威張っていたかつての自分を揶揄しているのかもしれない。青嶋のモデルとなった松山市の高浜沖に浮かぶ無人島四十島《しじゅうしま》は、今は「ターナー島」の愛称をいただいている。

　同じく明治三十九年の『草枕』は画工を主人公にしている。そこでも「ターナーが汽車を写すまでは汽車の美を解せず、応挙が幽霊を描くまでは幽霊の美を知らずに打ち過ぎる」と、円山応挙とともにターナーは画工の思索の中で顔を出している。

ラファエル前派のイメージ

漱石の小説に出てくる女性像については、「ラファエル前派」の影響がしばしば指摘される。ラファエル前派は十九世紀半ばのイギリスで、ロセッティ、ジョン・エヴァレット・ミレイ、ホルマン・ハントらが中心となって展開した芸術運動である。「ラファエロ以前の初期イタリア画家の伝統と技法への復帰」をかかげ、中世の敬虔な宗教性を絵画的に再現することを理想としていた。背景には急速な工業化社会のなかで失われてゆく精神性を取り戻そうという気運があったと思われる。伝説や神話に題材を求めたその絵画や詩は暗示的な表現に満ちていて、世紀後半にヨーロッパで広がった象徴主義の一つとされる。思想家のラスキンがこれを支持し、影響を受けたウィリアム・モリスやバーン＝ジョーンズらがそれを引き継ぐ仕事をしたが、十九世紀末には下火となった。

漱石の小説でいえば**『虞美人草』**（明治四十年）の藤尾、**『三四郎』**（同四十一年）の美禰子、また**『それから』**（同四十二年）の三千代もあてはまると私は思うのだが、小説の〝ヒロイン〟の造形には、ラファエル前派の画家たちがしばしば描いたいわゆる〝ファム・ファタル〟（運命の女、または男を破滅に導く魔性の女）からインスピレーションを得たと考えられている。

また**『草枕』**では、画工が那古井の宿で出会う那美さんのイメージがミレイの《オフィーリア》（図4）に重ねられている。シェイクスピアの悲劇『ハムレット』で、ハムレットの恋人オフィーリアは愛を失って狂気に陥り最後は川に落ちて溺死する。ミレイの描いたオフィーリアは、水面に放心したような顔を浮かべて仰向けに横たわっている。大正元年から二年にかけて書かれた**『行人』**でも、友人の三沢が精神病を患った出戻りの娘を描いた油絵を見て、二郎が「可憐《かれん》なオフィリヤを連想」している。「その女は黒い大きな眼を有《も》っていた。そうしてその黒い眼の柔《やわら》かに湿《うるお》ったぼんやりしさ加減が、夢のような匂《におい》を画幅《がふく》全体に漂わしていた」。結婚が決まった三沢は、かつて入院していたときその娘に惹かれていた。二郎は「その嫁になる人は、果してこの油絵に描いてある女のように、黒い大きな滴《したた》るほどに潤《うるお》った眼を有っているだろうか、それが何より先に確めて見たかった」と心のうちで思う。『草枕』の那美さんも気が狂ったと噂されていた。漱石のなかで狂気の女性は継続的にオフィーリアのイメージと結びついていたようである。

図4　ジョン・エヴァレット・ミレイ《オフィーリア》1851〜1852年　テート・ブリテン

さらに**『虞美人草』**では、ヒロインの藤尾を思う小野に「ロゼッチ（ロセッティ）の詩集」を読ませている。当の藤尾は「紫の女」とたとえられていて、芳賀氏は「ラファエル前派（ロセッティ）の描く「選ばれしをとめ」（《祝福された乙女》）が、いまアール・ヌーヴォーの髪飾りを身につけてすっくと立ったようなすがたであった」とトータルとしての世紀末芸術の影響を述べる。さらに**『夢十夜』**の「第一夜」の女性――「もう死にます」と繰り返すのだが、赤い唇と大きな潤いのある眼は死にそうには見えない――や百合の花にまつわ

図5　ダンテ・ガブリエル・ロセッティ《祝福された乙女》1871～1878年　フォッグ美術館

る描写が、やはりロセッティの《祝福された乙女》（図5）から感化を受けていることはこれまでにも指摘されてきた。なお、『文学論』（明治四十年）ではホルマン・ハントが初めて開いた展覧会で絵が一枚も売れなかったエピソードや、彼に関する書籍を繙いたこと、そこで知った逸話などを紹介している。ほかにもミレイやロセッティ、バーン＝ジョーンズ、ウイリアム・モリスら、ラファエル前派に関わる芸術家たちの名も見える。もちろんターナーやコンスタブル、印象派などさまざまな芸術にも言及してはいるが、漱石の脳のなかにラファエル前派の芸術は棲みついていて、必要に応じて引っぱり出され、アレンジされるなどして後まで活かされたことは確かだろう。

漱石がラファエル前派に惹かれたのは、作品の魅力もさることながら、彼らの芸術が絵画と文学（詩）を融合させるものであったこと、また背景にある社会の急速な近代化、すなわち頽廃的な空気を生み出す条件がまさに自分がおかれた明治日本と重なっていたことが底流にあったと私には思われる。加えて、アカデミックな芸術に反発した自主的な運動であった点が、権威を嫌う漱石の感性に響いたことも存外大きかったかもしれない。

また明治四十二年の『**それから**』でブランギン（ブラングイン）（図6）を登場させていることも注目される。漱石と同年生まれのイギリス・ウェールズの芸術家ブラングインは壁画や版画や装飾デザインなど幅広い仕事をしたが、造船所や港湾労働者など社会的な題材で多数の絵を描いていた。『それから』では、友人平岡の妻三千代の来訪を待つ代助が、気もそぞろに大きな画帖を繰っていてブランギンの絵で目をとめる。港で働く数人の労働者が肉塊のように描かれていて、代助はそこにしばらく肉の力の快感を認めた。それまで親の金に頼って優雅に暮らしていた代助は、三千代との恋をつらぬくために小説の最後、職探しに奔ることになる。漱石が、肉塊のような労働者たちの姿を眺める代助に一時的な快感を見出させたのは、彼を待つ運命への伏線の意味もあったのだろうか。新関公子氏は漱石がブランギンの絵を見たのは雑誌「ステューディオ」の挿画だけであったことを指摘して、ラファエル前派のような耽美的な世界以上に、現実社会を直視した画題に取り組んだ一画家に着目した漱石を「驚くべき炯眼」と評している。

図6　フランク・ブラングイン《近代の貿易(Modern Commerce)》「ステューディオ」(vol.33, No.139, 1904.10）掲載

ちなみに漱石は明治三十八年一月十五日、田口俊一宛の葉書一面に何やら不明瞭な水彩画を描き、その下に「何ダ分カラナイ画ニナリマシタ　モトハ「ブランギン」デス」としたためている。目を凝らすと、なるほど代助が眺めた港で働く労働者たちに見えなくはない。

絵が「鍵」となる小説

『三四郎』は「絵画小説」と芳賀徹氏が呼んだように、さまざまなレベルで絵画が登場してときに重要な意味をもつ。そのうち一、二についてはあとで詳しく考えてみなくてはならないのだけれど、そのほかこれまでに指摘されてきたことについてざっとみておこう。

まずはヒロイン美禰子の描写。三四郎は彼女の眼付を形容するのに、美学の教師が見せてくれたグルーズの画の女の肖像（図7）がぴったりだと気づく。十八世紀フランスの風俗画家が描いた甘美な女性像は「ヴォラプチュアス」、艶なる官能的な表情に富んでいた。ただし美禰子の眼の訴えは甘さをこえて苦痛を感じさせるもので、卑しく媚びるものではまったくなく、逆に見られるもののほうが是非とも媚びたくなるほどに残酷な眼付である、といった具合に、その後の展開を思えばずいぶん意味深である。

次にモデルの話。美禰子が招待券をもっていた「丹青会」（実在した「太平洋画会」が念頭にあるらしい）の展覧会に、なりゆきで三四郎が一緒に行くことになるが、会場では「深見画伯遺作展」も催されていた。この「深見画伯」は浅井忠のことだといわれている。

浅井はかねて正岡子規と交流があり（子規が記事を書いていた新聞「日本」を創刊した陸羯南が仲介したという）、子規の紹介で漱石は浅井と知り合ったらしい。漱石と同じく明治三十三年に文部省留学生として四十四歳で初めてフランスに渡った浅井は、パリで二年間の留学生活を送っている。二人はパリ万博ではすれ違ったようだが、浅井は明治三十五年六月二十八日、ヨーロッパ各地を旅した帰りにロンドンに渡り、漱石の下宿を訪ねた。そのまま数日泊めてもらい、街をともに歩くなど親しく過ごしたというのである。お互いに帰国してからどれほどの交流があったのかわからないが、『吾輩は猫である』の挿絵を上編の中村不折に代わって中編・下編は浅井が描いている。そして『三四郎』が書かれた前年の明治四十年、浅井は心臓麻痺により五十一歳で帰らぬ人となった。

「深見画伯遺作展」で三四郎と美禰子が目にした水彩画の特徴を、漱石はずいぶん詳しく描写している――「どれもこれも薄くて、数が少くって、対照に乏しくって、日向《ひなた》へでも出さないと引き立たないと思うほど地味に描《か》いてある」「その代り筆が些《ちっ》とも滞《とどこお》っていない。殆《ほと》んど一気呵成に仕《し》上《あげ》た趣《おもむき》がある。絵の具の下に鉛筆の輪廓が明かに透いて見えるのでも、洒落《しゃらく》な画風がわかる。人間などになると、細くて長くて、まるで殻竿《からさお》のようである」というふうに。

先に会場に来ていた画家の原口が、美禰子に遺作展を見るように口添えしたとき、「普通の水彩のつもりで見ちゃいけませんよ。どこまでも深見さんの水彩なんだから。実物を見る気にならないで、深見さんの気韻《きいん》を見る気になっていると、なかなか面白い所が出て来ます」とアドバイスをしていた。「どこまでも深見さんの水彩」という言葉には、後に

図7　ジャン＝バティスト・グルーズ《少女の頭部像》18世紀後半　ヤマザキマザック美術館

図8　ジョン・ウィリアム・ウォーターハウス《人魚》1900年　ロイヤル・アカデミー・オブ・アーツ

みるように、漱石が美術に向き合う際に重視するポイントがあらわれている。また「実物を見る気にならないで」というのも、対象をそっくりに描くことだけが大事ではないという、同じく漱石が画を判断するときの基準を匂わせる。その原口は、小説中で鍵となる美禰子の肖像画を描く人物であり、黒田清輝がモデルになったといわれている。

時代の流行としての美術も小説に取り入れられている。三四郎が野々宮の家を訪ねると、妹よし子が庭の草木を前にして水彩画を描いていた。ここには明治三十年代半ばごろから水彩画が流行しはじめていた風潮が見てとれる。日本の水彩画はイギリスから来日した記者兼画家のワーグマンによって明治の初めに導入された。明治三十四年（一九〇一）に刊行された大下藤次郎の指南書『水彩画之栞』がブームのはしりとなって青年たちの間で大流行したという。よし子が庭で絵筆をもつような姿は当時よくみられる日常風景だったのである。これは『吾輩は猫である』の苦沙弥先生も同様で、漱石自身が明治三十六年にイギリスから帰国した直後、水彩画に果敢に挑戦したのであった。それにしても、よし子の絵の出来栄えが凡庸であることが、妙にくどく描写されている。しまいには自分で「もう駄目ね」と諦める。「実際駄目なのだから、仕方がない」と三四郎にもわかるほどだ。先回りして言えば、後半の伏線として

「奥行のない画」を暗示しているかもしれない。

ほかにも、広田先生の引っ越し先で書棚を片付けているとき、美禰子が大きな画帖を開いて三四郎に「ちょっと御覧なさい」とマーメイドの画を見せ、互いに「人魚《マーメイド》」とささやき合う。画は「裸体の女の腰から下が魚になって、魚の胴が、ぐるりと腰を廻って、向う側に尾だけ出ている。女は長い髪を櫛《くし》で梳《す》きながら、梳き余ったのを手に受けながら、こっちを向いている。背景は広い海である」とごく詳しく描写され、ラファエル前派を継承する画家ジョン・ウィリアム・ウォーターハウスの《人魚》（図8）が念頭におかれていたことがわかる。さらに兄妹そろって「ヴェニス」の風景を描いた画家は、実在する吉田博・ふじを夫妻（もとは義兄妹）を連想させるなど、『三四郎』と美術との関わりはじつに多彩である。なかでも「漱石と美術」を考えるうえで示唆的な美禰子とその肖像画については、のちほどじっくり考えてみたい。

〝色彩思想〟の源

……赤い郵便筒《ゆうびんづつ》が目についた。するとその赤い色がたちまち代助の頭の中に飛び込んで、くるくると回転しはじめた。傘屋《かさや》の看板に、赤い蝙蝠傘《こうもりがさ》を四つ重ねて高くつるしてあった。傘の色が、また代助の頭に飛び込んで、くるくると渦《うず》をまいた。四つ角に、大きい真っ赤な風船玉を売ってるものがあった。……小包郵便を載せた赤い車がはっと電車とすれちがうとき、また代助の頭の中に吸い込まれた。烟草屋の暖簾《のれん》が赤かった。売出しの旗も赤かった。電柱が赤かった。赤ペンキの看板がそれから、それへと続いた。しまいには世の中が真っ赤になった。

……

『それから』（明治四十二年）のラストシーンは、圧巻の赤尽くしだ。ここに至るまでにも、この小説には色彩の描写が目立つ。それらは人物の心理や精神面と絡んで思わせぶりに描かれる。たとえば、代助は読書をしていて詩人ダヌンチオが心理学者の説を応用して部屋を色分けするという色彩論を思い出す。生活の二大情調の発現は青と赤の二色にほかならず、興奮を要する音楽室や書斎は赤く塗りたて、精神の安静を要する寝室や休息室は青に近い色で飾りつけるというのだ。奮興色である強烈な赤が刺激を受けやすい人に必要なのかと不思議に感じた代助自身は、稲荷の鳥居を見ても好い心持ちはしない。自分の頭だけでも「緑のなかに漂わして安らかに眠りたい」と思うのであった。**『草枕』**では画工に「余は常に空気と、物象と、彩色《さいしき》の関係を宇宙《よのなか》で尤《もっと》も興味ある研究の一と考えている」（十二）と言わせていた。また「色彩は私には大変な影響を及ぼします」（「漱石氏来翰」虚子君へ、明治四十二年）とも書いている。こういった漱石の色彩への敏感さも、西洋での体験や美術からの影響が小さくないのではなかろうか。

興味深い逸話をひとつあげておくと、前にふれたように漱石はロンドン留学中に浅井忠と親交を結んでいる。明治四十一年二月、漱石はすでに故人となった浅井とのロンドンでの交流を講演「創作家の態度」でこう語っている。一緒に市中を歩いたとき、浅井はどの町へ出ても、どの建物を見ても、あれは好い色だ、これは好い色だと「とう〳〵家へ帰る迄色尽《いろづく》し」であったというのである。「流石《さすが》画伯丈《だけ》あつて、違つたものだ、先生は色で世界が出来上がつてると考へてるんだなと大に悟りました」という漱石の言葉からは、洋画家の世界を見る眼にかなり強い印象を受けたことが想像される。この経験は、やはり『それから』の執拗な色彩描写と無関係とは考えにくい。さらにその思想は、漱石の美術を見る眼にも少なからず影響を及ぼしたと思われる。余談だが、ロンドンで漱石が浅井と料理屋に入ったとき、お酒に弱い漱石はたった一杯ビールを飲んで真っ赤になり、そのあと顔がほてって街を歩くことができなくなったという。

モナ・リザの印象

明治四十二年、漱石は『永日小品』に「**モナリサ**」という短篇小説を書いている。男が古道具屋で薄笑いをしている女を描いた西洋画を八十銭までねぎって買って帰宅すると、細君が「気味の悪い顔ですことねえ」と評した。翌日仕事から戻ると、絵はかけておいた欄間から落ちて硝子がメチャメチャに壊れていた。男はこの「縁起の悪い」絵を五銭で屑屋に売り払った、という話である。西洋画はおのずとレオナルド・ダ・ヴィンチの《モナ・リザ》（図9）を想起させるが、書かれ方からしても、作者は《モナ・リザ》に好ましい印象を抱いていなかったようだ。

図9　レオナルド・ダ・ヴィンチ《モナ・リザ》1503～1519年頃　ルーヴル美術館

漱石は一九〇二年、ロンドンの王立芸術院で「昔日の巨匠展」に出展されていた《モナ・リザ》の〝模写〟を見ている。「謎の微笑み」で知られる世界的名画に〝真作〟と思って向き合ったらしいが、リストのその部分に「×　不惑」と書き込みをしたカタログが今も残されている。「自分はこの微笑みに惑わされない」と言いたかったのだろうか。以前から、漱石は女の謎めいた「薄笑い」に警戒心をもっていたのではないかと私は推測している。美術から離れてゆくので詳しくは述べないが、『明暗』のお延を典型的な例として、いくつもの小説で女の微笑を作為的なもの、偽善的なものとして漱石が繰り返し描いているからである。あくまで推測に過ぎず、「不惑」の意味もまた謎に包まれているのだけれど。

ここまで西洋の美術と漱石作品との関わりをみてきたが、当然のことながら、日本の美術作品も漱石の小説には多く出てくる。よく知られているのは『**虞美人草**』の終盤、小野さんが小夜子と結婚すると知ったことで自尊心を傷つけられて卒倒し、帰らぬ人となった藤尾の死の床に飾られていたのが、酒井抱一の落款がある虞美人草の屏風である。しかし、その屏風は「一面に冴《さ》え返る月の色の方六尺のなかに、会釈もなく緑青《ろくしょう》を使って、柔婉《なよやか》なる茎を乱るるばかりに描《かい》た。不規則にぎざぎざを畳む鋸葉《のこぎりば》を描《か》いた。緑青の尽きる茎の頭には、薄い弁《はなびら》を掌《てのひら》ほどの大《おお》きさに描いた。茎を弾《はじ》けば、ひらひらと落つるばかりに軽く描いた。吉野《よしの》紙《がみ》を縮まして幾重《いくえ》の襞《ひだ》を、絞りに畳み込んだように描いた。色は赤に描いた。紫に描いた。凡《すべ》てが銀《しろかね》の中から生《は》える。銀の中に咲く。落つるも銀の中と思わせるほどに描いた」と絵柄や風情までが細部にわたって具体的に描写されていて、それにあてはまる抱一の作品がないため、架空のもの、つまり漱石の創造とされている。また『門』では主人公宗助の父の遺品も抱一の作である。ほかにも、さほど重要な役割を担うわけではない場合も含めて、長沢蘆雪や円山応挙、伊藤若冲、池大雅、与謝蕪村、渡辺崋山など数えきれない画家の名を漱石の小説に見つけることができる。

漱石が「美術好き」であったことは疑いようがない。晩年には自ら描くことに熱中したほどである。ただし、その志向や守備範囲を一概にいうことは難しい。好き嫌いは別として、広く古今東西の美術に関心をもち、あるときは小説に活用し、あるときはそこからさまざまな発想が呼び起こされ、独自の思想をひきだしていったのである。

＊

余計な話であるが、大学二年生のときに西洋美術史の面白さを知ってしまった私は、通っていた大学に美術史学科がなかったため、三年生からの専攻課程で西洋史学科に進んで卒業論文に「ラファエル前派と十九世紀イギリス社会」というこじつけめいたテーマを選んだ。近代化、工業化が急速に進むイギリスの社会と芸術活動の関係を考える、歴史学と美術史学を折衷させたものであった。今に思えば、頭のどこかに漱石の存在があって、無意識のうちに導かれていったのかもしれない。今になってそんなことを疑いはじめている。その後は美術史の勉強を続けるために別の大学の大学院に進んだ。二年後の修士論文では、おそらく漱石がパリ万博で作品を目にしたであろうフランス新古典主義の画家ジャック・ルイ・ダヴィッドの《ホラティウス兄弟の誓い》について論じた。フランス革命を五年後に控え、古代ローマの英雄物語に託して愛国心と家族愛の葛藤を描いた画で、やはり時代や社会と美術の関係をテーマにしたものであった。ここでも漱石の影響が影を落としていたのであろうか。と、書いているうちに別のことを思い出した。大学院の受験を決める前に本気でロンドンへの私費留学を企て、資料を集めていたことを……ちょっと呆然とする。

三　教師をやめて新聞社員となる

東大教授を蹴って野に下る

漱石は明治四十年（一九〇七）四月、四十歳のとき朝日新聞に入社する。その経緯をざっとみておこう。

明治三十六年の正月に留学から帰国した漱石は、第一高等学校（東京大学予備門を再編、明治十九年設立の第一高等中学校が前身で、二十七年に高等学校令により三年制高校となる）や東京帝国大学（江戸幕府が設立した蕃書調所のちの開成所および医学所を起源とし、明治十年に東京開成学校と東京医学校が合併して東京大学が創設され、十九年に帝国大学令により帝国大学となる。その後各地に帝国大学ができ、三十年に東京帝大と改称）、翌年からは明治大学でも教鞭をとっていたが、明治三十八年一月、高浜虚子が主宰していた雑誌「ホトトギス」に「吾輩は猫である」が掲載されはじめると評判を呼び、一躍文名が上がった。

いよいよ創作意欲が増すなかで四十年春、友人で美学者の大塚保治《やすじ》から東大の教授になる話があった直後、朝日新聞から「小説記者」としての入社を勧誘された。きっかけは、のちに編集局長をつとめた鳥居素川《そせん》が「草枕」を読んで「この人なら」と白羽の矢を立てたことという。そのあとは随筆家としても知られる渋川玄耳《げんじ》などが尽力して実現にこぎつける。

新聞は江戸時代のかわら版を受け継ぐかたちで明治に入って創刊が相次ぎ、日本語の日刊新聞でもっとも古いのは「横浜毎日新聞」の明治三年である。ついで毎日新聞の前身にあたる「東京日日新聞」が同五年に、さらに二年後には「読売新聞」が創刊されている。朝日新聞は「大阪朝日」が同十二年（一八七九）に、九年後の二十一年に「東京朝日」が創刊されていた。

勧誘された当初、漱石は年収などを考えてあれこれと迷ったが、春には一切の教職を辞して朝日に入ることを決めた。大学では年俸八百円であったが、新聞社は月俸二百円と賞与年二回を提示されたという。明治四十年の公務員の初任給は五十円というから、高給取りといえるだろう。さらに毎日出勤する必要はなく小説を書けばよいという条件も魅力的であったに違いない。なにせ、かつて虚子宛の手紙に「とにかくやめたきは教師、やりたきは創作」（明治三十八年九月十七日）と書いていた。

ところで漱石は明治三十九年十一月十六日の滝田樗陰宛の手紙で、「読売新聞」の文芸欄担当を辞退することを伝えている。とすれば、朝日新聞の前にも同様の依頼があったわけである。このときは気が進まない理由として「月に六十円位で各日に一欄もしくは一欄半ずつかくのはちと骨が折れる」と報酬の面を挙げている。十五歳下の滝田は中央公論の編集者として知られるが、東大で漱石の講義を受けたこともあり、門弟たちが漱石宅に集う木曜会の常連でもあった。このときは読売新聞の主筆・竹越与三郎が滝田を通じて勧誘し、さらに同紙の文芸記者だった正宗白鳥に意向を打診させたが、やはり漱石は断ったらしい。

小森陽一氏によれば、このころ各新聞は明治三十七、八年の日露戦争で躍進した部数をどう維持するか試行錯誤し、読者をひきつけておくための案を練っていた——東京朝日新聞を例にとれば、戦争がはじまる前の明治三十六年に約七万三千部だった部数は、開戦とともに大々的な戦況報道によって十万部を突破したが、戦争が終わると微減が続いている。各紙とも多かれ少なかれ似た傾向にあったようだ。そんななかで浮上した策の一つが人気作家を引き入れることであった。漱石が待遇面で納得のいった朝日新聞に入社したのは、その作戦に「乗った」可能性がある、と小森氏はいう。なるほど、自身が今後、生涯をかけて挑んでゆく創作の舞台として、文芸誌よりずっと部数が多く、広く一般市民を対象にした新聞という新たなマスメディアに賭けてみたのだとしたら——じゅうぶんに考えられる話である。なお発行部数では、昭和五十二年（一九七七）以降国内で首位に立つ読売新聞は当時、朝日新聞に大きく水をあけられていた。

あるいは新聞という媒体に関していえば、親友の正岡子規が明治二十二年に創刊された新聞「日本」で旺盛な執筆活動をしていたことが念頭にあり、自分も「新聞人」になるという意識が微かにでも脳裏をよぎっただろうか。

いずれにしろ、漱石は公職を捨てて民間の道を選んだ。明治四十年三月二十三日、門弟で後に英文学者となった野上豊一郎宛の手紙に、「世の中はみな博士とか教授とかを左《さ》も難有《ありがた》きもの、様に申し居候。小生にも教授になれと申候。……エラカラざる僕の如きは殆んど彼等の末席にさへ列するの資格なかるべきかと存じ。思ひ切つて野に下り候」と書いた。

「変り物として出来得る限りを尽す」

五月三日、漱石は「入社の辞」を寄稿している。

……新聞社の方では教師としてかせぐ事を禁じられた。其代《そのかは》り米塩《べいえん》の資《し》に窮せぬ位の給料をくれる。食つてさへ行《ゆ》かれゝば何を苦しんでザットのイットのを振り廻す必要があらう。やめるなと云つてもやめて仕舞ふ。休《や》めた翌日から急に脊中《せなか》が軽くなつて、肺臓に未曾《みぞう》有の多量な空気が這入《はい》つて来た。

学校をやめてから、京都へ遊びに行つた。其《その》地で故旧《こきう》と会《くわい》して、野に山に寺に社《やしろ》に、いづれも教場よりは愉快であつた。鶯は身を逆《さかし》まにして初音《はつね》を張る。余《よ》は心を空《そら》にして四年来の塵《ちり》を肺の奥から吐き出した。是《これ》も新聞屋になつた御蔭《おかげ》である。

人生意気《いき》に感ずとか何とか云ふ。変り物の余を変り物に適する様な境遇に置いてくれた朝日新聞の為《た》めに、変り物として出来得《できう》る限りを尽《つく》すは余の嬉しき義務である。

教師生活からの解放感を満喫しており、みるからに前向きでやる気にあふれ、相当の意気込みが感じられる（この高揚感はやがて影を薄くしてゆくのだが……）。うがってみれば、権威ある地位をふりきって野に下ったはいいが、いかに漱石でもほんの微かなりとも逡巡する瞬間はあったかもしれない。やや誇張気味に浮かれた筆致は、してしまった決断を肯定することで自身を鼓舞しているとみえなくもない。

とはいえ人生の選択肢をくれた朝日新聞に恩義を感じていることは確かなようだ。さっそく六月から「虞美人草」の連載をはじめ、二年にわたって文芸欄を主宰して編集の仕事にも努め、自身も多くの小説を書いた。何度かの講演旅行もこなしている。大正五年末に亡くなるまで九年間、病床に臥したときも執筆を早々に再開しようとするなど、さまざまな事情による波はあったとしても、会社のために力を尽くしたいという気持ちは最後までもっていたと思う。人生意気に感ず、と書いた漱石はそういう人であった。

文芸部長や社会部長を歴任して社内で漱石と近かった山本笑月によると、漱石の朝日新聞への転身は当時、文壇や社会から非常に注目されたという（「朝日新聞時代」）。そして「夏目さんが新聞小説に一新境地を拓いたことは世の認めるところ」であり、「次から次ぎへと新しい気分で書いて行つて尽きないといふ風であつた」。本人にすれば健康状態も含めて種々の苦しみに見舞われたに違いないが、仕事上のやりとりをしていた同僚からはそのように見えていたのだ。

ところで明治四十年といえば、日本美術界では一大事業といえる「文展」が発足した年である。

奇しくも漱石の新聞社員生活のスタートと足並みを揃えていたことになる。ただし入社した時点で漱石は、まさか自分が美術批評を書くことになるとは想像していなかっただろう。

四　過渡期にあった明治〜大正の日本美術界

模索する日本美術界

漱石がはからずも美術評に手を染めようとしていたころ、日本の美術界はどんな様相を呈していたのか。おおまかにいうなら、西洋芸術の流入と模倣、それに反発する伝統の復活と洋画圧迫をへて日本独自の新しさの模索へ——そういう意味で過渡期にあったといえそうだ。

明治維新の後は社会全体が欧化主義に染められてゆき、美術も例外ではなかった。しばらくはその影響で何においても洋風が栄えたが、やがて国粋主義の台頭とあいまって、伝統芸術の復興が叫ばれるようになる。美術界でいうなら日本画重視、洋画圧迫の波である。その峠も越えて全体が見渡せるようになると、求められるのは日本の独自性であり、また各々の芸術家の個性化ということになるだろう。明治も末期となり新しい時代を迎えようとするなかで、美術界でも、単なる伝統の継承でも西欧の模倣でもない独自の道が模索され、そのためにいやでも活気があったといえるかもしれない。

個別に見ておくと、日本画に関しては、明治十一年（一八七八）に来日して日本美術研究に尽力したフェノロサとともに、岡倉天心、狩野芳崖、橋本雅邦らが同二十年、東京美術学校を設立した。なお当初は西洋画科が設けられなかったのは、フェノロサが天心らに民族主義的な理念を促し、それが政府の美術教育の方針として採用されたためという。同三十一年、岡倉天心が校長の職を辞して日本美術院を創設し、新しい日本画の創造を目指して「院展」をたちあげると、門下から横山大観、菱田春草、下村観山らが輩出した。

いっぽう洋画は、明治のはじめに高橋由一が開拓し、明治二十二年には浅井忠や小山正太郎らが明治美術会を結成した。フランス帰りの黒田清輝が久米桂一郎や山本芳翠らと同二十九年、フランス外光派の技法を取り入れた白馬会を創設し、そこからは岡田三郎助や藤島武二、また漱石を惹きつけた青木繁という才能が出た。同年、東京美術学校にようやく西洋画科が新設されて黒田が指導者となり、和田英作らが育った。また浅井門下の満谷国四郎《みつたにくにしろう》や吉田博らが同三十五年、明治美術会を解散して太平洋画会をつくり、白馬会に対抗した。その後、浅井が京都に移って同三十九年に関西美術院を創始、安井曾太郎や梅原龍三郎、須田国太郎らが育ち、時代は昭和へと移っていく。なお白馬会は明治四十四年に解散、中沢弘光ら主力メンバーが翌年発起した光風会に受け継がれ現在に至っている。

報道とむすびつきはじめた画壇

他方、「美術批評」なるものは当時、どんなようすであったのか――このあたりの事情は今橋映子著『近代日本の美術思想』が極めて詳しく、参照しながら眺めてみる。

美術活動を世の中に知らしめる役割を果したたといえば、新聞を別にすれば当然のことながら美術雑誌である。明治二十二年（一八八九）に岡倉天心が、現在も刊行がつづくものとしては世界でももっとも古いとされる美術雑誌「國華」を創刊した。ただ内容は日本美術と東洋古美術の研究という内外の専門家に向けたもので、庶民にはなじみが薄かったことが想像される。比較的一般向けの美術雑誌が出されるようになったのは、同三十一年（一八九八）に岡倉が日本美術院の創立とともに「院展」をたちあげてからのようである。同三十三年には「明星」、三十五年に「美術新報」、そして三十八年には「月刊スケッチ」「光風」「みづゑ」「LS」「平旦」が一気に創刊、四十年には「方寸《ほうすん》」も続いたというから、いわば美術雑誌創刊ラッシュの感がある。このうち大下藤次郎が水彩専門誌として創刊した「みづゑ」以外はほぼ短命に終わった（「みづゑ」は一九九二年に休刊し二〇〇一年に復刊、二〇〇七年にふたたび休刊して今に至る）。内外の美術を紹介したり論じたりする媒体がこれほど増えたということは、美術を愛好する受け手もそれだけ拡大していたことになる。

その動きと連動するように明治四十年、日本のアカデミズムの始まりともされる「文展」が発足した。文部省が仕切るいわゆる「官展」であって、それゆえに日本画、洋画、彫刻とも乱立していた美術会派をまとめる役割を担ったともいえるかもしれない。文部科学省のホームページには、「芸術文化の行政　文展の実施」という見出しで、文展の発足について以下のように説明している。

政府の芸術奨励の方策は、まず、美術の分野において展覧会を開催することから始められた。

すでに明治十二年に日本美術協会が創設されて絵画・美術工芸品などの展観を行なったのをはじめとして、個展あるいは各流派ごとの展覧会が明治年代にはひろく行なわれていたが、美術界ではこれら各流派をもうらした一大展覧会を開きたいという機運が高まった。そこで文部省は、四十年六月、「美術審査委員会官制」を定め、次いで「美術展覧会規程」を公布して、毎年一回展覧会を開催することとした。審査委員会は、日本画、西洋画、彫刻の三部に分かれて出品作品の鑑査・審査に当たり、また褒賞・買い上げを行なうことも定めたが、同年十月、東京上野竹ノ台で第一回の文部省展覧会すなわち文展を開催した。その後、文展は引き続き開催され、大正七年第一二回をもって終わるが、わが国美術発達の上に大きい足跡を残した。

こうして全国的な大規模展覧会が毎年催されるようになり、以来、新聞各紙の報道が美術界と深く関わりをもつようになってゆく。となると美術記事の書き手が求められ、数が増えていったのも自然であろう。そのようすがうかがえるものとして、「美術新報」が明治四十三年二月から大正二年九月にかけて全十八回にわたって行なった「十五紙十八人の美術記者」へのインタビュー〈新聞と美術記者〉の連載があげられる。そこでは個別の経歴や美術批評との関わりなどが語られているという。今橋氏によれば、それは「美術記者」という職分自体、本人にとってすら成立しているのか不分明であった時期に、「いかにしてなぜ」美術記者の畑に至ったのか、その背景を鮮明に浮かび上がらせるものであった。またこの時期の美術記者の特徴としては、「記者自身が書画の実技に通じ、あるいは古美術に深い造詣をもつ人物たちが多い」ことであったという。となれば、記事の内容や文章が自ずと専門的なものになりがちであったことが想像されてくる。

文壇とのつながり

画壇と文壇の関係は深かった。たとえば高村光太郎、木下杢太郎、石井柏亭など〈パンの会〉のメンバーは美術評論にも大いに筆をふるった。ただし、高村は彫刻家、木下は美術研究家、石井は洋画家と、いずれも自身がやはり芸術家や専門家であった。文壇人では森鷗外や上田敏、蒲原有明、永井荷風らも美術評論を書いているが、舞台となったのは新聞よりもどちらかといえば美術雑誌や文芸誌などが多かったようだ。そういった人たちの評はおおむね主題や構図、色彩など技術上の問題や様式論、作風の影響関係などに偏りがちで、おまけに専門用語がちりばめられ、かつ文語調であるため、いま私などが目にすると正直なところかなり難解に感じられる。当時においても、想定される読者はある程度専門的な素養をもつ人、ないしは内輪の人たちであったのでは、という印象はぬぐえない。

そんななかで漱石の登場となる。すでに人気小説家として知られる立場で新聞に美術評を書くわけである。昭和にあてはめてみれば国民作家といわれた井上靖、今ならさしずめ村上春樹氏や平野啓一郎氏などが文化面に「展覧会をみて」を寄稿する感じに近いのか。もしくは司馬遼太郎が古巣の産経新聞で日展評なりを連載するイメージか（しないと思うが）。いずれにしてもその作家のファンでなくとも、購読者であれば多くが一応は目を通すことになっただろう。

ついでながら、当時の美術批評の書き手を今橋氏の著書で眺めていると、「漱石の文展評」というのはすでに異端かミスマッチ、よくいえば斬新な人選という感じを与える。さて、どう「期待」に応えるのか――。

II　同時代の美術を見る眼

一　独自の着眼点と向き合い方

いよいよ漱石が新聞紙上で同時代の美術をどう論じたかを見てゆくことにしよう。

漱石が美術展を正面からとりあげて、その作品評にまでおよんだのは大正元年（一九一二）秋の「文展と芸術」が唯一無二のものとされている（陰里鉄郎氏）。が、それ以外にも美術関係の書籍や画集の感想、団体展で感じたことなどについて漱石は何度か執筆している。朝日新聞に掲載された美術に関連する文章を挙げておくと（太字は本書で扱うもの）、

- 「日英博覧会の美術品」（一九一〇年にロンドンで開催された日英博覧会に出品する予定の美術品が一般公開されたのを見て）：明治四十二年十二月十六日
- 「東洋美術図譜」（滝精一の編纂による日本古来の建築・彫刻・絵画を写真版で掲載した図版集を紹介）：同四十三年一月五日

・「自然を離れんとする芸術」（新日本画譜〈洋画家・石井柏亭の日本画集〉について）：同四十三年八月十三、十五日
・「生きた絵と死んだ絵」（美術協会と无声会の展示をみて）：同四十四年五月三、四日
・「太平洋画会」（同会の展示をみて）：同四十四年五月二十一、二十二日
・「『不折画集』と『畿内見物』」（中村不折の画集、および中沢弘光と浅井忠による画文集について）：同四十四年八月二十四、二十五日
・「文展と芸術」（第六回文展評）：大正元年十月十五～二十八日（十八、二十一日休載）。大阪朝日にも十七～二十八日掲載
・「素人と黒人《くろうと》」（芸術論に通じる持論）：同三年一月七～十二日（九日休載）

――ということになる。本書では「文展と芸術」を中心に漱石の美術眼を探ってゆくのだが、ほかにも彼独特の感性や発想が随所にみられて素通りするのが惜しまれる記事が少なくない。まずは地ならしとしてそのいくつかを眺めておこう。同時代美術に対する漱石の姿勢や論じかたの傾向が浮かび上がってくるからである。

自然と芸術家の関係

「自然を離れんとする芸術」と題する記事は、カッコ付きで「新日本画譜の序」と補ってある。これは本来が洋画家である石井柏亭が日本画七十余枚を描いてまとめた「新日本画譜」について

「序」というかたちで書かれた文章らしい。ただし、単なる画集の紹介記事にはまるでとどまっていない。自然と芸術家の関係、というテーマを軸にやや複雑な論が展開されていく。何を述べるにしても自分なりの主題を設けて論じようとする姿勢のあらわれに思える。

漱石は冒頭、芸術家が自然を題材にして作品に表わすことができたときに感じられる「三様の興味」についてのべる。第一に芸術家が自分にとって意味のある自然を広大な空間のなかに発見したという自分自身の眼識への興味、第二にその断片を思い切って大世界から切り取って小世界に変化させた勇気にたいする興味、そして第三に切り取った断片を自己の頭と腕で思う通りに紙や絹のうえに拵え上げた手柄に対する興味——である。つまり「第一の自然を創設するのも亦《また》芸術家である」というわけである。

しかし、と漱石はいう。人には自我心があるために、誠実に自然を描写するといいながら、己の見た自然を脱することはできない。わが頭に映じた一種の自然を描こうとするために、自分が選択した自然の特色を出す以上に自分の特色を出そうとする。すると芸術はまた自然を去って、人間に、いや己に近づいてくる。つまり自然から独立してくる。これがさらに進むと、人は「自然の解釈」のみを描こうとする。いわゆる装飾画が珍重されるのは、「自然を離れて、芸術を芸術とせんとする人間の独立心に本《もと》づく」というのである。

ただし漱石は、これを非難するわけではない。独立心から出た芸術は、自然を離れようとする努力がなされる点において「厭味《いやみ》を脱したるもの」だからである。自然に背きながら自然を描くというような、嘘をまことにしようとする偽りの芸術が不快をもよおさせるのとはわけが違うというのだ（漱石はこれを「正直な能楽」と「野卑な芝居」にたとえている）。

ところで、装飾的という点において日本画は自然を離れて独立しようとする傾向が強いと漱石は主張する。その日本画においても、写生を主張する人と、気韻（風雅で気品を感じさせるおもむきといった意味か）を重視する人があり、うち自然以上に人間の頭に重きをおく気韻派は、いたずらに自己の頭さえ離れて手本に頼ってしまい、過去の同一模型的な単調さに向かうことがある。それが繰り返されれば、ただ筋肉運用の錬磨に帰着して何の面白みもなくなってしまう。

そうなると、対策としては「再び自然に接近して直接に新《あらた》なる解釈を施すより外に途《みち》のない」ことになる。ゆえに「写生から仕込まれた洋画家の試みる日本画が、今の時代に一種特別の意義をもたらす」というわけで、石井柏亭の今回の試みに意味が出てくることになる。「君が従来の弊竇《へいとう》（弊害）を擺脱《はいだつ》して、再び自然に向つて自己の解釈を試みられた勇気と精力は余の大《おほい》に喜ぶ所である」と漱石は、画集にある松を評して、枝も葉も幹も松らしいと誉めるのである。

ただし、しめくくりはまた違う展開をみせる。いくら弊害を防ごうとしても、装飾画である日本画は自然を離れようとすることは避けられない。ならばいっそ、「個々の人間が出来る丈《だけ》自然から独立して、出来る丈自分の頭に重きを置いた新しい解釈を呈出したら嘸《さぞ》かし面白い事だらう」と。独立心による新たな解釈は望むところだと、いわば提案型のエールといえようか。これもまた漱石の特徴的な姿勢の一つだと思う。

こんなふうに、何かを論じるとき漱石は「感じ」や「思い」で済ませず、いちいちを理論だて、いささか無理がありそうでも結論にまでもっていく。やや理詰めで意味のつかみにくい印象もなくはない――これは他の文章でもたびたび感じられることである。

絵の「生」と「死」

次に「生きた絵と死んだ絵」という、インパクトのある見出しがついた記事をみてみよう。二つの団体展を見て抱いた感想を綴ったもので、習慣を破り得ない日本画家たちの展示に大いに苦言を呈する一方で、勢いのある新しい団体の展示に期待を寄せる一文である。

冒頭から「死んだ方」と断って、「旧《ふる》き習慣にのみ泥《なづ》んで自家独得の頭の働きを現さうとしない絵画は、正に滅び行くべき運命を持つた絵画である」と手厳しい。

批判された団体、つまり「死んだ絵」の方は明治二十年に龍池会から改名し、佐野常民《つねたみ》、九鬼隆一らが参加した日本美術協会をさす。その作品群の、形式の末に堕落し、個人の色を無視するようすに失望し、「此等の人々の手になる日本画は滅びて行くより外の能は恐らくあるまい」と漱石の不満は爆発している。指摘は構図、運筆、墨色、色彩、写形、自然の掴みかたなどに及ぶが、それらはすべて古人のやり方をそのまま踏襲したもので、「明治の世に生れた作家の作品とは思はれぬ程に古き感じがする、古き感じ以上に全く活気のない作品である」。この憤りは、深読みすれば、同時代の日本画への切ない期待の裏返しかもしれない。「筆を器用に動かすといふことが画家の根本資格ではない、又絵画の根本要素でもない」。落胆は深く、「人」の「箇性《こせい》」を発達させてこその芸術であるのに、伝統をまったく脱していない、と歎きは天を衝くばかりだ。

それに比べ、明治三十三年に結成され、結城素明《ゆうきそめい》、平福百穂《ひらふくひゃくすい》、石井柏亭らが筆をふるった无声《むせい》会（無声会）の展示を見たとたん、「新しく生々した感じが溢れてゐた」と大いに喜ぶのである。しかも「スケッチ及《およ》び略画を主としたる展覧会」という珍しい企画であり、ふだんあまり見る機会のない種類の絵が多かったことも喜びの一因であった。色彩の面では不満も感じたらしいが、それをおいても「箇性を発揮する努力の跡が見える」「略画の趣味を芸術上価値あると云ふことを示した」という点で、意義ある展覧会であったと断言する。なかでも漱石は結城素明と平福百穂を、ますます面白くなってきた、色彩もよく運筆も達者だと高く買っているが、十ほど年下の二人への好意的な言葉は文展評などでも見られる。好みに合っていたとも考えられるが、素明が写生的な画風に西洋画や装飾性を取り入れたり、百穂が西洋的な写実主義に琳派や南画の手法を加えるなど、いずれも独自の画風を築く努力を惜しまない姿勢に、日本画の未来を託したい漱石の気分を感じずにはいられない。

個々の作品はさておき、この展示は「興味のある企て」であったとし、

最も複雑な絵を主にした展覧とか或は単なる墨絵の展覧会とか又は装飾画の展覧会とか――絵画の内の或る種類丈けに依つて成立つ展覧会が次々に起る様になつたなら、今日の絵画界に貢献する処が多いことであらう……

と、常識にとらわれない企画を促し、新たな展覧会のあり方を提言する。暗に、団体内部や画壇のみを意識した内向きの団体展をするくらいなら、見る側にも利する展示の工夫をしてはどうかと

意見しているかのようだ。

一つつけくわえておくと、この記事はいっしょに展覧会を見に行った橋口五葉が述べた感想を聞いて、それは面白いと、漱石が文章にまとめたものらしい。後年、漱石と交流のあった俳人の森円月が五葉からそんないきさつを聞いている。漱石は、署名に「愚石」とあることを聞かれて「僕が半分書いたのだ」と答えたという。「死んだ絵」「生きた絵」といったフレーズは五葉の発想かもしれないが、おそらく彼の発言に膝を打って賛同した漱石が、自身の意見をてんこ盛りにして作文したのではあるまいか。

美術展の見方

次に、「太平洋画会」の展覧会を訪れて書いた記事をみよう。

太平洋画会は、先にも少しふれたとおり、満谷国四郎や中村不折らが明治三十五年に白馬会に対抗して結成した団体で、フランスのアカデミックな画風を基調としていた。

会場に入ってすぐに漱石は、同じ団体の会員でありながら、先輩と後輩で画風がはっきりと区別されることに気づいて面白く感じている。そして後輩たちが一目でわかるほどに旧習を破って各々独自の行きたい方角に向いていることを「若い人に皆夫々《それ〲》の自覚が出来た結果」だとし、「個性の発揮を芸術の性命と見る」立場からすれば大いに喜ぶべき変化であると、団体の前途を祝している。

さらに漱石は場内を一回りしてみて、作品をおおむね三種に分類できると述べる。すなわち、一に写真のように写実的な作風で、これがもっとも多数を占める。二に独創的でもなければ写実的でもない「半官半民」といった作品群。そして三に「自己の頭の働きが確《しか》と活動」している個性的な作風で、数で言えばもっとも少数派である。

第一類については、「先輩」の多くがこれで、成功しても景色は平凡、人物には特徴がない、失敗すれば「自然を模し切れずに、つい自分の使ひ癖の絵の具が所々に顔を出して翫賞《がんしょう》（鑑賞）の邪魔をする」。このうち成功しているのは満谷国四郎であり、吉田博や三上知治らの作品を不出来であったり失敗作であると断じている。

第二類については、裸体画二点を出した中村不折の例を挙げて、一点は全体に好ましく仕上がっているとほめるが、もう一点はわざとらしさなどを感じて頂けないらしく、いずれにしても中途半端さが残ると感心しないようだ。他の画家の作品についても極端によくもわるくもないと、漱石の気分を推し量れば曇り空といったふうである。

対して第三類については、小杉未醒の《木蓮》など、多少は形態に難を見出せなくもないが、落ち着いて穏やかな色彩や整ったコンポジションが漱石の気に入ったらしく、ごく好意的だ。また斎藤与里の裸体画は、「不出来には相違ないが、色彩が気持よく表はれてゐるのが結構」とこれも好意が勝っていて、いずれも今後への期待がうかがわれる。

以上、とりたてて変哲もない作品の並ぶ団体展であっても、独自の見方ができればそれなりに興味をもって面白がれるという話にも読める。いわば「見方の提案」である。おそれながら私も、膨大な作品が並ぶ展示をまわっていてだれてきたときなど、「この室で一点だけ貰えるとしたらどれがいいだろう」と思い巡らせはじめると俄然わくわくした、そんな経験を何度もしている。よしあしはさておいて、見方の一捻りで同じ展覧会でも違って見えてくることが確かにあるのである。また「第三類」に分類した小杉未醒、斎藤与里ら、自身が有望と感じた若い画家への「優に立派な作品として通用する」「色彩が気持よく表はれてゐるのが結構である」といったあたたかな言葉には、やはり漱石らしい心映えが透けて見える。

逆に目につくのは、のちに文展や帝展の審査員もつとめた吉田博をやたらとこきおろしていることだ。先の第一類の失敗作として「例へば吉田博氏の生々しい紫と、明るい緑、それから茶がかった黄《き》の様なもので、自然の排置した色彩の中に、是等が自分の癖で知らず〳〵潜り込んで統一を妨げるのは見悪《みにく》い」といった具合。また「吉田博氏の出来は皆悪い。新らしい研究の結果と云ふべき点は遺憾ながら、何処《どこ》にも出てゐない」。なんだか救いようもない。こうした漱石のある対象への集中攻撃は時おり見られて、逆に興味深い。

念のため言い添えておくと、美術史家の辻惟雄氏によれば、「太平洋画会の画家たちは、ビゲロー→五姓田義松→浅井忠と受け継がれた水彩画法を御家芸としており、すでにアメリカで好評を博していた。なかでも吉田博の卓越した技量は、いまでもイギリスなどで高く評価されている」（『日本美術の歴史』）と吉田の高評は現代にも聞こえている。

細部へのこだわり

地ならしの最後に、「『不折画集』」と「畿内見物」」を眺めてみる。

漱石の友人でもある中村不折の画集と、すでに故人となっている浅井忠と中沢弘光が挿画を担当

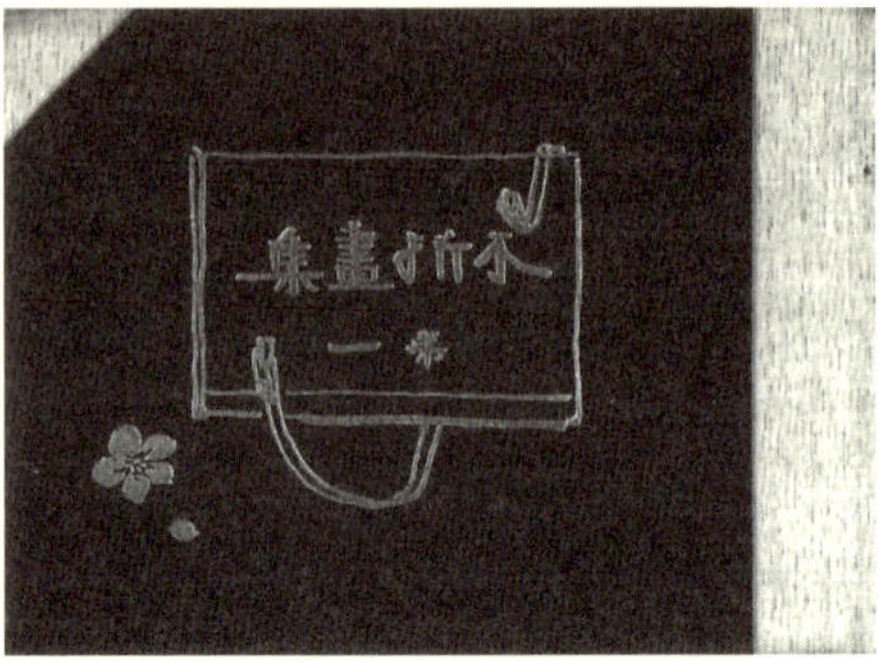

図10　中村不折『不折画集』一　1910年　台東区立書道博物館

した関西の名所案内ふうの画集についての記事である。二冊を比べることによって「時代の推移」がうかがわれるというのだが、どういうことだろう。

両画集は各々、中国画の模倣じみていたり時に変化に乏しいところなど、欠点をあげればいくつかあるとはいえ、それぞれ特色のある面白い画集ではある、と漱石はひとまず評価する。しかし、何を「主」とし、何を「客」とするかによって差違が生じているという。なんとなれば、『不折画集』（図10）は自然から得た印象を「客」とし、一種の型と作者の筆を「主」にして描いたために、技巧的に面白いが、現代人のもっとも求める「生々の感じ」には乏しい。かたや『畿内見物』（図11）は、描く場所の特色と作者の印象を「主」とし、筆と形式を「客」にしているために、至るところ「生々の感じ」に満ちている、というのだ。これまた漱石固有の発想としかいいようがない。ところで「時代の推移」というのは、中村不折が数年前に描いた既刊の画集では、今回とは逆に景色を写すことを「主」にしていた、つまり今回の「畿内見物」の方針をとっていたのが、今は自分の筆法を「主」とするように変化したため、運筆のみが目立って、一昔前ならいざ知らず現代人の要求に合う生々とした風景画としては劣ってしまったところがある、ということを言っているらしい。わかりにくい。

ただ記事を読んでいてもっとも驚いたのは、絵画や版画を論じる以上に、画集というかたちをとっているためであろう、漱石が中身にとどまらず造本や装幀、印刷、製本、紙質など、微に入り細をうがった「画集論」ともいえる批評を展開している点である。ふつうは見過ごしがちな細部にもあまねく目配りするさまに、つい千手観音菩薩を想像した。

たとえば「不折画集」についてはこんな具合である。

> 印刷はこの人の画に適当なものが選定されてゐる。木版のほり方も画に調和して居るし、すり方の綺麗《〔で〕》にないのも却《かえつ》ていい。製本の形はよくない。横画が多いからそれに従つて製本したのであらうがとぢ方が開くやうに成つて居らぬから見悪《みにく》い。表紙のうすいのは取扱上不便である。画集らしくないのも欠点だ。製本にはもそつと適当な方法があらうと思ふ。

図11　浅井忠・中沢弘光 挿画『畿内見物』（京都之巻）　1911年

漱石がのちに自作の装幀や造本にみせたこだわりを思い出させる。大正三年（一九一四）、当時は新参の出版人であった現岩波書店の創業者、岩波茂雄が頼み込んできたのを受け入れて『こころ』（連載時は「心」）を自費出版したが、その際、経費節約も兼ねてであろう、装幀も自らやると申し出た。できあがったのが、朱色の地に古代中国の文字模様（周の岐陽《きよう》の石鼓《せっこ》の拓本からとられた「石鼓文」）が浮き出た、今も岩波文庫や漱石全集で使われているあの表紙デザインである（図12）。

『心』自序には、

> 装幀の事は今迄専門家にばかり依頼してゐたのだが、今度はふとした動機から自分で遣《や》つて見る気になつて、箱、表紙、見返し、扉及び奥附の模様及び題字、朱印、検印ともに、悉《ことごと》く自分で考案して自分で描いた。

とある。若き日に「実用と共に建築を美術的にして見やうと思つた」ことを思えば、おそらく熱心に細部までこだわり、かつ楽しみながら取り組んだようすが髣髴《ほうふつ》とされる。なにしろ自身の美意識を目に見える形に組み立てる、めったにない機会である。それまで挿画や装幀を担当してくれた橋口五葉や中村不折らの眼を意識しながら、密かにライバル心さえ燃やしていたかもしれない。

『畿内見物』についても細かなところまで批評の眼を光らせている。

図12　夏目漱石『こころ』装幀原画（表紙）　1914年　岩波書店

……三色版もあれば木版もあり写真版もあるといふ如くに用紙にも印刷にも変化があつて面白い。只光る紙の多いのは欠点である。三色版は多く水彩画に用ひてあるが今の日本の印刷の程度では油画を印刷したよりも成功してゐる。木版印刷はほり方もすり方も好い。此画集での見物《みもの》であらう。鉛筆画は印刷の悪い為実に詮《つま》らぬものに化《な》つてゐる。

漱石ってこういう人だったのだ。いったん着目して指摘をはじめると、言い尽くさないではおれない感じである。しかし考えてみればこれほどの周到さは、自身では気づきにくい点を指摘された作者にとっても、いまだ画集を手に取っていない読者にとっても稀にみる親切な忠言であり、紹介となっているかもしれない。また重箱の隅をほじくるうるさ型に見えて、かりにも名所案内の役割をもった市販本であればそれなりの対象を想定した工夫は肝要という、全体を考慮したうえでの細部への意見ともとれよう。

さらに注目したいのは、美術館に飾られる油彩の大作を疑問もなく優位と考える通念に一石を投じ、画集などで気軽にお目にかかれるスケッチやエッチングに公平な眼を促す姿勢である。「数秒にして成るスケツチも数ケ月を費して成る油画もその間に逕庭《けいてい》（隔たり）はない。価値の如何《いかん》は画の大小や労費の多少にあるのでなく技の達せると否とにある」と述べて、漱石は今後もこのような画集の出版に、絵の愛好者として期待を寄せる。さらに、「欧洲の画に於て型に囚《とら》はれて特色なき油画の大作よりは寧《むし》ろクリンゲル（怪奇性のある作品で話題を呼んだドイツの版画家）のエッチングの如き者を面白く思ふ」のと同じく日本でもそうあれかし、と次のようにしめくくる。

其画のコマ絵たると油画の大作たるとを問はず作家の特色と潑剌《はつらつ》たる真生感の蔓《はび》これる所あるものを芸術品として推奨せん……

潑剌たる真生感とは、无声会で若い画家たちの活気に感心した「生々の感じ」と通じるものだろう。画集二冊の評にとどまらず、漱石の筆は普遍的な芸術論へと近づこうとしているかのようだ。

＊

以上を見てきただけでも、漱石が美術に対して幅広く関心をもつ姿勢、過去の模倣や旧態依然としたものへの嫌悪感、独自にテーマを創造し場合によっては理詰めかつ難解な筆致で持論を述べる態度、新しく具体性のある提言、細部への周到な目配り……などがうかがえたことと思う。そしてこれらの特徴が最大限に発揮され、さらに新たな漱石の顔が見えるのが、次にみる「文展と芸術」なのである。

二 「文展と芸術」

ついに本丸へと足を踏み入れることにする。

「文展と芸術」は、大正元年（一九一二）十月十五日から二十八日まで、計十二回にわたって連載された、四百字詰めでいうと計百十枚におよぶ〝大作〟である。

文展とは、前に述べたように明治四十年にはじまって大正七年まで毎秋、上野公園で開催された文部省美術展覧会のこと。その第六回展の一般公開初日十月十三日に、漱石は寺田寅彦とつれだって訪れた。寅彦は漱石の熊本五高時代の教え子である。門弟としてはもっとも古株にあたり、気心も知れている。自ら絵も描いたから、美術展をめぐるには最良の同伴者であっただろう。出かける前の十月六日、漱石は新聞社宛の手紙に、もし自分に書ける種がなくても「寺田君には何か頭にひらめく事」があるだろうと手紙を書き送っている。

二人は「非常の混雑」のなか、「人の波に揉《も》まれながら部屋から部屋へと移つて行つた」。文展が発足した明治四十年の初回に四万四千人近くだった入場者数は、回を追うごとに増加しつづけ、第六回展（十一月十七日終了）では十六万二千人弱まで膨らんだ。漱石と寅彦が足を運んだ初日だけでも一万一三七九人の入りであったという。参考までに、当時の東京市の人口は約二百一万人であった。

執筆の経緯

ところで、「文展と芸術」が執筆されるまでの経緯は、見方によってはいろいろな事情が絡んでいた。漱石の十月四日の日記に「昨日山本（笑月）（社の）が来て文展の批評をしてくれと頼む」とあるから、記事はこの依頼にこたえて執筆したことは間違いない。ただし、どの角度から漱石を論じるかによって受けとる印象が変わってくる。その一例として、江藤淳氏が『漱石とその時代』第五部で述べた経緯を紹介しておきたい。江藤氏はおもに漱石の心理や体調面に焦点をあてていると思われるので、本書のように美術という面からアプローチするのとでは、同じころの漱石も違って見えてくるところが興味深い。時代や社会との関わりから、もしくは他のテーマで漱石を切り取れば、また異なる面がクローズアップされてくるだろう。江藤氏は次のように述べている。

第六回文展の少し前、大正元年九月末の時点で朝日の紙面では中村古峡《こきょう》の小説「殻」が連載中であったが、次の連載小説は漱石の出番に決まっていたという。そのタイミングで「文展と芸術」を連載したのは、「大塚保治が執筆をしぶったのでその身代りという意味もあったが、小説にとりかかる前の時間稼ぎでもあったに違いない」と。

一方で大塚は前にもふれた友人の美学者で、第一回から第三回まで文展審査員を務めていた。漱石は新聞社から頼まれた後、どういう経緯か、大塚のもとに文展評の執筆について依頼しに出向いたらしい。しかし大塚は談話筆記や匿名を希望するなど快諾とはゆかなかった。結局は漱石が書くことになったが、江藤氏のみるところ、それは連載小説を書きはじめるまでの〝時間稼ぎ〟の意味が大きかったというニュアンスである。ただ、時間稼ぎで書いたにしては、漱石の文展評は全体でみればかなり力の入った濃い内容になっている。

それはそれとして、文展評が終了してひと月あまりたった十二月六日から「行人」の連載がはじまっている。しかし江藤氏によると、この頃の漱石は前年夏の胃潰瘍の再発に続き、九月には回復が順調に進まない痔の手術を受けるなど体力が衰弱していたうえ、同じ年の元日から四月末まで連載していた「彼岸過迄」が文芸誌などで悪評を受けた（後出）ことなども影響したのか、創作意欲の面で減退傾向にあったという。加えて、そんなものがあったのかと驚くけれど、前年明治四十四年秋に文芸誌「文章世界」が行なった作家の人気投票で漱石は四位に甘んじていた（一位から三位は島崎藤村、田山花袋、正宗白鳥）。四位ならじゅうぶんに人気作家ではないかと思いきや、二年前の明治四十二年に雑誌「太陽」が実施した人気投票で漱石は一位であったから、朝日入社当時の「馬鹿人気」（江藤氏）が去っていたことは確かであった、ともいえるわけである。人気投票を好まなかった漱石は、それだけに「ひょっとすると人一倍人気の消長が気になる性質《たち》であったのかも知れない」と江藤氏は推測し、当時は「一種異様な孤独感」にも苛まれていたという。新連載にあたっても「気も乗らず自信もなく如何にも書きにくゝ候」「創作は天下の根気仕事の一なるべくと存候」「小生は如何なるまづきものをかいて世間の物笑ひとなつても筆を執らねばならぬ義理合と相成候」とずいぶん弱気な手紙を十二月一日付で中村古峡に宛てて送っている。実際、「行人」の筆の進みはずいぶん遅かったようだ。

いずれにしても新聞社に入って五年半がたち、たびたびの病も影響したであろう、背中に羽根が生えたように「変り物として出来得る限りを尽すは余の嬉しき義務である」と弾んでいた精神状態からは少なからぬ変化をきたしていた時期だった――と、このような角度からみれば、「文展と芸術」も漱石が心身万全の状態で書かれたとはとても言えなくなる。しかし、それにしては筆致にしろ内容にしろ、必ずしも弱気の沼に沈んだものとは思えないことも確かなのである。

きなくさい背景――「国策」と画壇内の確執

一つふまえておかなければならないことがある。現代のわれわれがふつうに読むだけでは見えてこないが、この第六回文展には大きくいえば二つの無視できない背景――「国策」の余韻と、日本画・洋画それぞれの「画壇内の確執」が大きくよこたわっていて、漱石の気分と物言いにはそれらが少なからず関わっていることである。あらかじめそのへんを頭に入れておくと、漱石の言葉が重層的に読めてくる。どんな背景か。

そもそも文部省美術展覧会というからには国が主催する展覧会である。それが明治四十年に開催されるようになるまでには、「国の立場」からするとどのような経緯があったのか。それまで美術が総合的に展示される機会といえば、明治十年の内国勧業博覧会や、日本画のみでいえば明治十五年、十七年の内国絵画共進会などがあったが、いずれも政府が富国強兵とならんで力を入れた殖産興業のための政策が出発点となっていた。そのため内務省や農商務省が主催し、いわば芸術というより勧業、産業が奨励された催しであった。しかし明治三十七、八年の日露戦争に勝利して産業の発展と国家権力の基盤がととのってくるなかで、ようやく文化政策が独り立ちする機運を迎えた。

これが〝純粋に〟美術奨励のための展覧会を開こうとする流れにつながり、文部省主催によって「文展」が開催されることとなったわけである。

このような官展を設置する動きは、一九〇〇年（明治三十三）に漱石が訪れたパリ万博を経験したあたりから芽生えていたらしい。約十年にわたってフランスに留学していた西園寺公望が明治三十九年に首相となり、牧野伸顕文相や東京美術学校長の正木直彦、また黒田清輝や大塚保治らが動いて実現にいたった。ただし審査委員長を文部次官が務めるなど、「文展の設置は、天下り的な明治の近代化施策の一つ」とも非難されていたのであった。

さらに画壇の内部でも紛糾があった。日本画部門がこの第六回文展から二科制に変更されたのである。というのも、それまで日本画壇は大きくいえば東京の新旧両派と京都派の三派に分かれていた。東京の新派は岡倉天心、横山大観、下村観山らの日本美術院が中心となった国画玉成会、旧派は日本美術協会系の正派同志会で、文展の発足当初からいがみ合いを続けていたが、実力では新派の優位は明らかであったという。しかし旧派に属する審査員たちが、第五回文展で授賞のあり方に不満を募らせ、袂を連ねて辞任してしまった。そこで文部省は妥協策として、第六回展から日本画は二科制にすることを決めたのである。

そんな経緯もあり、文展には審査への各流派の思惑、それにともなう不公平性などが何かと取り沙汰されていたらしい。漱石も多少は関心を向けないではいられなかっただろう。

またこの一件は、のちに洋画にも影響を及ぼした。二年後の「二科会」設立につながったのである。現在も続く二科会の発足の経緯について、ホームページでは以下のように説明している。

フランスに留学していた新進の芸術家が帰朝するに従って、文部省展覧会の審査に新・旧の価値観の違いが目立ってきました。そこで、新・旧を一科と二科に分離するように政府に要求しましたが、時期尚早なりと却下されました。

そのため一九一四年（大正三年）文展（文部省美術展）の洋画部に対して新進作家たちが新しい美術の確立を標榜して、在野の美術団体「二科会」を結成し「流派の如何にかかわらず、新しい価値を尊重し創造者の制作上の自由を擁護し、抜擢する」という趣旨のもとに一世紀におよぶ歩みを踏み出しました。

こういったきなくさい背景をもった第六回文展であった。そして漱石は美術を愛好する小説家であると同時に、明治四十四年に講演「現代日本の開化」でも語ったように、明治とともに生まれ育った一日本人、一人間として国を憂え、天下国家や文明を論じる近代知識人であった。その眼は、否応なく、壁に掛けられた画面の中にのみ注がれるわけにはゆかなかったのである。

1　熱をおびた芸術論

長い前置きになってしまった。ようやく本文に入ってゆくことにしよう。

「文展と芸術」では冒頭の五回分、全体のおよそ約四分の一にあたる四百字でいえば約二十五枚分を割いて、独自の芸術論が滔々《とうとう》とつづられている。その開口一番に、あの「芸術は自己の表現に始つて、自己の表現に終るものである」という宣言がなされたのである。いきさつはこうである。「近頃述作に従事するごとに、自分の懐《ふところ》に往来して已《や》まぬ此《この》信条」を文展の会場でも感じたため、さらに同じことは「真正なる凡《すべ》ての芸術家の第一義とする所でなければならない」と強く感じたので、あえてここで筆を振るうのだという。

ただし、この年の文展は、先に述べたような芸術の本質とは別の事情のもとに開催された。漱石はいざ「宣言」の内容を説明しようとして、「此一句の後《うしろ》には余りに多くの背景が潜んでゐることをも発見した」と書いている。一見ごく当たり前に感じられるこの言葉に、「余りに多くの背景」が潜んでいる、その中身は、一つは国策面であり、一つは画壇内の紛糾であった。と同時に、「自己の表現」ということの、突きつめれば一筋縄ではいかない深さをも含んでいるのではないか——。そのことを念頭におきながら、漱石の「芸術論」へと分け入っていくことにする。

先に全体をみわたしておくと、まずは芸術の「第一義」として先の宣言の内容を念入りに説明したあと、「第二義」としてやむを得ずといわんばかりに批評や審査の必要性を認め、その理由を述べる。ただし筆はそこにとどまらない。認めはするけれど、審査する立場にいる者たちが守るべきことがあるとして、具体的な条件をつきつけて厳しい自覚を促す。さらに、芸術を享受する立場にある一般市民への「警告」が加えられる——という熱の入れようなのである。詳しくみてゆこう。

「第一義」の強調

「芸術は自己の表現に始つて、自己の表現に終るものである」とはどういうことか。漱石は「芸術の最初最終の大目的は他人とは没交渉である」という。「広い社会や世間とも独立した、全く個人的のめい〳〵丈の作用と努力に外《ほか》ならん」と。

「書《か》いたり塗《ぬ》つたりしたいわが気分が、表現の行為で満足を得る」「其所《そこ》に芸術が存在してゐる」のであるから、それによって生まれた作物が他人に及ぼす影響については、道義的にあれ、美的にあれ、芸術家は顧慮し得ない筈である。もしそれを顧慮してしまうならば、「芸術家としては既に不純の地位に堕在して仕舞つたと自覚しなければならない」とくどいほど厳しい。

さらに、出来上がった作物の善悪は関係なく、「無我無慾に」「自己に忠実な気分と、全精神を傾けて自己を表現し尽さなければ已まないといふ真面目な努力と勇気」と「決心」によって、全精神を打ち込み強く深く生きた自覚が大事であり、それは自己特有の精神状態である――という。そしてこんなふうに述べる。

　丸で人に見せる料簡もなく、又褒められる目的もないのに、単純な芸術的感興に駆られて述作を試みなくては居られなくなる場合が、我々の生涯中に屢《しばしば》起つて来るではないか。

「述作」に限らなくとも、これに似た気分を経験したことがある人は少なくないのではなかろうか。たとえば思いを文章にまとめる作業に没頭していて、ふいに鍵となる考えがひらめいたり、熱量がピークに達したとき、矢も楯もたまらないという感情が猛然と襲ってくることが私ですらある。これが導くいわゆる〝三昧〟の境地は、当然ながら、漱石自身が一度ならず味わったから断言できるのだろう。全精神をもってそれを画家ならば絵に、作家ならば小説に表わし得たならば、そこに自己は発現されている。そのどこにも他人はおろか、邪念の入る余地などあろうはずもない。つまるところ、「徹頭徹尾自己と終始し得ない芸術は自己に取つて空虚な芸術である」ということになる。

評価という〝魔〟

以上、冒頭の宣言すなわち芸術の「第一義」について詳細に語ったあと、漱石は「第二義」の説明へと進む。評価という〝魔〟についてである。

まずは、他人の評価。これまで述べた「第一義」の後にくるものはすべて不純なる副産物であるが、他人の評価は最も権威ある〝魔〟である、と漱石は語る。これに犯されるとたちまち己を失却し、陋劣《ろうれつ》な態度と心情で見苦しき媚を売ろうとし、常に不安の眼を輝かし空疎な腹を抱いて悶え苦しまねばならぬ、と。

「自己を表現する苦しみは自己を鞭撻《べんたつ》する苦しみである。乗り切るのも斃《たお》れるのも悉《ことごと》く自力のもたらす結果」である。困憊して斃れるか、半産の不満を感じるのでないならば、出来栄えについて最後の権威は自己にあるという信念をもって、自然の許す限りの努力が発揮される。それが芸術家の強み、即ち存在であり、「自己の存否が全く他力によつて決せられるならば、自己は生きてゐると云ふ標札丈《だけ》を懸けて、実《じつ》の命《いのち》を既に他人の掌中に渡したと同然」という。うーむ、そうなると他者の評価の恐ろしさをはねのけ、なんとか自己鞭撻して自力で乗り切りたいものであるが……簡単なことではなさそうだ。

次に、自己の評価。いやでも後から必ず襲ってきて芸術家を苛み、不安に陥らせ続ける〝魔〟は、他者の評価だけでは済まない。というのは、芸術家が何物かを捕まえ、制作熱の高潮に達した狂喜、絶対の境に入り、「白熱度に製作活動の熾烈《しれつ》な時には、自分は即ち作物で、作物は即ち自分」、全くの同体となる——仏教でいう〝不二〟に近い一体感であろう——状態が過ぎてしまえば分別の世界に戻り、客観的態度をとり戻す。そうなると自己評価は過去の自分を恥じる一方となる。

芥川龍之介が「戯作三昧」でつづった滝沢馬琴の心境を思い出させる。「八犬伝」に苦吟しながらも馬琴は稿をつぐべく、机に向かっていつものように前日に書いたところを読み返すと、なぜか調子が狂っているように思えて狼狽した。その前に書いたところにも眼を通してみると、これもまたいたずらに粗雑な文句ばかりがちらかっている、その前も、その前も……「読むに従って、拙劣な布置と乱脈な文章とは、次第に眼の前に展開して来る。そこには何等《なんら》の映像をも与えない叙景があった。何等の感激をも含まない詠歎があった。そうして又、何等の理路を辿らない論弁があった。彼が数日を費して書き上げた何回分かの原稿は、今の彼の眼から見ると、悉《ことごと》く無用の饒舌としか思われない。彼は急に、心を刺されるような苦痛を感じた」。いかにもリアルで、芥川自身が体験した心理状態に違いない。

漱石自身、「硝子戸の中」の最終回でこれまでを振り返って、「筆をとって書こうとすれば、書く種は無尽蔵にあるような心持もするし、あれにしようか、これにしようかと迷い出すと、もう何を書いても詰らないのだという呑気《のんき》な考《かんがえ》も起ってきた。しばらく其所で佇《たた》ずんでいるうちに、今度は今まで書いた事が全く無意味のように思われ出した。何故あんなものを書いたのだろうという矛盾が私を嘲弄《ちょうろう》し始めた」と書いている。

他人の評価もさることながら、創作者にとって自己の評価もそれほど手強いものなのである。こうなってくると、芸術家はたまったものではない。そのため、いっそまったくの他人に審査を委任して安心しようとする。堕落を承知で、具眼者《ぐがんしゃ》（眼識を具えた人）の批判を信頼する芸術家の気持ちはもっともである、というのだ。「此《この》状態に確《しか》とした区切りを付けて呉れる具眼者の批判は、第二義に於て芸術家に必要であるかも知れない」、ことに青年芸術家にとって有益にならないとは限らないゆえに、漱石はここにいたって、「第二義的に」審査を渋々認めるのである。ただし、あくまで審査員は具眼者でなければならず、具体的で厳しい条件をつけることも忘れない。

具眼者の条件

ならば具眼者の条件とは。

「自分の圏内に跼蹐《きよくせき》（背をかがめ、狭い所を抜き足差し足でゆく）して、同臭同気のものばかり撰択するといふ精神では審査などの出来る道理がない」「已れに遠きもの、已れに反したもの、少なくとも已れ以外の天地を開拓してゐるものに意を注」ぎ、「同類相求むるの旧態を棄つると共に、異類相援《たす》くるの新胸懐を開いて批判の席に坐るのが、刻下の時勢に順応した具眼者に外ならない」。ようするに、己と相容れない輩は排除して、息のかかった者だけを引き上げるといった態度は言語道断、逆に自分とは異なるところに目を開き、心を配って公平に判断することが求められる。考えれば当然のことである。当然のことがこれほど強調されるのは、その実践がいかに難しいか、または現になされていないということの裏返しである。

漱石はさらにとどめをさす。「文展の審査員諸氏に向つて、たとひ一人たりとも助かるべき筈の芸術的生命を、自己の粗忽《そこつ》と放慢と没鑑識とによつて殺さざらん事を切望して已まぬ」と、審査の必要性を認めるのと同時に、審査員に重い自覚を促すのである。

これについては、漱石自身が文学を志す若い人たちに批評や励ましを惜しまなかったことを思い合わせれば説得力を増す。一例として、作家志望だった野上弥生子は習作「明暗」を木曜会に出入りしていた夫の豊一郎に託して漱石に読んでもらったところ、明治四十年正月、細部にわたる意見や感想とともに文学の根本義を語る巻紙二通の手紙を受け取った。いつだったか、東京新宿の漱石山房記念館で展示された巻紙の筆文字に思わず読み耽ったことがある。「非常に苦心の作なり。然し此苦心は局部の苦心なり」にはじまって、褒めるところは褒め、率直な苦言さえいかにも親身なこの手紙を二十一歳の弥生子は何度読み返したことだろう、そのたびにどれほど励まされたことだろうと感動すらおぼえた。弥生子は同年、「縁《えにし》」が漱石の推薦で「ホトトギス」に掲載されて小説家としてのスタートを切った。

後のことになるが、中勘助の自伝的小説「銀の匙」を表舞台に引き上げたのも漱石であった。中から送られてきた原稿を読んで激賞し、新聞に載せるには最初の部分を五十回ほどに書き縮めたほうがいいと助言した。そして社会部長の山本笑月に宛てて、朝日紙面に掲載して恥ずかしくないものと推薦し、「珍らしさと品格の具はりたる文章と夫《それ》から純粋な書き振とにて優に朝日で紹介してやる価値ありと信じ候」（大正二年二月二十六日付）という手紙を送った。「銀の匙」は大正二年四月から朝日新聞に連載されて中の出世作となり、現在も名作として読み継がれている。

また芥川龍之介の「鼻」に感服するや、称賛する手紙を送って大いに励ましたこともよく知られている。大正五年二月、「新思潮」に掲載された短篇「鼻」を読んだ漱石は、本人宛の書簡で「大変面白いと思ひます落着があつて巫山戯《ふざけ》てゐなくつて自然其儘《そのまま》の可笑味《おかしみ》がおつとり出てゐる所に上品な趣があります夫《それ》から材料が非常に新らしいのが眼につきます文章が要領を得て能《よ》く整つてゐます敬服しました、あゝいふものを是から二三十並べて御覧なさい文壇で類のない作家になれます」（二月十九日付）と激励した。二十代半ばの駆出しがこのような手紙を漱石からもらったとしたら、計り知れないほどの力を得ないはずがない。漱石が絶賛したことが芥川ののちの文壇での活躍を後押ししたといわれる。次世代への面倒見のよさ、真摯な対応は晩年まで貫かれたのである。

「文学の専門家」として漱石はこれだけのことをしていた。となると、審査員の評価次第で将来の偉大な芸術家が育たないとも限らないのであり、逆にまだ形にならない才能の芽が摘まれてしまわないとも限らないのである。

続けて漱石は、審査員諸氏に向けてこうも述べる――。自分は時間が許さないとはいえ、「年に三四度は、義務としても屹度《きつと》それら（寄贈の雑誌に載る小説類）を頭《あたま》から仕舞迄読み通す。さうして読み通す毎に、いまだ存在を認められない無名の作家から、思はぬ利益を受けた事を感謝しなかつた試《ためし》がない。他人は自分より夫程《それほど》面白い方面の経験と観察を有《も》つてゐるのである」、画も彫刻も同じだろう、と。

ちなみに第六回文展の西洋画の審査委員主任は森鷗外であった。鷗外は第一回から審査員をつとめ、前年の第五回から主任になっている。

落選展のすすめ

まだ終わらない。漱石はさらに踏み込んだ提案をする。

「(文展に) 出てゐる以外に、どんな個性を発揮した作品があつたかは不幸にしてまだ解決されない問題」だ、つまり権威ある場所に堂々と飾られているだけが優れた作品ではないといい、なんと、「落第の名誉を得たる芸術家諸氏が、文展の向ふを張つて、サロン、デ、ルフューゼ (落選展のこと) を一日も早く公開せん事を希望する」とまで述べるのである。

「落選展」といえば、今や世界美術史上で大きな芸術運動として評価の定まった、とりわけ日本では高い人気を誇る十九世紀フランスの印象派がからんでいる。漱石は『文学論』で批評や審査について論じたさい、文学でも発表当初は見向きもされないか酷評された作品が時を経て、場合によっては作家が亡くなってから評価される例がいくらでもあるのだと述べたあと、芸術に目をむけて「落選展」にふれている。「尤《もつと》も悲酸なるは所謂《いわゆる》仏国の Impressionist 派が始めて自己を天下に紹介したる初期の歴史なり。此《この》派の今日に優勢なるは邦人の熟知する所にして、ことに Claude Monet

の如きは何人も其名を口にせざる事なき程なれども、四十年前を回顧すれば、他の迫害を蒙る事甚《はなは》だしきものありしに似たり」。そのあまりの新しさゆえにアカデミー派に「狂人」と目され、官展であるサロンに出品する特権を得られないなどの迫害を受けた今でいう印象派の画家たちは、ナポレオン三世の哀れみにより、いわゆる Salon des Refusés（落選展）を開いた。その際、モネが日没の景色を「Impression」（《印象・日の出》）と題して出品したのが嘲笑され、冷評の意味を含んで彼らは「Impressionist」と呼ばれるようになった、と。しかし、じつはこの一八六三年の落選展には、マネの《草上の昼食》（裸体の女性が二人の紳士とともに草原で昼食をとっている情景が道徳上の問題とされ物議をかもした）やピサロらの作品は展示されたけれど、モネの《印象・日の出》はそもそも一八七二年に制作されたもので、当然出品されていなかった。実際は十一年後の一八七四年、モネやシスレー、ドガやルノワールらがサロンに対抗した団体展を開いたとき、批評家ルイ・ルロワが諷刺新聞でモネの《印象・日の出》をもじって「印象派」と称したために、現在の命名となったのである。漱石の勘違いはともかく、言いたいことは「新陳交謝の際に起る争闘の例は是にて充分なるを以て其他を言はず」という一文から汲みとれる。

これにふれる前にも漱石は、ラファエル前派や、フランスのバルビゾン派の画家ミレー、イギリスの風景画家コンスタブルらの真価が発表の当初はほとんど認められなかったことも詳しめに紹介していて、芸術と批評の関係へのもどかしさが伝わってくる。

落選についていえば、この第六回文展では、近代日本画の歩みにおいて大きな足跡を残した速水御舟や村上華岳、美人画で知られる鏑木清方、また津田青楓や平福百穂ら、洋画ではセザンヌを日本に紹介して衝撃をもたらした白樺派の有島生馬らが落選の憂き目にあっていた。

落選展のすすめにつづき、漱石はさらに「同時に個人の団体から成るヒューザン会の如き健気《けなげ》な会が、文展と併行して続々崛起《くっき》せん事を希望する」と言い添える。ヒューザン会とは斎藤与里、高村光太郎、萬鉄五郎（図13）、岸田劉生ら、ゴーギャンやゴッホなど後期印象派の影響を受けたおもに二十代の画家たちが集まって、フランス語で「木炭」を意味する「ヒュウザン」会を名乗り、文展が開会した二日後の十月十五日から十一月三日にかけて第一回展を催したことを指している。漱石は文展を再訪した十月二十六日、こちらにも足を運んでいる。落選展と同じく、若く新しい芸術運動を見届けようとする漱石の姿勢のあらわれであろう。同会は翌年に第二回展を「フュウザン会」として開催した後に解散したが、のちに岸田、木村荘八らが草土社を結成した。

図13　萬鉄五郎《女の顔（ボアの女）》1912年　岩手県立美術館

以上のように、芸術のありかたについて思いのたけを縷々《るる》述べてきた漱石であるが、こういった物言いの根底にあるのは「個人主義」の立場からものを見ることであり、ひいては自由を愛する天性ゆえである、とわざわざ言い添えている。加えて、芸術の分野に限らず「自分が如何に権威の局所集中を忌むか」にもよる、と。これは前年、やはり文部省からの一方的な博士号授与を辞退した逸話を想起させる。漱石は明治四十四年二月二十一日、文部省専門学務局長福原鐐二郎宛に「然る処小生は今日迄たゞの夏目なにがしとして世を渡つて参りましたし、是から先も矢張りたゞの夏目なにがしで暮したい希望を持つて居ります。従つて私は博士の学位を頂きたくないのであります」という手紙を送っている。これも「個人主義」に通じる一貫した態度である。振り返れば、イギリス留学を命じたのも文部省であった。漱石の人生はどこか文部省との因縁が続く感がある。本人も、「どうも私は文部省の展覧会に反対をしたり、博士を辞したり、甚《はなは》だ文部省に受けが悪い人間であります」と講演（「模倣と独立」）で皮肉まじりに話している。権威嫌いは、さかのぼって明治四十年、西園寺公望首相のサロン雨声会を「時鳥《ほととぎす》厠《かわや》半《なか》ばに出かねたり」と欠席したこととも通い合う精神であろう。

広い芸術と狭い文展

ここまででも相当な熱量であるが、なお筆の勢いはとまらない。漱石は芸術を享受する一般の人びとへの忠告も忘れなかった。こんなふうである。

一般の社会も亦《また》広い芸術と狭い文展の関係を、大体の上で呑み込んで置かないと、善意に芸術を誤まり、かねて自己を誤まる訳になる。

広い芸術と狭い文展――これは何かを思い出させないだろうか。そう、『三四郎』(明治四十二年)の序盤で、東京へ向かう汽車で乗り合わせた三四郎に、まだ名も知らぬ広田先生が言った言葉である。日露戦争の勝利が頭にあった三四郎が「これからは日本も段々発展するでしょう」と能天気に言ったのに対し、広田先生は「亡《ほろ》びるね」と答える。そして、「熊本より東京は広い。東京より日本は広い」「日本より頭の中の方が広いでしょう」「囚《とら》われちゃ駄目だ」と語るのである。目の前のものにとらわれたり偏ったりすることなく、ミクロとマクロの視野とをあわせもち、互いの関係性を頭においておくよう常に心がける、という意味にとれば、同じことが芸術においてもあてはまりそうである。では「善意に」誤まる、とはどういうことか。文展会場を見て回る群衆は、この権威ある場に展示された作品は特別に優れたものであると疑うこともなく、悪意など微塵もないとしても、その他大勢の芸術家の営みや作品が存在していること、それらに目を配ることは頭からすっぽり抜け落ちているのではないか。そうなれば芸術のみならず、自己をも誤ってしまうことになる。その危険を漱石は警告しているのである。何ごとも狭い所だけ見ていてはことをあやまるといった思想を、漱石はあらゆる面において抱きつづけていた。このことを伝えるためには、限られた読者を対象とする書物や専門雑誌ではなく、新聞紙面という場はこのうえなく有効であっただろう。

そんなふうに力のこもった芸術論を述べあげたうえで、漱石は具体的な作品評に移ってゆく。その際、「門外漢として文展を観た時の感想を、実際の絵画に就て、一回か二回書かうと思ふ。云はゞ余興とか景物とかいふ位のものである」と、一見謙遜めいた前置きをしていることに注目しておきたい。実は巧みな伏線となっているからだ。おいおい見てゆくことにしよう。

2　日本画の部屋へ

際立つ感動もなく……

漱石は雑踏のなか、展示室へと足を踏み入れる。第一から第五室は「日本画一科」、すなわち「旧派」の作品が並んでいた。

あらかじめ漱石は、芸術の鑑賞力は個々にずいぶん差のあるもので、自分は鈍感であり、ほとんど誰しもがもっている異性に対する美醜の判断ほど明らかな直覚を芸術に対してもっていないことを深く恥じる――と、ふたたび念入りに防波堤を築いてから評しはじめる。これはまだ序の口で、謙遜を装った前置きはさらに繰り返されるのだが。

第一室に入ると、**田南岳璋《南海の竹》**（図14）が目に入った。六曲一双の大きな金屏風の全面に竹やぶが描かれている。前景に節まで輪郭線のくっきりした竹が無造作に生えていて、その根元に筍がにょきにょきと顔を出したり背を伸ばしかけたりしている。なんとなしに漫画ふうのタッチを思わせる。「南海か東海かは固《もと》より自分の関係する所ではないが、其悪毒《あくど》い彩色は少なからず自分の神経を刺戟した。竹といひ筍《たけのこ》といひ、筍の皮といひ、悉く一種の田《でん》臭を放つて、観る者を悩ませてゐるやうに思はれた」。どうも気に入らない。「此むらだらけに御白粉《しろい》を濃く塗つた田舎女《いなかをんな》の顔

図14　田南岳璋《南海の竹》1912年

図15　橋本雅邦《竹林猫図》1896年　東京国立博物館

に比較すべき竹の前に立つた時」漱石はふと、いい対照として先だって表慶館で見た橋本雅邦の竹（《竹林猫図》）（図15）を思い出した。縦に長い画面の右側に細い竹が二本すうっと伸び、その上方からのびた笹をたくわえた枝に雀が三、四羽とまっているのを、竹の根っこの位置から白地に頭と尾と背を黒く染めた猫が見返るように眺めている図である。あれはすっきりと気品高く出来上がった画であったなあ——あからさまには言わず、比較対象を持ち出して目の前の絵への不満を表わす漱石であった。

　橋本雅邦（一八三五—一九〇八）は「最後の狩野派」として大観や観山、玉堂らを指導した重鎮である。漱石は書簡などで彼を持ち上げたりけなしたりしていて、この翌大正二年七月三日の橋口貢《みつぎ》宛の手紙では「画報社より雅邦大観と申すもの出で候最初の二巻にて雅邦の価値も相分り申候あれは実に巧みなる人と存候あまり巧み過ぎて窮屈に候其でも品格の落ちぬ所が偉ひ点かと思はれ候」とレベルの高さは認めながらも、技術に巧みすぎる性質をちくりと指摘せずにおれないのだった。

ところで漱石は、同じ手紙で「此間ゴッホの画集を見候珍な事夥《おびただ》しく候西洋にも今に大雅堂が出る事と存居候」と書いている。まださほど一般に知られていないオランダの画家ゴッホの油彩を印刷物で見て、その「珍な」作風をおそらく好意的にうけとり、江戸中期の文人画家、池大雅と路線を同じくする、と観察したのである。《十便十宜図》などで知られる池大雅は、中国南宗画を学んだうえで琳派など日本の伝統画や西洋の画法をもとり入れ、自由奔放な独自の画風を生み出した。与謝蕪村とともに日本南画の大成者とされる。一見突飛な連想にみえながらも、二人に共通する真の新しさといったものを漱石の眼は感じ取ったのだろう。もしくはゴッホの星月夜や糸杉と、池大雅の岩山や木々の、ともにうねくるような筆づかいに相通じる精神を発見したのかもしれない。何かを真似たものでなく、誰にも真似できない、各人の積み重ねが編み出した自然の発露において、二人は同じ路線を歩いていた。時空の壁を取っ払う漱石の視角は広い。

図16　山口瑞雨《琉球藩王図》1912年

竹やぶの向こう側には、「琉球の王様」（**山口瑞雨《琉球藩王図》**）（図16）がいた。六曲屏風一双の右半分、庭園回廊ふうの場所に琉球王が立ち、背後に数人の女性が控えている。漱石は大勢いる侍女が「何れも御さんどんであつた」とあまり品のよくないからかい方をしている。時代も時

図17　田中頼章《水郭の春》1912年

図18　石河有鄰《春庭香艶》1912年

代である。寅彦相手に、「なんだあれ、侍女どころか飯炊き女みたいだな」「先生、口が悪いですよ」と、そんな会話でも交わしたのであろう。

その横には「春の山と春の水が、非常に大きく写されてゐた」。これは**田中頼章**の六曲屏風一双**《水郭の春》**（図17）で、中国の山水をイメージしたような、急峻な岩山を背景に樹々や水面が靄《もや》がかかったふうに幻想的に描かれたもので、「其大きさに感心した」と一言。三等を受賞した作品ではあるが特段の感慨はなかったらしい。

第二室に入ると、目についた数点を漱石は流れるように列挙して過ぎてゆく。

「綺麗な牡丹があつた」（**石河有鄰《春庭香艶》**六曲屏風一双）（図18）、「御公卿様《おくげさま》が大勢ゐた」（**磯田長秋《宴》**六曲屏風一双）（図19）、「三国誌の挿画《さしゑ》にあるやうな男も二人ばかりゐた」（**池上秀畝《朔北》**六曲屏風一双）（図20）、「白楽天と鳥巣（窠）和尚が問答をしてゐた」（**今井爽邦《汝が居所却て危し》**）。

図19　磯田長秋《宴》1912年

図20　池上秀畝《朔北》1912年

最後の「問答」というのは、唐の詩人白楽天が杭州の長官として赴任してきたところ、木の上で坐禅をしている禅僧がいた。「そんなところで坐禅をしていると危険ではありませんか」と声をかけると、樹上の鳥窠《ちょうか》道林禅師は「私にはあなたの方が危険にみえます」と答えた。高級官僚の心に潜む煩悩の火を禅師は見抜いていたという逸話である。さまざまな経典に載っている話で、古くからたびたび画題にされていたという。漱石は明治三十二年に熊本から大分に旅をしたさい、「雛僧《すうそう》の只《ただ》風呂吹《ふろふき》と答へけり」という句をつくっていて、前書きに「巌の端にすわって藁を積んでいる幼い僧が凩《こがらし》がふくたびに千丈の崖下に落ちそうになっているのを見て、危ないよと告げたところ、いのちは一つじゃあきらめておりまする、と答えたので忽然と鳥窠和尚の故事を思い出してこの句を詠んだ」という趣旨の説明を加えている。会場に展示された画題に若き日の旅が思い出され、五高の教え子である寅彦とそんな昔のことを話題にしたかもしれない。それにしても英語教師のころから漱石の頭には中国の仏教故事までが刻まれていたのである。絵を見るにしてもただの門外漢とはいえそうにない。今井氏の画には、それをもってしても特別の感興を催さなかったようである。

これが欲しいと思った

第三室に足を踏み入れた漱石は、入口近いところで一つの画に出会って、立ちどまった。縦に長い山水南画で、下半分の近景はやや密に上半分の遠景は雲の向こうのように薄らと描かれ、手前から奥へとくねりながら土手道が続いているようだ。右上には長めの画賛が綴られている。「芭蕉があつて、鶴がゐて、丸窓の中に赤い着物を着た人がゐた。さうして遠くの方の樹や土手や水が、如何にもあつさりと遠くに見えた」——**田近竹邨《たぢかちくそん》**の**《平遠《へいえん》》**（図21）を見て、漱石は「是《これ》が欲しいと思つた」。

田近は江戸後期の文人画家、田能村竹田《たのむらちくでん》の出身地である豊後竹田に生まれた南画家で、竹田の養継子田能村直入《ちょくにゅう》に日本画を学んだ。芭蕉は、早稲田の家の書斎から見える場所に植えさせた漱石が愛好する植物である。人混みの中で数秒ほど、この画を書斎にかけて眺めるひとときを思い描いてみたかもしれない。が、ふと目録を見ると五百円とある。買うのをやめた。新聞社の月給二か月半分となれば、夢も瞬時にさめてしまうではないか。とはいえ、文展で唯一「欲しい」と直接的な言葉が飛び出た目の先にあるのは、子どもの頃から好んだ南画であった。こういうとき、漱石の眼から批評の構えは瞬時に吹っ飛んで、ぴょんと嗜好の域へと移っている。気分もまんざらではなかったろう。

なおこの記述からは、文展では出品目録に作品の価格が記してあり、希望すれば購入できたことが知れる。同展美術審査委員会が明治四十二年に詳しく定めた「美術展覧会規程」をのぞいてみると、第五章に「売約及搬出」の項目が設けられている。「陳列品は売買契約を本会において取り扱う」として、「購買しようとする者は代金をそえて事務所に申し出る」「契約が成立すれば出品札に貼紙をする」「閉会後七日以内に搬出する」……などの細目が定められている。値段はどのように決められたのかと思えば、出品者が文部大臣宛に提出する「出品願」の書式に、住所・氏名や作品題などと並んで「代価」の欄があるではないか。すると本人が希望価格を記して提出したことになる。また「非売品は代価の欄に非売品と書くべし」とあるから、売らなくてもよかったらしい。おそらく購買希望者は早い者勝ちなのだろうが、「出品人が代価を変更しようとするときは事務所に届け出ること」の一文も見えるので、売れない場合は会期終盤に値下げを申し出たケースもあったかもしれない。なんだか商店の閉店前セールのようだ。

図21　田近竹邨《平遠》
1912年

そういえば漱石は十月二十六日にも津田青楓と会場に足を運んでいる。よもや売れ残った《平遠》の値下げにわずかな期待を寄せたのでは……まさか、まだ会期半ばなのでそれはあるまい、いや多少は……などと想像するのは面白い。田近竹邨はこの作品とは別の《深遠》で褒状を受賞した。

図22　津端道彦《火牛》1912年

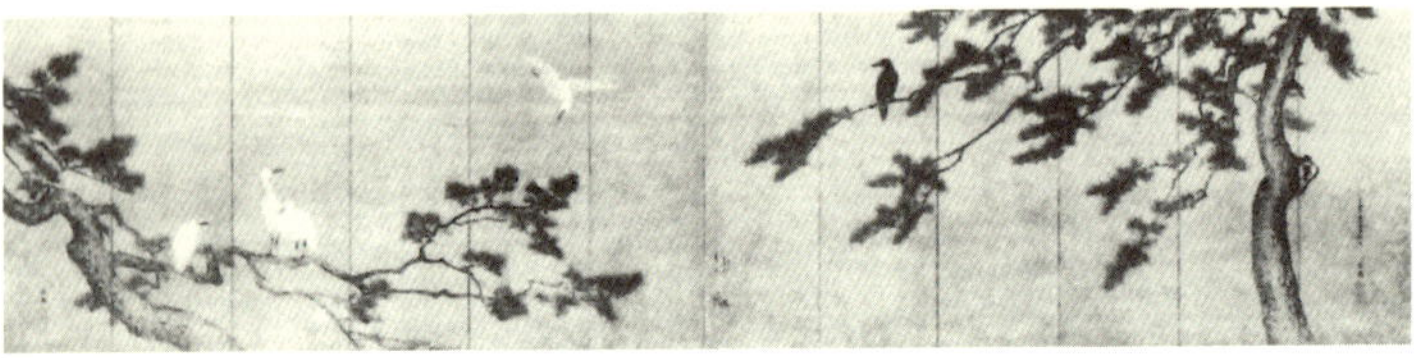

図23　望月金鳳《松上烏鷺図》1912年

津端道彦の**《火牛》**（図22）に目を移す。六曲屏風一双に恰幅のいい牛が多く描かれている。「実は水牛である。もし水牛でなければ河馬《かば》である」とややからかい気味に、「恐るべく驚ろくべき動物である。そのあるものは鼻を逆さまにして変な表情を逞《たくま》しうしてゐた」と、絵の出来不出来はおいて、描かれた牛のありさまに恐れをなしたような感想である。歴史人物画を得意とした画家らしいが、本作で二等賞を受賞した。

「烏《からす》と鷺《さぎ》が松の木に留つてゐた」というのは、審査員でもある**望月金鳳**の**《松上烏鷺図》**（図23）である。「両方とも生活に疲れてゐた。さうして羽根の色が好くなかつた」と、いかにも生活に疲れた鳥たちに同情するつぶやきのみを残して通り過ぎた。「猫の金鳳」と呼ばれた望月は、円山派に学び動物画を得意とした。

歩を進めると、「曲《まが》り角には大きな真黒な松が生へてゐた」とは、**佐久間鉄園《茂松清泉図》**か、または陰里氏によれば**益頭峻南《玄雲匝地》**（図24）についてである。「此松には風も滅多に触《さわ》る事が出来ない。蟬抔《せみなど》はとても

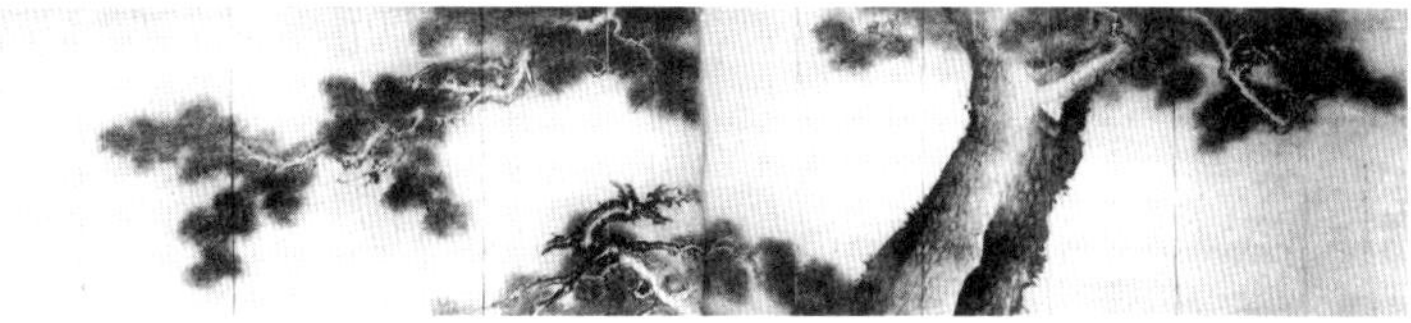

図24　益頭峻南《玄雲匝地》1912年

図25　小室翠雲《四時佳興》1912年

〱寄り付けた訳のものではない」という感想は、大仰さや不自然さへの批判や皮肉によめる。どちらにしても漱石の好まない画風が想像される。

第四室では気にとまった作品はなく、そのまま第五室に歩を進める。

入ったとたん、「山水の景色が横に長く続いてゐる途中から拳骨《げんこつ》の様な白いものが斜《はす》に突き出してゐた」。これは三等を受賞した**佐竹永陵**の**《夏景山水、冬景山水》**か、または**小室翠雲**の**《四時佳興》**（図25）（陰里氏による）らしい。「あれは雲でしょうか」とかたわらで寅彦が聞く。「雲でないとしたら何だろう」、漱石は考えてみたが、ついに想像も及ばなかった。

「栗鼠《リス》が葡萄の幹を渡つてゐた」と

図26　荒木十畝《葡萄》1912年

図27　尾形月耕《山王祭図》1912年

いうのは、**荒木《あらき》十畝《じっぽ》《葡萄》**（図26）である。

漱石は葡萄の幹を渡るリスの眼がはなはだ複雑だと注目して、下りようとしているでもなく、留まろうとしているでもなく、そうかといって、何を考えているでもないが、決して唯の眼ではない――とリスの眼の表情からその内面にまで想像を膨らませている。先の望月金鳳《松上鳥鷺図》では鳥たちの〝生活疲れ〟を表面から見て取るのみであったことを思えば、そこは荒木十畝という画家の資質を直観したのか、小説家としてそそられるものがあったのか、「此眼《このめ》の表情を一口《ひとくち》で云ひ終《おお》せた人に二等賞を捧げたい」とウィットのあるコメントを加えている。

次の画には、「木の股《また》に鳥が沢山ゐた」。これはふたたび**池上秀畝**の**《梢の秋》**（六曲屏風一双、三等受賞）で、「感心な事にいづれも鳥らしい様子をしてゐた」とは皮肉っぽい。

さらに**尾形月耕《山王祭図》**（図27）には、「象がゐて、見付《みつけ》があつて、富士山があつた」と、とくに感想らしいことも述べないままに歩を進めた。

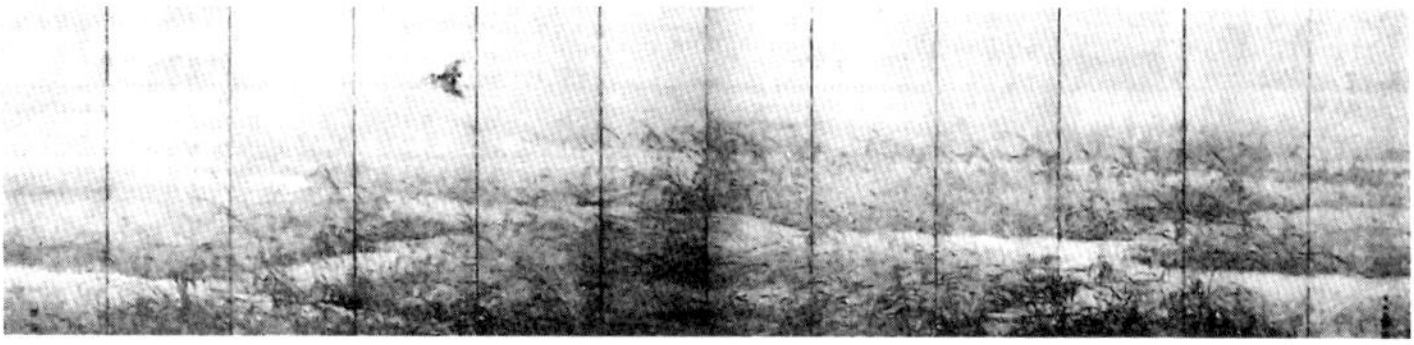

図28　芝景川《稲の波》1912年

「屏風に稲の穂が一面に描《か》いてあつた」といふのは芝景川《しばけいせん》《稲の波》（六曲屏風一双）（図28）である。「此稲の穂の数を知つてゐるものは天下に一人もあるまい」。ここでも絵の出来不出来にはまったく無関心にみえる。文展において漱石が、冒頭で宣言したように「芸術家が自己の表現をしているか否か」を第一義の基準として見ているとすれば、こういったコメントをしたり一言もふれなかった場合は、その点からいえば瞬時に「問題外」の判定が下されたのかもしれない。

漱石が日本画の「一科」と「二科」の区別、分科にいたった経緯をどこまで詳しく知り、意識していたかはわからないが、第一室から第五室の旧派を見終わると、順路は新派の展示室へとつながっていった。

すこぶる振るっていた

第六室から第十三室は日本画二科、新派の展示となる。開口一番、「六室は面白かつた」というからには、これまでの旧派の作品群は結局のところ、どこか物足りなかったのだろう。

まず尾竹竹坡《おたけちくは》の《天孫降臨》（図29）が目に入った。「天孫丈《だけ》あつて大変幅《はゞ》

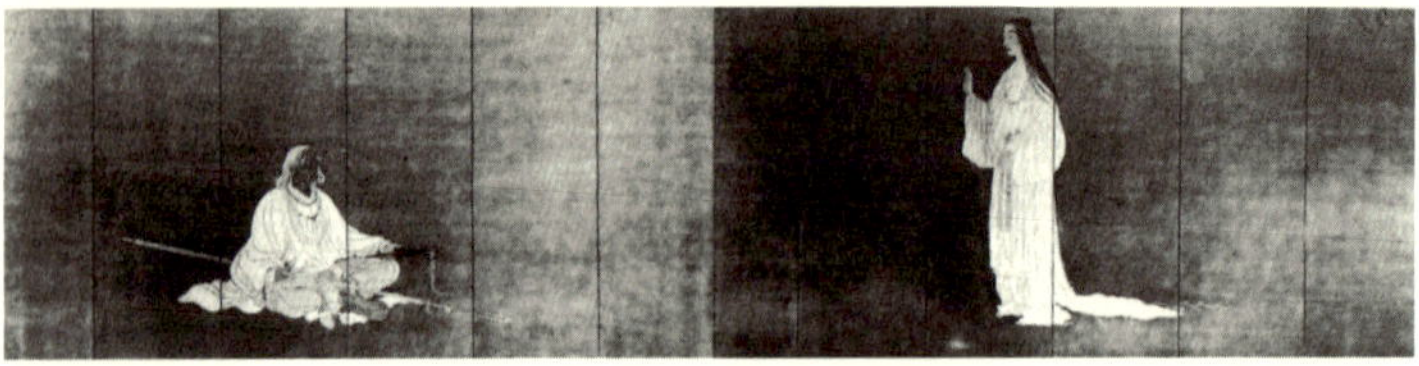

図29　尾竹竹坡《天孫降臨》1912年　六曲二双のうち中央部

図30　結城素明《甲ふたる馬》1912年

を取つてゐた」というのは、六曲二双だからまさに横に長い屏風に、瓊瓊杵尊《ににぎのみこと》が高天原から高皇産霊尊《たかみむすひのみこと》、天照大神の命を受けて日向国の高千穂に天下るという記紀の神話が、背景を描かずに人物だけが居並ぶかたちで配されている。漱石の感想はというと、「出来得べくんば、浅草の花屋敷か谷中の団子坂へ降臨させたいと思つた」。全体が静かで厳かなたたずまいなのだが、この天孫を東京下町の賑やかな歓楽地に招待したいという発想は、私にはなんとも量りかねる。

次に、「筋向ふにも昔の男が四五人立つてゐた」とは、**北上峻山**の《**犠牲**》のことらしく、「この方が余程人間に近かつた」という。先に見た天孫たちが人間らしくなかったと言いたいのだろうか。神話の人物であればそれはそれでよいと思ったりもするのだけれど。

結城素明の《**甲《よろ》ふたる馬**》（図30）には例によって好意的である。六曲一双の屏風に、おのおの美しい衣装で着飾った三頭の馬が進行方向を左にして、異国人らしい男に引かれている。「とても乗れる馬ではない

図31　平田松堂《木々の秋》1912年　東京国立近代美術館

から引っ張つてゐるのだらうが、引っ張つてゐる所を見る丈で好《い》いのである。此馬は紙を切つて張り付けたと同じ恰好で、三角形の趣を具へた上へ、思ひ切つた色彩を施した、奇抜なものである。乗れなくても飾つて置けば宜しい。馬の主は素明君であつた」。民族衣装ふうのめいめい個性的なデザインや色彩を見るだけでじゅうぶんに楽しめたのであろう。「馬の主は素明君であつた」には、彼にしか描けない絵だという満足感も込められていそうである。漱石は无声会（無声会）の展示でも結城素明に期待を寄せていた。彼の親友でもある平福百穂の作品が落選して隣に並ばなかったのは、漱石にとっても残念なことであっただろう。

素明君の通りを横丁へ出ると——という軽やかな調子で、漱石の眼は次の六曲一双屏風に移る。「大きな松に蔦《つた》が絡んで、熊笹の沢山茂つた、美くしい感じのする所が平田松堂君の地面であつた」とこれもまた好意的に評するのは、**平田松堂《木々の秋》**（図31）である。

古いモノクロ図版で見るかぎり、横に長い金地を背景に太さもさまざまな木々の枝があらゆる方向にのび、大きさも形も色も多種多様な葉が散らばっていて、賑やかな華やかさといった印象だ。川合玉堂に学んだ平田松堂は、俵屋宗達、尾形光琳、また漱石が一度ならず小説に名を登場させた酒井抱一に影響を受けたといい、どこかに共感ポイントを察知したのかも

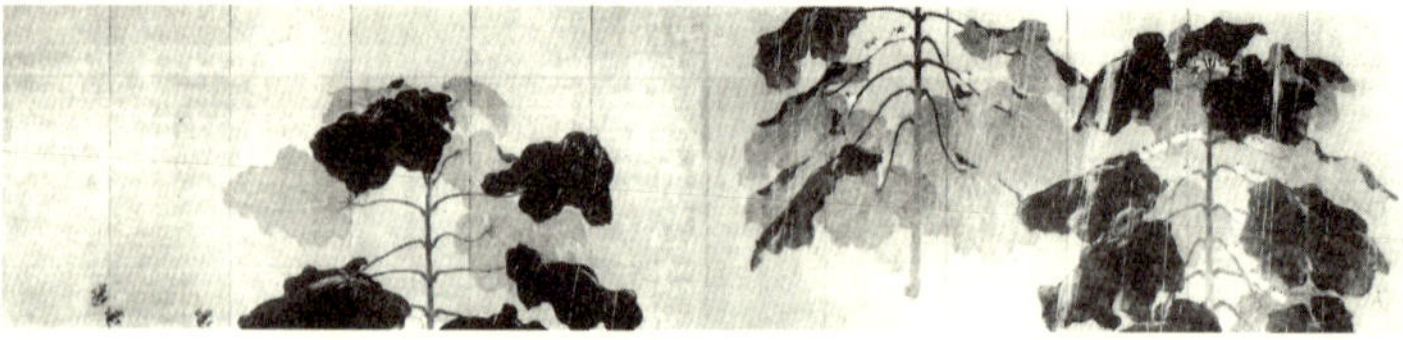

図32　広江霞舟《白い雨》1912年

図33　冨田溪仙《鵜船》1912年　京都国立近代美術館

しれない。それとも全体が模様画ふうの構図に興を感じたのだろうか。この作品は褒状を受賞し、文部省に買い上げられた。

第七室に入る。

「忽《たちま》ち大きな桐の葉を白い雨が凄まじく叩いてゐる大胆な光景」が飛び込んできた。**広江霞舟**の《白い雨》（図32）である。大ぶりの葉の表に裏に雨が打ちつける桐が六曲一双の屏風の左隻に一本、右隻に二本、上下を切り取ったような思い切った構図で描かれている。「明治の書生広江霞舟君が桃山式の向ふを張つて描《か》き上げたやうな此「白い雨」を愉快に眺めた」と好意を寄せたのは、なによりも伝統様式に挑戦するように新たな作風を生んだ画家の創意、加えて現代的ともいえる斬新なデザイン性に反応したのではなかろうか。

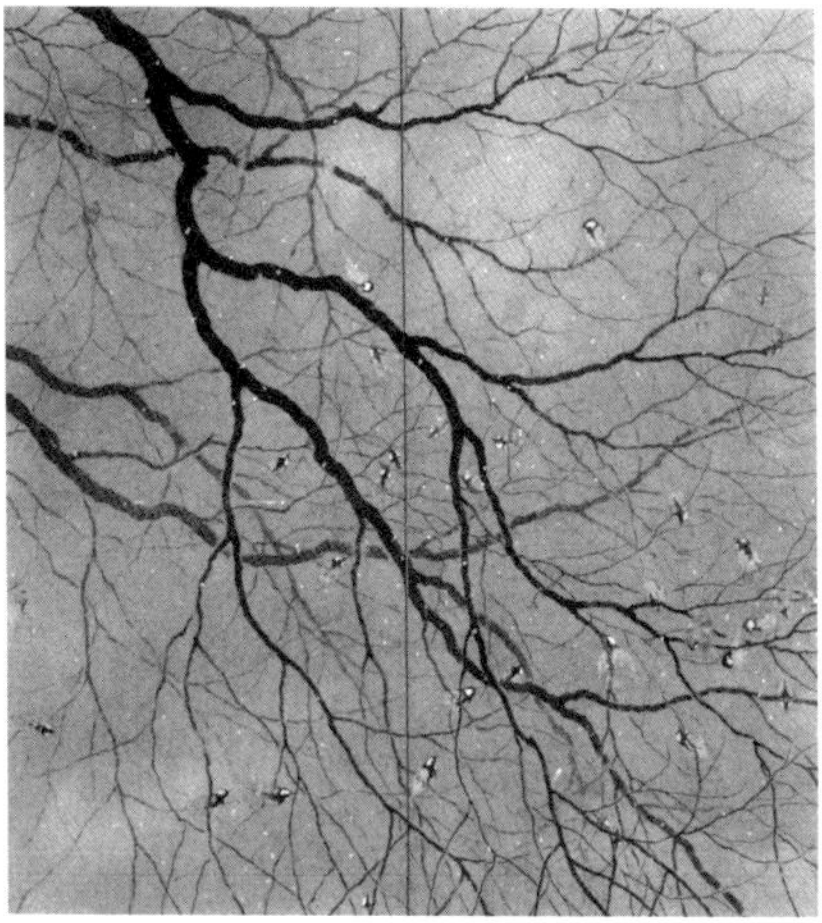

図34　佐野一星《ゆきぞら》1912年　京都市立芸術大学芸術資料館

つづいて**冨田溪仙**の**《鵜船》**（図33）に目をやる。「「鵜船」も亦《また》頗《すこぶ》る振《ふる》つたもの」と、漱石はその新鮮な描法に快哉を叫ぶ。縦長の紙に水墨で描かれたのは波間に一見無造作に浮かぶ十一艘の鵜船。舳先や縁などに所狭しとおとなしくあるいは羽を広げて陣取る鵜ども、棹を操る船頭や客たちのしぐさや表情が、墨一色ながら豊かに表わされている。漱石は折にふれてやるようにここでも描かれたものを擬人化しながら、「船が平気な顔をして上下一列に並んでゐる。煉瓦《れんが》を積んだやうな波が其間を埋めてゐる。塀の中に船を詰め込んで、横から眺めたら此位雅に見えるかも知れない」と想像をたくましくして、読む者をも楽しませる。読んだ人は《鵜船》を見に出かけたくなったのではないか。この作品は「新しい画風の確立を宣言する水墨画」と横山大観にいわしめたという。

第八室に進み、最初に目についた二枚折の屏風に、漱石はちょっとだけ興味を示した。

「屏風はべた一面枝だらけで、枝は又べた一面鳥だらけであつた。夫《それ》が面白かつた」

おそらく**佐野一星《ゆきぞら》**（図34）であろう（または**山下竹斎《暮林》**六曲屏風一双を指すという説もあるが）、灰色の寒そうな空一面に何

図35　池田蕉園《ひともしごろ》右隻　1912年

図36　尾竹国観《勝関》左隻　1912年

本もの細い枯れ枝が左上から右下へと流れるようにのびる間を、やはりモノトーンの小さな鳥たちが飛び交ったり足をやすませたりしている。冬空の静かな落ち着いた空気感もさることながら、漱石は一見して「べた一面枝だらけ」と「べた一面鳥だらけ」を組み合わせた、やはりデザイン的な面白さに惹かれたのではなかろうか。

「美くしい女が沢山ゐた」というのは当時、京都の上村松園とともに、東京の女性美人画家として人気を博した**池田蕉園**の**《ひともしごろ》**（図35）のことである。画布には欄干の向こうで軽やかに着飾った女性たちが思い思いの格好でくつろいだりお喋りに興じたりしている。雑踏にもまれて多少の疲れもおぼえたころ、たおやかな光景に出合って漱石の眼が瞬時になごんだ感がある。徳川時代の女が「明治の女によつて描かれた事を申し合せた様に満足してゐるらしく見えた」と、絵のなかの人物や動物になりかわって思いを述べる評も漱石らしい。同じく日本画家の夫、池田輝方とそろって褒状を受賞したが、好意的な言葉の中から、しかし可もなく不可もなしの気分も伝わってくる。

その向かいにある**飛田周山《天女の巻》**については、天女が「周山君のために彼女一代の歴史を横に長く開展してゐる」というが、漱石には花やかさより寂びた印象が勝ってみえたらしい。彼女の周囲にある草木や水が「至極真面目に裏表なく栄へたり枯れたりした」とは謎めいた言葉だが、自然をも公平に襲う栄枯盛衰が天女の一生さえもわびしく感じさせたのであろうか。

「尾竹国観先生がしやもを蹴合はせてゐた」というのは先に見た尾竹竹坡の弟、**尾竹国観**の《**勝**《かち》**鬨**《どき》》（図36）である。烏帽子をつけた男たちが軍鶏《しやも》の闘鶏や見物に興じているようすを描いた六曲屏風一双で、描いた国観は「文展の絵を頭ごなしに誰彼の容赦なく攻撃する人」であるという。それゆえに漱石は、絵に感じ入ったというより「自分は先生の男らしい此態度に感服するものである。だから先生のしやもに対しても出来得る限りの敬意を表したい考でゐる」。画を見ず人を評して平気の平左。先生これで済ませてよろしいのでしょうか、とちょっと突っ込みたくなる。

「大正の近江八景」

第九室に入って、「不可思議なものを見た」という。なにごとか。

「何でも水の上に船が浮いてゐて、空から雪のやうなものが、ポツ〳〵落ちて来る所ぢやないか」。**都路華香の《豊兆》**六曲屏風一双を見ての描写であるが、「題も謎になつてゐるのであらう」と漱石は首をかしげるようにして次へと歩を進める。

次に並んでいたのは「斬新な画風で日本画に新生面を開いた」と評価される**今村紫紅**の《**近江八景**》（図37）。漱石はどう見たか。「近江八景」は中国の《瀟湘八景》になぞらえて琵琶湖南部の湖畔から八つの景勝を選んで画題としたもので、通常は石山の秋月、比良の暮雪、瀬田の夕照、矢橋《やばせ》の帰帆、三井《みい》の晩鐘、唐崎の夜雨、堅田《かたた》の落雁、粟津の晴嵐をいうが、今村は「勢田」「堅田」「石山」「矢走」「唐崎」「粟津」「三井」「比良」と題して、どこか西洋画を思わせたり（「矢走」に私はフランス印象派の画家シスレーの点描画が思い浮かんだ）、繊細な新墨絵とでもいえそうなタッチ、奇抜な空間の取り方、山上の雲の描きかたの大胆さなど、古来の日本画のイメージとは異なる作品である。紫紅が初めて描いた本格的な風景画という。

漱石は、「大正の近江八景として後世に伝はるかどうかは疑問であるが、兎《と》に角《かく》是迄の近江八景ではない様である。だから人が珍らしがるのだらう」という。新しさにはさすがに敏感で、「大正の近江八景」の言い回しが、ふた月半前に幕を開けたばかりの新たな時代を意識させる。しかし続けて、流派に関係ないまったく初心《うぶ》の鑑賞者を連れてきて昔の八景とどちらがいいかと聞けば、「存外昔の方を択《えら》むかも知れない」などといじわるなことを述べる。ただし、そんな皮肉を言うのも「今村君の苦心と努力を尊敬するから」だとか。持ち上げているのか、貶めているのか、最後は、色彩は「甚だ新らしい様ではあるが何だか自分の性に合はない」と突き放すように別れる。画家は途方に暮れるか苦笑するほかないではないか。

二等賞を受賞したこの作品は、革新的な日本画として一九六八年に重要文化財に指定され、現在は東京国立博物館に収蔵されている。それでいえば、「後世に伝はる」作品になったわけである。

図37　今村紫紅《近江八景》重要文化財　1912年　東京国立博物館
（上段右から）「勢田」「堅田」「石山」「矢走」
（下段右から）「唐崎」「粟津」「三井」「比良」

写真屋の背景にしたらどうか

第十室に入る。ここではなんといっても木島桜谷《このしまおうこく》の《寒月》（図38）への痛罵がきわだっていて、もともと遠慮のない漱石の評のなかでも強烈な例といえる。

六曲一双の横に長くのびる画布には一面の雪山に細い竹や木々が黒く立ち生え、右上方に下弦の月が浮かぶ。中央には餌を物色してきたのか、雪に足跡を残しながら一匹の狐が歩いている。

「去年沢山の鹿を並べて二等賞を取つた人である」とあるから、漱石は前年の文展を見て木島の作品（《若葉の山》）を記憶していたようだ。評価の高かったその作品について、「あの鹿は色といひ眼付《めつき》といひ、今思ひ出しても気持の悪くなる鹿である」と容赦がない。さらに「今年の「寒月」も不愉快な点に於ては決してあの鹿に劣るまいと思ふ。屏風に月と竹と夫《それ》から狐だか何だか動物が一匹ゐる。其月は寒いでせうと云つてゐる。竹は夜でせうと云つてゐる。所が動物はいへ昼間ですと答へてゐる」。

描かれた光景は漱石にとってちぐはぐで、その不自然さがいかにも不愉快に思われたらしい。「兎《と》に角《かく》屏風にするよりも写真屋の背景にした方が適当な絵である」と締めくくる。美術の展示としてはふさわしくないとでも言いたいのか。どこがそれほど気に入らなかったのやら、漱石に聞いてみたい。

木島桜谷は近年再評価が盛んで、展覧会もしばしば催されている。もっとも当時も活躍していた若手作家の一人で、漱石が罵倒した本作で前年に続く二等賞受賞を果たし、翌年からは師の今尾景

図38　木島桜谷《寒月》1912年　京都市美術館

図39　吉岡華堂《枇杷、百日紅、芭蕉、南京瓜》四幅一点のうち三幅　1912年

年にかわって文展の審査員を務めている。

第十一室では**吉岡華堂**の**《枇杷、百日紅、芭蕉、南京瓜》**（図39）を「感じの好い枇杷《びわ》だの百日紅《さるすべり》だの」とさらりと一瞥したのみで、漱石は「審査員連の顔を並べてゐる」第十二室に足を踏み入れた。

最初に目に入ったのは、「茄子《なす》の葉を丁寧に几帳面に且《か》つのべたらに描《か》いた屏風」、**菊池契月《茄子》**（六曲一双）であった。「自分は其前に立つて、是は何の趣意だらうと考へた。尤《もっと》も茄子其物は捥《もぎ》つて漬物にしても恥かしくないやうな好《い》い色をしてゐたには違ない」とあいかわらず皮肉たっぷり

図40　今尾景年《躍鯉図》1912年　京都市美術館

図41　山元春挙《嵐峡》1912年

である。本作は三等を受賞した。

やはり審査委員として出品した**今尾景年**の《**躍鯉図**》（図40）は、縦長の画布の上方に、両ひれを万歳するように広げて尾をくねらせた黒い鯉が、背を向けながら勢いよく躍りあがっている。目玉や口の様子からは、上を飛ぶ蜂らしき虫と対話でもしているようだ。下方の池には鯉の名残りの水しぶきが輝き、右下方は笹の葉があしらわれている。これを前にした漱石の感想はこんなふうだ。

鯉は食ふのも見るのも余り好かない自分である。ことに此《この》躍り方に至つては甚《はなは》だ好かないのである。

なんと恣意的な言い草であろうか。京都四条派の優等生的な画にとりたてて欠点を見つけられず、悔しまぎれに「これはいただけない」とケチをつけた感さえある。ともかく漱石には型どおりで個性の乏しい印象しか受け取れなかったのであろう。

「それで山本春挙君《ママ》は鯉の代りに鮎《あゆ》の泳いでゐる所を描《か》いて呉れた」と、鯉ではなく鮎を画題にした**山元春挙**の**《嵐峡》**（図41）にひとまず感謝の意を表わした（?）ものの、「けれども斯う大きく描く興味は何処《どこ》から出て来たのだらう。商店で頼まれた広告絵ぢやないでせうかと友人は自分に語つた」と連れの寅彦を引っぱりだして不満なところを指摘するのを忘れない。

それにしても鯉を好かない漱石が、鮎を好んだというのは本当だったらしい。

塩焼や鮎に渋《さ》びたる好みあり

明治三十一年に詠んだ一句である。また文展の直前、大正元年九月に痔の手術を受けた見舞いに広島に住むかつての学友から御当地産の干し鮎が届き、自分は生の鮎より干した鮎のほうが好物だ、と礼状をしたためている。さらに余計なことだが、『三四郎』の冒頭の汽車の場面、便所に行った女を三四郎が鮎の煮びたしの頭をくわえたまま見送っていたり、『それから』では代助が友人から鮎を贈られたりしている。

いずれにしろ質のよしあしはそっちのけで描かれた題材を揶揄する類の評は、漱石にとって作品が論じる基準外であったことを示すのでもあろうが、当時または後に高く評価されたものを含めてまるで無視した作品も多い。酷評されたとしても目にとまったということは、漱石に何かを感じさせたということになるだろうか。

ところで漱石のような歯に衣着せぬ辛口批評を現代の感覚で読むと、「書かれた相手はさぞ傷つくのでは」と気の毒になり、同時にハラスメント意識が格段に敏感になったせいか、書いた方は大丈夫だろうかと気が回らなくもない。が、当時はさほど珍しいことではなかったようでもある。たとえば、折しも大正元年九月「三越」に発表された森鷗外の短篇「田楽豆腐」の冒頭には、主人公の作家が新聞で毎日悪口を書かれるさまが詳しく語られている。とはいえ、先の芸術論でみたように漱石自身、他者の評価の恐さは十分に知っていた。「吾輩は猫である」が世間を騒がせたとき、詩人で評論家の大町桂月は「詩趣ある代りに、稚気あるを免れず」と雑誌「太陽」で評した。漱石は虚子への手紙（明治三十八年十二月三日）で「桂月ほど稚気のある安物をかく者は天下にない」と反発し、その後に執筆した「猫」七章では桂月の名を出して応酬までしている——「陽気になれ」と桂月に書かれて、主人があまり飲めない酒をいつもの倍も飲んで顔を赤くすると、細君が「そんな人が第一流の批評家なの。まああきれた」と桂月を非難する——。これくらいはまだ笑えるとしても、前にふれたが、文展と同じ年、「彼岸過迄」について各誌が掲載した批評は、まるで容赦がない。

「夏目漱石は、遂に新聞の埋草書《うめくさかき》に終らんとするもの乎《か》。我等は『朝日』連載の『彼岸過迄』を見て、漱石の芸術的良心を疑はざるを得ず」

「我等は『彼岸過迄』を愛読しつゝあるものに非ず。率直に語れば我等は初め数回之《こ》れを読みたるのみにて、亦之れを続け読むの勇気と忍耐とを失ひたるもの也。『彼岸過迄』、其の語る所、何ぞ平凡なる。其の叙する事、何ぞ冗漫なる」

「漱石先生何ぞ雑報書きを以て自から居るものならん。我等は先生の自重を祈らざるを得ざるなり」

まだ「彼岸過迄」の連載が続いていた明治四十五年はじめ、雑誌に載った記事を江藤淳『漱石とその時代』第五部から借用したが、読んでいて血の気が引きそうになる。

他人の評価は「第二義的」と主張する漱石でも、中村古峡宛に次の小説への自信なげな言葉を吐露していたことも考え合わせると、これらを読めばいくらなんでも平気ではいられなかったのではないだろうか。その漱石が、太平洋画会の吉田博にしろ、文展では木島桜谷や、次にみる安田靫彦にしろ、自ら認めているように「口を極めて罵る」のである。その心理は私には不可解なのだが、おそらく漱石は嘘をつけない、正直な人であった。おべんちゃらなどひと言でも書けば天も自身も裏切ったことになるという信条のもと、門外漢を強調することで感想をストレートに述べるほかなかったのかもしれない。

現代ではこれほどあからさまな悪評が公の媒体に載ることは多くないように思う。人が傷つきやすくなったために他者への評価において「やさしすぎる」または「甘すぎる」のか、それとも事なかれ主義に傾いているのか。他方、ＳＮＳ上では批評ともいえない誹謗中傷が氾濫し、バッシングを受けた人の自殺という痛ましい話もあとを絶たない。かたや漱石の時代、打たれ強さというものかどうか、酷評が日常的であればこそ、ある程度の免疫があったとも考えられる。

漱石は、後にもみることになるが、いくら酷評されても自作の画への批評を周囲に求めてやまなかった。互いの関係が悪化することもなかった。一つには、基本的に相手を信頼していたためだろう。また一つには、漱石が批評をありのまま受け入れながらも、根っこのところでは自分の道をゆく信念にゆるぎがなかったためだと思われる。

とにかく頭に入れておきたいのは、当時の酷評を現代の感覚でとらえるのは適切ではないということである。今の多くの思考回路は、考える以上に新しいかもしれない。

ただ昔も今も、褒められて伸びる才能もいれば、辛辣な評に奮起して成長する人もいるはずで、批評のありかたは一概にいえないからこそ、立ち止まって考えてみることをその都度怠ってはいけない気がする。また、たとえ酷評にさらされても、まずは客観的に受けとめ、なぜその人がそのように述べたのかを冷静に考えてみる、あるいはもし直接に対話することが叶うならば、その後が多少違ってくることはあるかもしれない。漱石は大町桂月とじかに会った後、「今でも書いてる物には左程敬服はしないがね、逢つて見ると感心したよ、と言ふのは桂月は珍らしい善人なんだ。僕は今の世に珍らしい怜悧《りこうげ》気の無い（さかしらな様子がない、といった意味か）、誠に善い人だと思つたよ」（明治四十年四月三日、東京朝日新聞）と語っている。率直で後腐れがない。

なお批評について漱石がどう考えていたかがうかがえる手紙がある。小宮豊隆の「中村吉右衛門論」（「新小説」）を読んだ感想として、「神経作用」による批評を戒めながら、「もつと鷹揚にもつと落ち付〔衍〕ついて、もつと読手の神経をざらつかせずに、穏やかに人を降参させる批評の方が僕は真に力のある批評だと云ひたい」（明治四十四年七月三十一日）と意見している。「神経作用」とは一時の感情的な高ぶりといったことかと思うが、読む側の神経をざらつかせずに相手を穏やかに納得させる――批評としては一つの理想形であろう。

二つの《瀟湘八景》

次に漱石は、**寺崎広業**と**横山大観**がともに同じ画題《**瀟湘八景**》（図42・43）を出品していることに目を留めた。そこで両者を見比べながら興味深い論を展開してゆく。

「瀟湘八景」は中国湖南省にある洞庭湖で合流する瀟水と湘水付近の名勝八景を季節と絡ませながら描く画題で、通常は、山市《さんし》晴嵐《せいらん》、漁村夕照、遠浦《えんぽ》帰帆《きはん》、瀟湘夜雨、煙寺晩鐘、洞庭秋月、平沙落雁、江天暮雪の総称をいう。

秋田生まれの寺崎広業は狩野派や四条派などの画法を学んで上京、画塾で多くの門下生を指導した。文展では《瀟湘八景》のうち《山市晴嵐》《平沙落雁》《瀟湘夜雨》を除く五幅を出品し、のちに三幅を加えて完成した。横長の画布に、実際に現地に足を運んで写生をしたうえで描かれたのは、どれをとっても大胆さや奇抜な企みはなく、淡々として上品な山水画といった佇まいである。一望した漱石は「細い筆で念入りに真面目に描いてあった」とし、「ことに洞庭の名月（《洞庭秋月》）といふのには、細かい鱗《うろこ》の様な波を根《こん》限り並べ尽して仕舞つた。此子供の様な大人のする丹念さが、君の絵に一種重厚の気を添へてゐる。……善く倦《う》まずに是丈の結果を画面に与へられたものだと敬

図42　寺崎広業《瀟湘八景》1912年　秋田県立近代美術館
（右列上から下に）「遠浦帰帆」「山市晴嵐」「煙寺晩鐘」「洞庭秋月」
（左列上から下に）「瀟湘夜雨」「平沙落雁」「漁村夕照」「江天暮雪」

図43　横山大観《瀟湘八景》重要文化財　1912年　東京国立博物館
（上段右から左に）「遠浦雲帆」「瀟湘夜雨」「烟寺晩鐘」「山市晴嵐」
（下段右から左に）「漁村返照」「洞庭秋月」「平沙落雁」「江天暮雪」

服した。実際此波《この》は馬鹿気て器械的に描かれてゐながら、限界を非常に大きくする効果を有《も》つてゐる。夫《それ》だから子供のやうに働らきのない仕事でありながら、遂に貴重な努力になり終《おお》せる」と好意を示している。

しかし、である。「けれども斯ういふ意味を帯びた仕事は、支那人が既に遣《や》つてゐやしないかといふ疑がある」と、中国ですでに行なわれていた前例の模倣ではないかという疑いが湧いたとたん、「個性がそれ程著るしく出てゐない」と思えてしまい、漱石の評価は一気に下降してゆくのである。

この点はわかりやすい。

それに比べると、横山大観の《瀟湘八景》は――。

明治の画家横山大観に特有な八景であるといふ感じが出て来る。しかもそれが強ひて特色を出さうと力《つと》めた痕迹なしに、君の芸術的生活の進化発展する一節として、自然に生れたやうに見える。此間《このあひだ》表装展覧会の時に観た君の画は、皆新らしかつた。けれども何か新らしいものを描《か》かなければ申し訳がないと力味《りきみ》抜《ぬ》いた結果、やけに暗中に飛躍して、性情から湧いて出る感興もないのに筆を下したと思はれるものが多かつた。

今村紫紅を語ったときに「大正の」と冠したのは、この年に生みだされた《近江八景》という〝作品〟についてであった。ここでは「明治の画家」という。大観が一九六八年、明治の始まりとともに生をうけ、明治の時代とともに積み重ねた画業、その歳月が、ここに特有な《瀟湘八景》を生んだといった意味合いが含まれているようにも読める。

表装展覧会というのは、日本画を屛風、衝立、掛幅、画帖などに仕立てて意匠を競うもので、少し前の九月後半に上野竹之台陳列館で催された。計八十五人が参加、千六百点が展示され、陰里氏によれば大観は《月明》《水辺の月》《紅葉渓流》《月夜の鷺》などを出していた。そのとき抱いた印象と目の前の作品を比べた漱石の感想ということになる。つまり無理をした、不自然な新しさはよろしくないというわけである。

此八景はあんなものから見ると活きてゐる。横山大観君になつてゐる。

というのだが、どのような点を大観らしいというのか。

君の絵には気の利いた様な間の抜けた様な趣があつて、大変に巧みな手際を見せると同時に、変に無粋《いき》な無頓着な所も具《そな》へてゐる。君の絵に見る脱俗の気は高士禅僧のそれと違つて、もつと平民的に呑気なものである。……（《平沙落雁》の）雁は丸で揚羽《あげは》の鶴の様に無恰好《ぶかつこう》ではないか。さうして夫《それ》が平気でいくつでも蚊のやうに飛んでゐるではないか。さうして雲だか陸《をか》だか分らない上の方に無雑作に並んでゐるではないか。仰向いて夫を見てゐるものが、又如何《いか》にも屈託がなさゝうではないか。同時に雨に濡れた修竹の様（《瀟湘夜雨》）や霧の晴れかゝつた山《さん》駅《えき》の景色（《山市晴嵐》）抔《など》は、如何にも巧みな筆を使つて手際を見せてゐるではないか。――好嫌《すききらひ》は別として、自分は大観君の画に就《つい》て是丈《これだけ》の事が云ひたいのである。

気が利いていて、同時に間が抜けている。巧みな手際ながら、無粋で無頓着さもある。常人では辿りつけない画境かと思いきや、平民的に呑気なものでもある……。少なくとも専門家には書けない評であろう。漱石はこの《瀟湘八景》を好きだとか欲しいとは思わなかったかもしれないが、その眼は大観にしか描けない趣を表現した画であることを確かに感じ取った。このポイントは大きい。ただしここで終わりとせず、追伸を加えている。

舟に乗つて月を観てゐる男（《洞庭秋月》）が、厭《いや》に反《そつ》くり返つて、我こそ月を観てゐると云はぬ許《ばか》りの妙な感じを自分に与へた事も序《ついで》だから君に告げて置きたい。

こういった画家本人に語りかける言い回しを漱石はたびたび用いる。絵をはさんだ画家と見る側のやりとりを想像させて、その生き生きとした空気は読む者と作品との距離をも近づけ、親しみを湧かせるだろう。

美術評論家の高階秀爾氏は、漱石のこの評について、大観の「八景」の持っている特徴を生き生きと捉えた鋭い分析で、我々が今日読んでも「的確に大観の本質に触れた見事な批評」と評価している。中でも大観の特徴として「新しさ」を指摘し、その「新しさ」にも「個性的な自己の表現」

のために「いい（自然な）新しさ」「そうでない（無理をした）新しさ」があると述べた点に注目している（『日本近代美術史論』）。
新しさという点でいえば、大観は画題の「遠浦帰帆」を「遠浦雲帆」に、「煙寺晩鐘」を「烟寺晩鐘」に、「漁村夕照」を「漁村返照」にするなど微妙に変更し、順序も通常とは違えるなど独自のアレンジを試みていた。

一方の寺崎広業は、漱石の文展評を読んで「流石《さすが》に夏目漱石氏は一代の文豪丈《だけ》に頭脳明晰克《よ》く絵を味《あじわ》つて穏健な批評を試みてゐる」と語った（十一月二十日の雑誌「多都美」）というから、謙虚であくまでも真面目な人柄が思い浮かばれてくる。

再考・漱石の独創的な仏教美術観

つづいて漱石は、**安田靫彦**の《**夢殿**》（図44）をこき下ろし、失敗作であるとまで罵ったうえで、ついでだからと独自の仏教美術論を展開する。それについては以前に拙著で述べた。が、本書を書き進むうちに、背景にあるさまざまな事情や漱石の気分が以前よりはみえてきた。そこで、このややわかりにくい仏教美術論を（陰里氏もこの漱石の論にはいささか無理があり、そのためにこれまでほとんど無視されてきていると述べているので、完璧に理解しようなどとは身構えずに）前著を引用しながら再考してみたいと思う。他の多くの出品作のように素通りするのではなく、漱石がなぜこれほど《夢殿》にこだわって罵倒したのか、「ついで」といいながら多くの紙数をさいて持論を展開した理由はどこにあるのか。そして漱石が自らいう「新しい点」とは——。

図44　安田靫彦《夢殿》1912年　東京国立博物館

＊

《夢殿》は横長の画面の中央に、聖徳太子が台上に坐って瞑想に耽っている。向き合うように右側に三人の僧侶が描かれ、左背後には三人の女官が控えている。安田の談話によると「僧の外に女を描いたのは唐の夢を見てゐるところを表現した」（十月二十三日、読売新聞）という。シンプルな構図、全体に淡い色彩で端正な印象をもたらす絵だが、画家は「調子が弱すぎると云ふ非難があるかもしれないが、それは夢殿に籠って瞑想する意味でさうしたのである」と意図的であることを語っている。聖徳太子の研究を十余年続けてきた安田の満を持した作品であった。が、漱石は「観て何といふ感じも興らなかつた」という。結果をみれば最高の二等賞に選ばれ、実業家の原三渓に買い取られるという、高い評価を受けたにもかかわらず、「失敗ぢやなからうか」と自説を通して憚《はばか》らない。その根拠を説明するために、「序《ついで》だから」と前置きして、「自分がかねて日本古来の仏像だの仏画だのに就いて観察した新らしいと思ふ点を参考に述べたい」（傍点筆者）と語り始めるのである。

まず漱石のみたところ、日本や中国の仏画や仏像には、なぜか昔から好男子はいない。とくに寒山拾得や五百羅漢などは甚だしく男ぶりがふるわない——たしかに仙人にしてはぎょろりと異様な目つきの怪物じみた風貌、どこか足りない狂気めいた表情にお目にかかることも少なくない。漱石にいわせれば、崇高や超脱といった出世間的な偉力を有した精神上の徳が、かかる下品な容貌で代表されようとは思えない、目つきや顔立ちがいやしければ、下劣な人格を反映したととるのが常識。芸術家がそれをわからないはずがないのに、なぜわざわざそのような表現をするのか。ただ習慣といわれても自分には腑に落ちない、というわけである。

そこで考えるに、ギリシアの神像はことごとく人間の像である。正確にいえば、ギリシア人は神を彼らと同じ人間に引きおろして像にした、だから彼らの遺した像は「人間として立派」である、とのこと。なるほどギリシア彫刻の神々は、概して容貌も体格もととのっていて（人にすれば）欠点がない。そこに「神の代表者たる最も完全な人間を見るのである。若《も》しくは最も完全な人間を通じて神を見る」。ところが、日本の仏像はまったく反対のやりくちに出ている。「人間以上の仏《ほとけ》を、人間の眼鼻を借りて存在させやうと力《つと》めた」、だから「（眼も鼻も）実はほんの借物《かりもの》に過ぎない。方便として眼鼻を使ひこそすれ、目的は夫等《それら》の奥にある無形の或物である」——ここが「日本古来の仏像だの仏画だのに就いて観察した新らしいと思ふ」と漱石が自負する点かもしれない——そして、平凡な人間の姿で仏を表現しようとするなら、「奥にある無形の或物」つまり、見えない精神的ななにかしらを表わさなくては意味がない、といっているらしい。なのに、それをまったく人間程度に現わしては、仏を人間らしくするには都合がよくても、人間を仏らしくするにはかえって邪魔になる、という。「其不純な感じを頭《あたま》から抜き去る必要から、彼等は人間離《ばな》れのした不可思議な容貌を骨董の如くわざと具へてゐるのではなからうか」。では奇怪な容貌を通じて仏の魂がどうして輝き得るか――それが芸術家の「霊腕《れいわん》」である、と漱石は説くのである。

なかなか難解だが、ようするに仏を「ふつう」の人間の風貌に描けば、よほどの腕がないかぎり、まったく「ふつう」「平凡」にしか見えない。だから不可思議で奇妙な容貌に描く。しかしそんなふうに描いたからといって、いったいどうして仏の崇高さが観る者に伝わるのか。そこで漱石は自身の体験を語る。

かつて古仏像の写真を見たとき、顔はそこらへんでお目にかかる普通の顔であった。しかし、なんら奇妙なところのないその眼鼻立ちの奥から、「如何に人間を超越した気高い光が射《さ》したかは、忘れやうとしても忘れられない記憶の一つである」と。この平凡な顔は、「実に無限の常寂《じゃく》と、絶対の平和と、無量の沈着と荘厳とを以て自分に臨んだのである」。誰が造ったのかはわからない。無名の芸術家は、「決して一時の出来心からこんな像を刻んで見やうとしたのではなからう」。無名の芸術家の「霊腕」、不可思議なほどすぐれた腕前――精神性を伴うものか――がおのずとそのような仏像を刻ませた、と言いたいのであろうか。

わざわざ奇怪な風貌に描く必要はまったくない、しかし、それで観るものの心をゆさぶる仏の奥底の魂を伝えようとすれば、作り手には鍛錬で身につく技術だけではない、突き抜けた精神性が必要であって、それは残酷なほど作品にあらわれるのだろう。

一見穏やかな風貌をした安田靫彦描く聖徳太子や高僧たちは、そのような境地につれていってくれるものではなかったのだ、少なくとも漱石にとっては。ゆえに「形而上の仏教的な或物が何処《どこ》にも陽炎《かげろ》つてゐないとすれば、君の画は失敗ぢやなからうか」とまで言ってしまう。論として明らかに実証されるとは考えにくく、体験にしろ感想にしろ、漱石個人の物言いといえばそうであろうが、しかし漱石にとってはこれが〝真実〟であった。

＊

漱石がこの画を厳しく批判した理由としては、翌大正二年十二月に一高で行なった講演「模倣と独立」がヒントになる。そこにおいて漱石は、少し前に文展（第七回）を観たが、全く面白くなかった、とくに日本画はノッペリしていて、「御手際《おてぎわ》が好い」が、手だけで描いた気高さのない人格の乏しい絵であったと語っている。今尾景年の《躍鯉図》でも見たように、優等生然として突っ込み所のない絵を漱石は毛嫌いする傾向があるが、この画においては「霊腕」はもちろん、「奥にある無形の或物」という言葉が示唆するように、後にのべる漱石が重視した「奥行」もまるで感じなかったのだろう。腹に据えかねたかのようにこれだけの紙数を割いて述べ立てたのは、御手際のよさが際立つ《夢殿》を見たとたんスイッチが入ったのだと思われる。「可もなく不可もなし」では済まされない、思いのたけを言い立てずにいられなくなったのだ。

ところで、美術史学者の古田亮氏によれば《夢殿》の美術史的な評価は高く、「何よりもその絵画表現そのものに対する革新性」「線描と彩色の調和において、この作品は同時代の日本画中で最も新しく、優れた表現」とのこと。それはおいても、私にとっては安田靫彦は好きといえる画家で、漱石のいうことに唯唯諾諾と賛成できるわけではない。ただ、漱石が芸術において目には見えない精神性をこのうえなく重視することが理解できるのと同時に、負の要素であれ引っかかったら引っかかったなりに、自身の思考で編み出した独自の主張を堂々とやりおおす、何においてもその流儀を貫徹する姿勢には敬服しないわけにはゆかない。

次の第十三室についての記述はない。また第十四室は入口正面のスペースで、彫刻の展示場所となっていた。

3　西洋画の部屋へ

西洋画家の社会的窮状

一連の日本画を見おえて、漱石は十五〜十七室、西洋画の展示室へと足を運んだ。そこで、まずこれだけは言っておきたいとばかりに以下のような前書きをしている。

芸術を離れて単に坊間《ぼうかん》（市中）の需用といふ社会的関係から見ると、今の西洋画家は日本画家に比べて遥かに不利益の地位に立つてゐる。

洋画は当時、需要や価格の面で日本画に比べて格段に見劣りしていた。そのため画家は経済的にかなり困窮していたという。漱石はそのあたりの事情を津田青楓から聞いていたのである。洋画家たちの多くがおそらく画室さえ持っていないことに同情し、「画室!」と叫んだうえで、「彼等は食ふ為でなく、実に餓《う》える為、渇する為に画布に向ふ様なものである」と悲愴な現状を訴える。

明治維新とともに西欧導入の嵐が吹き荒れたが、それが一段落したあとにやってきた伝統回帰の波はおもいのほか強力で、守旧派や民族主義的な理念を掲げる圧力も関連していたのかもしれない。明治二十年に設立された東京美術学校においても西洋画科が設けられたのは九年後であった。文展会場の割り振りをみても、日本画が二科を合わせて十三室、対して洋画は三室（彫刻は会場中央の一スペース）と圧倒的に少ない。漱石が訪れた初日に展示されていた作品計二百三十七点のうち、日本画が百二十五点を占め、洋画はその約五分の三程度の七十八点（彫刻は三十四点）にとどまっていたという。

漱石はつづける。これほど窮迫の境遇にいながら、なおも執念深くパレットを握っているものたちはよほど勇猛でなければならない、その意味において自分は「今日の西洋画家を尊敬する」と。「これ等《ら》薄倖《はっこう》の画家によつて開拓されつゝある我邦《くに》の画界が、年々其努力によつて面目を新たにするのを見るたびに嘆賞の声を惜《おし》まない」。こういった筆の勢いには、近代化の道を歩む日本をわが事として感じてきた自覚と気概がにじんでいる。同時に新たな日本の芸術界を担う若き画家たちへの期待も並々でない。漱石は前年の講演「現代日本の開化」で、明治に入って急速な西欧化によって遂げてきた日本の「外発的」で「取ってつけたよう」な開化は「皮相上滑り」であると憂いた。そして開化は、蕾が花開くように自然で、どうしても「内発的」でなければ嘘である、と訴えていた。

日本の画界が今このような進境を示しているのは「活きた西洋の潮流が、断えざる新らしい刺戟を、彼等の血脈に注ぎ込んでゐるからではあるが、奮《ふる》つて衣食問題以上にも躍り出さうとする彼等の芸術的熱心も亦大いなる原動力となつて暗々裏に働いてゐる」。本場をみてきた漱石ならではの、西洋画開拓者へのエールである。ただしその西洋画においても「所謂《いわゆる》大家なるものの多数が、新進の人と歩調を揃へて一様に精進してゐない」と怠慢な〝大家〟への不満はもらさずにいられないのだが。

もう一つ、漱石は作品を具体的に論じるにあたって肝心な前置きをする。

> 自分はこの道において「全くの門外漢である。だから技巧などは能く解らない。夫《それ》でゐて斯《こ》んな失礼を云ふのは善《よ》くないとも思ふ。けれども亦《また》感じた通りを述べるのも悪くはないとも考へる」。

失礼なことを言うぞ、とあらかじめ断っているところが笑えるが、それはともかく、ふたたび「門外漢」であることを強調しているのにはわけがある。なぜなら、漱石はここでいささか唐突に、前年に二十八歳の若さで亡くなった洋画家、**青木繁**（一八八二―一九一一）の遺作展、とくに《**わだつみのいろこの宮**》（図45）を見た回想を持ち出すのだ。むろん当の文展とは関係ない。予防線を張ろうとした意図が透けて見える。

青木繁という存在――技量だけではない価値

《わだつみのいろこの宮》は一八〇×六八・三センチと、やや異様なほど縦に長い絵である。左には横顔を見せて立つ女性、右にはほぼ後ろ向きでこころもち体を左に向けて立つ女性、その間の中央奥、二人の女性が持つ黄色っぽい水甕の上あたりに、首飾りをまいたのみで一糸まとわぬ若い男性が膝を折って木の枝のしげみにふわりと腰掛けるようにしている。左の女性は赤みをおびた長袖の、右の女性は薄く青みをおびた白い袖なしの、いずれもやわらかく透けた薄絹のような衣裳をまとい、長い黒髪を背にたらし、あるいはひとつに束ね、ともに珠の首飾りをして姿勢よく視線をやや男性のいる上方に向けている。男性の口ひげをたくわえたすっきりした容貌、色白でひきしまった体つきは、若さがもつ、どこかはかない凜々しさの匂いがする。

図45　青木繁《わだつみのいろこの宮》重要文化財　1907年 石橋財団アーティゾン美術館

絵の主題は『古事記』の神話からとられている。左の女性は海神の娘トヨタマビメ、右はその侍女という。地上から海の底に降りてきた男性は、アマテラスの直系の曽孫にあたる山幸彦。兄の海幸彦との争いがもとで、なくした釣り針を探しに舟で海神の宮にたどりつき、その門の傍らにある泉のほとりで香木《かつら》の上に登って待っていた。そこへ水を汲みに来た侍女が、水面に映った山幸彦の姿に気づいて驚く。山幸彦は水を乞うが、差し出された器の水は飲まず、自分の首飾りをほどいてその珠を口に含み、器の中に吐き出した。侍女がその珠を取ろうとするが、どうしても器から引き離せない。「珠」は「魂」に通じていて、ここでは「魂留め」または「魂結び」といった呪術的な意味をもち、男女の強い結びつきを示すのだという。侍女が器を持ち帰ってその話をすると、不思議に思ったトヨタマビメは門のところまで見に行き、そこで山幸彦に一目ぼれしてしまう。いきさつを知った父の海神は、男性が山幸彦と気づき、手厚くもてなして二人を結婚させる――。絵はこの二人の出会いの場面を描いていて、トヨタマビメが上目がちに頬を赤くしているのは恋情のあらわれなのだろう。

明治四十年の東京勧業博覧会で最初に展示されたこの絵を、漱石は目にしている。のちに述べるように二年後に『それから』のなかで登場させたのは、絵から受けた印象が強く刻まれていたためであろう。さらに第六回文展の七か月前にあたる三月十七日、津田青楓が出品する美術新報主催の展覧会を見に上野の陳列館に足を運んだおり、同時開催されていた没後一年の「青木繁遺作展覧会」でふたたびこの絵にまみえたのであった。

漱石はそのときを回顧して書く。会場の中央に立って「一種変な心持になつた」と。そしてそれが「自分を取り囲む氏の画面から自《おのづ》と出る霊妙なる空気」のせいだと知った――これは安田靫彦の《夢殿》では感じられなかった霊気かもしれない。次に絵の下に佇み、仰ぎ見た。すると「いくら下から仰ぎ見ても恥づかしくないといふ自覚があつた」。今の私が読むと、漱石はなぜこのようなことを書いたのかといささか疑念がわく。「斯《こ》んなものを仰ぎ見ては、自分の人格に関はるといふ気はちつとも起らなかつた」とさえいうのだからなおさらである。わざわざ断っているからには、当時はそのように見られてもおかしくなかった、つまり青木繁の作品に敬意を払うことが沽券に関わったり、陰口を叩かれたりする可能性があったのだろうと想像される。漱石は続ける、「自分は其後《そのご》所謂《いわゆる》大家の手になつたもので、これと同じ程度の品位を有《も》つべき筈の画題に三四度出会つた。けれども自分は決してそれを仰ぎ見る気にならなかつた」と。大家とされる画家のどの作品よりも、青木が描いた絵こそが、漱石をもっとも虜にしたのであった。

次が肝心な点であろう。

青木氏は是等《これら》の大家よりも技倆の点に於ては劣つてゐるかも知れない。或人は自分に、彼はまだ画を仕上げる力がないとさへ告げた。それですら彼の製作は纏まつた一種の気分を漲《みなぎ》らして自分を襲つたのである。して見ると手腕以外にも画に就て云ふべき事は沢山あるのだらうと思ふ。たゞ鈍感な自分にして果してそれを道《い》ひ得るかが問題な丈である。

技術的な巧拙はさておいて、漱石は青木の画の「まとまった一種の気分」に襲われたのだという。そんなふうに、絵は手腕だけでは語れない、むしろ技量とは別の価値について語るべきことがふんだんにある――このことを強調しながら、だから門外漢による批評にも意味があるのだと漱石は釘をさしたのである。

明治四十二年（一九〇九）の『それから』では、前半の五章に《わだつみのいろこの宮》が登場する。高等遊民の立場を享受していた代助が、やがて共に破滅への道を歩むこととなる友人平岡の妻三千代と再会し、不穏な気分が漂いはじめた頃合いである。漱石の分身のように色彩に敏感な代助は、稲荷の赤い鳥居を見てあまり好い心持ちがせず、自分の頭だけでも緑のなかに漂わして安らかに眠りたいくらいであった。そして、「いつかの展覧会に青木という人が海の底に立っている背の高い女をかいた。代助は多くの出品のうちで、あれだけが好い気持ちにできていると思った。つまり、自分もああいう沈んだ落ちついた情調におりたかったからである」と心境が語られる。代助がこの絵に惹かれたのは、日本の古代神話にまつわる主題によるものではなく、まして画の技術による完成度でもなく「沈んだ落ちついた情調」ゆえであった。――先回りすれば、これは後にのべる「奥行」論の伏線にもなっている。すなわち、自分が中へと入りこんでゆける絵への志向である。

ただし、漱石と青木繁の関係についてはより深い何かが感じられてならない。遺作展を見た明治四十五年三月十七日、漱石は津田青楓宛の手紙に「青木君の絵を久し振に見ましたあの人は天才と思ひます。あの室の中に立つて自から故人を惜いと思ふ気が致しました」と書いた。漱石が画家を「天才」と評した例は他にあるのだろうか？

書簡でのたった一語とはいえ、漱石はこの「天才」にどういった意味をこめたのかが気になる。もし知らぬ間にこの語句を書いていたのだとしたら、漱石の潜在意識で何がうごめいてそう書かせたのだろうか。

今でこそ青木繁を「天才」と呼んでも違和感はないだろう（高階秀爾氏も「青木繁という一個の天才」

と書いている）、しかし当時の画壇や美術をとりまく状況において、十年にも満たない活動のあと九州で夭折した一洋画家を「天才」と表わし得たのは漱石だけではないだろうか。慧眼というだけでは足りない、漱石にとって「必然的な自然」であったのだと思われてくるのである。

そのようにみるならば、この文展評は、冒頭の芸術論に加えて、青木のことを新聞という場でぜひとも書き留めておきたい気持ちが漱石に筆をとらせたのではないかとさえ思いたくなる。それも含めて、漱石と青木繁については後ほどふたたび考えてみたい。

唐茄子の顔

西洋画で最初に漱石が目をとめたのは、審査員でもある**和田英作**の《**石黒男爵肖像**》（図46）だ。医学者で軍医総監をつとめ功績の多かった石黒忠悳が、いまは第一線を退き、おっとりとした茶人の装いで画面にたたずんでいる。これについて「所感を述べたい」という漱石は、悪口をいうつもりはない、とわざわざ前置きして「男爵の顔は色の悪い唐茄子《とうなす》に似てゐる」と書く。ふきだしそうになる。感じた通りを自白したのだそうだ。ただし男爵自身、横から見れば多少唐茄子に似ている所があるかも知れないから、これを画家の罪とばかりはいえない、と付け足しているのがかえって追討ちとなっている。そのうえ、「男爵の顔が粉《こ》を吹いてゐるに至つては、益《ますます》唐茄子らしくなるとならないとに論なく、和田君の責任である」という。でなければ光線の責任だが、どうもそうではないらしい……などと唐茄子を繰り返す調子は『吾輩は猫である』の饒舌を思い出させる。

和田英作はもう一点、《**H夫人肖像**》（図47）を出品していた。これはなお不快な色をしていると漱石は感じたらしい。馬車の中だろうか、うつろな表情をした着物姿の女性がひじ掛けに手を置いてもたれるように座っている。窓掛にさえぎられているためか光線がよく通らず全体が暗い。だが、彼女の顔が生まれつき暗いように塗ってあるから気の毒だ、と漱石はH夫人に同情を寄せる。さらに、彼女は自分はいやなのに義理があって肖像を描かせている印象さえある、と想像をたくましくする。結果的に、和田画伯に描かれた男も女もそろって気の毒な人になってしまう。画としての巧拙や価値はほとんどわからず仕舞だが、読者の興味はいやでもそそられるだろう。

はたして意図していたのかどうか、和田画伯の描いた肖像をダシにすることで、自ずと次のマンドリンを手にした女性の溌溂とした姿が際立つ運びとなるのである。

図46　和田英作《石黒男爵肖像》1912年

図47　和田英作《H夫人肖像》1911年　東京国立博物館

「奥行」論にみる〝入りこみ志向〟

H夫人の隣に見たのは、**山下新太郎**の《**マンドリーヌ**》（図48）であった。民族衣装を着たような若い女性が膝を立てて横たわり、マンドリンのヘッドを持った右手のほうへ向けた顔は眼を瞑っているようでもある。「山下君の女は愉快にさうして自然に寐《ね》てゐる。眼をねむつてゐる癖に潑溂《はつらつ》と動いてゐる。生き生きとした活力を顔にも手にも身体にも蓄《たく》はへた儘《まま》、静かに横《よこた》はつてゐる」。

図48　山下新太郎《マンドリーヌ》1912年

眠っている女性が、全身に生き生きと活力をみなぎらせていると思えたらしいのは、ずいぶん独特の感性に思われる。ともかく、そこまではいい。続けて「自分は彼女の耳の傍《そば》へ口を付けて、彼女の名をさゝやいて見たい。然《しか》し眼を開《あ》いて此方《こっち》を向いてゐるH夫人には却《かえ》つて挨拶する勇気が出ない」とわざわざ蒸し返された和田英作のH夫人は、やはり気の毒である。

　それだけでなく、この絵には「刺戟性」があるという――こういった《マンドリーヌ》への評価は、次に見てゆく作品群への感想を引き立たせる意味をいくらかもったかもしれない、《マンドリーヌ》とは「反対の側から」興味を誘った画が四点ほどあった、というのである。そのうちの二つは並び合っていた。画板に描かれて細長くパネル画ふうの、そして寒い色をし

図49　倉田白羊《川のふち》1912年

図50　小杉未醒《豆の秋》1912年

た**倉田白羊**の**《川のふち》**（図49）と、やや四角く、こちらは暖かく出来た**小杉未醒**の**《豆の秋》**（図50）である。「花やかな活躍を意味する」《マンドリーヌ》を去ってこれらの前に来たとき、漱石は「音楽会の帰りに山寺の門を潜《くぐ》ったやうな心持を味《あじわ》つた」と風変わりなたとえを持ちだす。

《川のふち》は、葦らしい草が繁る川べりで、上半身をはだけて胸をあらわにした女性が洗髪しているのであろうか、長い髪を背から前に垂らして左手で束ね、右手に持った櫛ですく仕草をしている。背後には牛がいて、遠景の川の周りではあひるのような鳥が数羽うろついたり水面に浮かんだりしている。藁ぶきの屋根、笊や盥などが見えるのも全体を牧歌的雰囲気にしている。寅彦がしきりにこれを「気に入った」と感心したようすなので、漱石は「何だか象徴的な所があるが、それにしては物足りない」と答えた。「そんなものではないですよ、私にはこの裡《うら》の趣きがよくわかるのですがねえ」と友は譲らない。「俺にも趣きはわかるつもりだ。でも、その趣きの描き方がなんだか足りないんだなあ」と漱石は歩を進めては二、三度この画を振り返ってみたが、結局は「物足りた様な物足りなさ」を感じたに過ぎなかった。

かたや、《豆の秋》は農村で畑仕事の合間であろうか、草木の生えた土地の左側には娘が左手を頬にあててすっくと立ち、右下には父親らしい体格のがっしりした男が片膝を立てて座っている。漱石の眼には、《川のふち》よりも画としてはととのって見えた。「四角な画面が四角にきちんと纏つてゐるうちに、とても此中《このなか》には纏められさうもない木の幹がぬつと立つてゐたり、同じく大き過ぎるやうな人間が落付払つて坐つてゐたりする」「実に大胆に沈着に纏つた画」というのであるが、どこか矛盾するような言い回しにも読める。いったいまとまっているのかまとまりそうにないのか、調和があるのかないのか、それが画としてととのっているというのだ。そして、その「重味《おもみ》は寧《むし》ろ構図の方から来てゐるらしい」ともいう。画の内面の意味が、画家の手腕で作り上げられている気がするのだと。

先のたとえを思い出せば、音楽会の帰りに山寺の門をくぐった、という表現で、漱石は二つの画はそれほどに「静《しずか》」だった、と言いたかったようだ。ただその静かさは、歓楽のあとの反動的な淋しみを伴ったものではなく、「根調に於て、父母未生《ぶもみせい》以前《ぜん》から既に一種の落付を具へてゐたのである」。どうもわかりにくいが、根源的なシンとした穏やかさをもつ静まりを感じたということだろうか。そして漱石は、この「落付」から新しい問題が生まれる、とここでまた独創的な発想をもちだすのである。それは「活躍と常寂《じようじやく》」というのだが、どういうことだろう。
「活動には奥行がない」と漱石はいう。《マンドリーヌ》を評した「花やかな活躍」の「活躍」は「活動」と通じていると思われるが、陰里鉄郎氏によればここでの「活躍」は「作品そのものが発している外向的な魅力」のことだという。漱石曰く、「あらゆる力が悉《ことごと》く外部に向つて走るならば、我々はたゞ其力《そのちから》の現はれた迹丈《あとだけ》を見れば好《よ》い」、だから間口の強烈なところに心を奪われたなら、その刹那にすべては解決される、ようするに人間全体が皮膚つまり表面に現れ出尽くしてしまったからには「裏面を覗く必要はない」というのだ。そのような陽気で快活な画であれば、目に見える表の画面だけで万事は解決し、「裡《うら》の趣《おもむき》」をうかがわずに済んでしまう、ということを説いているらしい。

それとは異なって「陰性の画」は始めから何らの活動を示していない。すると却って画の間口だけ見ても安心できず、「静かな落付いた生《せい》の裏面に、何物か潜んでゐるに違《ちがい》ないと思ふ」という。表から見えないところに何が潜んでいるのか、赤いものか、黒いものか、物色してみたくなる、そうなると画にやむを得ず「奥行」が出来てくるのだと。そしてそれは、筆の先でこしらえる意味の濃淡ではなく、つまり技術によるものではない、まったく精神作用からくる深さであって、漱石はそのような画を「考へさせる画」「象徴的の画」「宗教義を有《も》つた画」といい得る、と述べるのである（その点《川のふち》は、漱石の見るところ、《豆の秋》に比べて「奥行」の度合が物足りなかったのであろう）。

この「奥行論」とでも呼べそうな見解は、美術論としては、というか絵画に関しては、少なくとも私などは初めて聞く、かなり独特のものではないだろうか。なお古田亮氏によると、小杉未醒のこの装飾的な作風は「一般的な美術史の文脈から見れば」漱石の言い分とはまるで反対に、〈奥行きがない〉と説明されるという。

また漱石は《豆の秋》には画家の感情が籠っていると感じた。未醒君という人が本来の要求に応じて、自己に最も適当な方法で、自己を最も切実にかつ有意義に表現した結果と見るより外に見ようがない、と。漱石が美術を評価するときの基準にぴたりとあてはまっている。さらに《豆の秋》は「色彩をとくに心持よく眺めた」とも書くが、すでに失われた画の彩色図版が見つからず、想像するしかないのが残念だ。

図51　小杉未醒《海藻》1912年

この画は当時、来日していた（のちに「民藝」運動に加わることになる）イギリスの陶芸家バーナード・リーチが「シャヴァンヌの影響を受けて堕落したものだ」と批判したという。温和で装飾的なフレスコ壁画を描いたフランスの画家ピュヴィス・ド・シャヴァンヌ（一八二四―九八）は、早くから雑誌「白樺」で紹介されていた。これを踏まえて漱石は、画家本人もシャヴァンヌの影響は否定できないかもしれないが、小杉君の画は彼本来の性情にかなった画風なのだとあくまで援護はゆるぎない。そのうえ彼のもう一つの出品作《海

藻》（図51）にも引きつけられたと言い添えている。坊主頭の船頭とその足下にある海藻が単純に写し出されている画だが、船頭のたたずまいにやはり彼が背負って立っている「奥行」を感じてしまったようである。このとき三十一歳の小杉が一作一作「自己の表現」を積み重ねているさまを、漱石は親身に見守っているかのようである。

翌年の大正二年六月十一日の津田青楓宛の手紙でも、漱石は「水彩画展覧会の方も見ました。小杉未醒のスケッチが面白う御座いました」と唯一名を挙げてほめている。これほどの漱石の〝小杉贔屓〟を知り、大判の画集で小杉未醒の画業をひとわたり眺めてみた。《豆の秋》だけではとうてい想像できない、じつに多彩な画風を展開していて、そのどれもが魅力的なセンスを感じさせるのに正直驚いた。迂闊にも知ることのなかった才能を漱石に教えてもらった思いである。

牛は何か考えている

さらに「奥行」をもっている画として、漱石は**坂本繁二郎**の**《うすれ日》**（図52）を挙げる。久留米の小学校時代から青木繁の同級生だった坂本は、青木とは対照的に長生きして文化勲章を受章する大家となるのだが、写実派から印象派ふうの光の効果を重視した描写へと変化し、三十歳のこのときは思索を重ねて独自の画風を開花させようとしていた。《うすれ日》に描かれているのは、言ってみれば何の変哲もない白黒まだらの牛が一頭、殺風景な景色の中に立っている、それだけである。

漱石の評は変化球からはじまる。

図52　坂本繁二郎《うすれ日》1912年

自分は元来牛の油画《あぶらゑ》を好まない。其上此牛《そのうえこの》は自分の嫌《きらひ》な黒と白の斑《ぶち》である。其傍《そば》には松の枯木か何か見すぼらしいものが一本立つてゐる丈《だけ》である。地面には色の悪い青草が、しかも漸《やつ》との思《おもひ》で、少しばかり生えてゐる丈である。其他は砂地である。此荒涼たる背景に対して、自分は何の詩興をも催さない事を断言する。

と、ここまではぼろくそといってよさそうだ。しかし一転、「それでも此画には奥行があるのである」といい、ここからが漱石節となる。

其奥行は凡《すべ》て此一疋の牛の、寂寞《せきばく》として野原の中に立つてゐる態度から出るのである。牛は沈んでゐる。もつと鋭どく云へば、何か考へてゐる。

なんと、牛は哲学者でもあるかのように「考えている」というのだ。そして、

「うすれ日」の前に佇んで、少時《しばらく》此変な牛を眺めてゐると、

自分もいつか此動物に釣り込まれる。さうして考へたくなる。「変な牛」にずいぶん共感したものである。が、漱石にとってはそれが自然であった。

若《も》し考へないで永く此画の前に立つてゐるものがあつたら、夫は牛の気分に感じないものである。電気のかゝらない人間のやうなものである。

「電気のかからない」という表現は、美術評においては風変わりな印象がある。気になるこの言葉については後ほど少し考えてみたい。

坂本繁二郎は、この評が掲載された新聞を切り抜いて大切に保存していたという。坂本は絵画に哲学を求めたといわれる画家である。思索を重ねて画風を模索していた自身がおのずと画面の牛に投影されたことを、漱石が見抜いたと感じたのかもしれない。のちに「漱石さんの批評の中に『この牛は何か考へてゐる』といふ言葉があり、普通の人ではいへない言葉として未だ忘れません」(『坂本繁二郎夜話』)と語ったことを陰里氏が紹介している。坂本といえば「馬」を多く描いたことでも知られるが、この《うすれ日》以降、「牛」のモチーフが画家の精神性と深く関わるようになったとされている。そのことは九年後の大正九年、独特のモノクローム調で完成させた《牛》が、「東洋人独自の内的な深み」(坂本)を油絵で表現する記念碑的な作品となりえたことからもうかがえる。

先日たまたま現代の大御所といえそうな二人の美術史家、高階秀爾氏と辻惟雄氏が語り合っているのをテレビで見た。「絵は人に見られて初めて絵になる」「単なるモノを絵にするのが人間の眼であり、その眼を誘導するのが美術史家」「絵は時代の証人、いわば語らない歴史であり、その絵に語らせるのが美術史家である」と示唆的なことを話されていた。漱石の評によって坂本の牛は「考える牛」になった。美術史家の仕事とはいえないにしても、漱石は独自の感性によって、他の人にはできないやり方で「絵に語らせた」評者であったかもしれない。

空前の「牛ブーム」

《うすれ日》については、高村光太郎も「此の展覧会の中で最も優れたものに数へる」と高く評価している。理由は「象徴的基礎の上に稍《やや》近づいて来てゐる」からという。読売新聞に「西洋画所見」として掲載（大正元年十一月十二日）された一部を参考までに紹介しておく。

如何なる価値の階級にある芸術でも、既に形に表はれた一つの芸術である以上、種々の要素と方面とがあつて、之を鑑賞するには十重二十重に考へて見ねばならなくなるものである。十種二十種に見直すのではなくて、鑑賞の態度に従つて作品が其に応じた方面を見せて呉れるのである。それ故、純一にして不用意な作者の心も之を味ふ者にとつては無限の多角形となつて現はれる。つひに窮めつくせない程の多角形となつて現はれる。此はむしろ鑑賞する者の態度にある事である。鑑賞するものの心に明らかな此の面別の知能がないと、種々の惑乱が起つて物理学の問題と化学の問題とを混同してしまふ様な事があり勝ちである。世に多くある芸術上の論争にも此の惑乱を双方に或は片方に思はせるものが少なくはない。此の作などは幸に種々の衝突した意見の持ち上る様な形態を備へてゐない。

正直、私にはかなり難解で、当時の読売新聞の読者がこれを読みこなしていたとすれば恐れ入る。なかでも《うすれ日》を論じている比較的わかりやすい個所を探すと、

作者は牛と自然との形体を描いて、図らず其処に自己の魂を見た。作者はおのづから此処に歩んで来た。此は気分を物語る者でもなく、趣味に興ずるものでもなく、又色彩のまどはしに戦慄してゐるものでもなく、素より事実の記述、フイジオノミイ（面相、外形）の記録でもない。作者は殆ど意識なくして此の牛と自然とに逢着した形がある。作者にとつて牛と自然とが斯うあるのは当り前である。作者は平気で牛を描き自然を描いてゐる。……作者は天真とでも名をつけたいやうなものを豊かに持つてゐる。此の素質の基礎の上に意識的の努力が起るに至ると、一転して象徴的芸術の生活力の圜中に入る。……

とのことである。

牛に関していえば、陰里氏が面白い裏話を紹介してくれている。この第六回文展ではなぜか牛を題材にした作品が多く、日本画で十四頭、洋画と彫刻で二十五頭、総勢なんと四十頭近くもいたと

いう。空前の牛ブームではないか。「中央新聞」は十月十八日付で「文展に牛四十頭」と見出しをつけた記事を載せたという。

南画と奥行

奥行論に戻れば、一つ気づかされたことがある。『それから』で代助が「自分の頭だけでもいいから、緑のなかに漂わして安らかに眠りたい」と感じ、《わだつみのいろこの宮》の情調に「おりたかった」というように、どうやら漱石の美術を見る眼は、間口だけで解決されるもの、つまり画面がそれだけで完結して閉じてしまうものではなく、見ている自分が中（裏面）に入りこんでゆき、そこでたゆたったり、思いを巡らせたり、時を過ごしたりできるようなものに引きつけられていったのではないか、ということである。

漱石は『思い出す事など』で、二十四、五年前、ということは二十歳そこそこの出来事をこんなふうに回想している。

或時《あるとき》、青くて丸い山を向うに控えた、また的皪《てきれき》と（白くあざやかに光り輝くさま）春に照る梅を庭に植えた、また柴門《さいもん》の真前《まんまえ》を流れる小河《おがわ》を、垣に沿うて緩《ゆる》く繞《めぐ》らした、家を見て——無論画絹《えぎぬ》の上に——どうか生涯に一遍で好《い》いからこんな所に住んで見たいと、傍《そば》にいる友人に語った。

しかしこれを聞いた岩手生まれの友人（芳賀徹氏によれば駿河台成立学舎以来の盟友太田達人）は、漱石の真面目な顔をしげしげ眺め、君こんな所に住むと、どの位不便なものだか知っているか、とさも気の毒そうにいった。漱石は迂闊をはじながらも、自分の風流心に泥を塗った友人が「実際的」であるのをにくんだという。迂闊をはじたというのは、岩手生まれの友人の言うことはもっともだとストレートに納得したという意味ではあろうが、風流心の欠けた友人にめったなことを口にしたものだという後悔もまじっているかもしれない。もっとも歳月とともに自身も実際的になったと漱石はいう、けれど、やはり南画に似た心持は時々夢を襲った、とも告白する。ことに病床でひねもす仰向けに過ごす日々は「絶えず美くしい雲と空が胸に描かれた」と。

僭越ながら、漱石の気分は想像できなくはない。かつて田能村竹田の南画に妙に惹かれたことがある。いっそこの画のなかに入って時を過ごしていたいという思いにかられ、しばしばぼんやりと画中に心を漂わせていた。夢想にひたるときは確かに幸せであった。一般化するならば、漱石に限らず、似た気分は絵画――桃源郷を描いたような南画ではとりわけ――を享受する普遍的な悦びの一つかもしれない。ただし漱石が鑑賞者として「奥行」を察知する感性は、見てきたようにかなり独特と言わざるを得ない。

また漱石の奥行志向は、晩年に自身が描いた南画にも通じている、もしくは影響したのではなかろうか。後にもみるように漱石は、「見る人が有難い心持のする絵を描きたい」と願った。これは見る側と描く側の立場を逆転させた、根っこを同じくする感性かもしれない。いや、漱石の奥行志向が自作の南画に通じているというより、長い年月をかけて育まれた南画を見る眼が、いつの間にか洋画も含めた絵全般にはたらくようになり、それがまた自身が絵筆をとるときにもはたらくようになった、ということかもしれない。ついでに一つ勝手な解釈をいえば、漱石の「奥行」は「思慮」につながっている。おそらく一人黙然と、深く思索するとき、漱石は自身の奥行のなかに入りこんでいたのではないだろうか。

小説と奥行――『三四郎』

以下は、漱石の「奥行」についての脇道にそれた試論であり、読み飛ばして頂いても差し支えない――と、漱石にならって予防線をはっておく。

「奥行」という言葉は漱石の小説ではどのように用いられているのか。また漱石の奥行論は、小説でも同じようなことが言えるのだろうか。

漱石の小説のなかで、「奥行」という言葉が印象的に用いられた例をみてみることにする。絵画が多彩に登場する『三四郎』では、美禰子の顔の印象のほか、ずばり絵の描写にも「奥行」の語が使われていて、先の奥行論との関わりが見えてくるかもしれない。

三四郎が池のほとりで美禰子と出会って以来、初めてその顔をまともに見たとき、二重瞼の切長の落ちついた眼が目立って黒い眉毛の下に活きている、という第一印象をもった。それに続き、詳しい描写がなされている。

肉は頰といわず顎《あご》といわずきちりと締っている。骨の上に余ったものは沢山《たんと》ない位である。

それでいて、顔全体が柔かい。肉が柔かいのではない骨そのものが柔かいように思われる。奥行の長い感じを起させる顔である。

「奥行の長い感じ」というのはピンときにくいが、精神的な深さがにじみ出ているということであろうか。少なくとも三四郎はそう受けとめた。それ以来、三四郎の魂はふわつき出す。美禰子のことばかりが脳裡に思い描かれるようになった。

勉強家でなくむしろ低徊家の三四郎は、あまり書物を読まない代りに、「ある掬《きく》すべき情景に逢うと、何遍もこれを頭の中で新《あらた》にして喜んでいる。その方が命に奥行があるような気がする」という性質であった。「掬する」というのは、広辞苑では「水などを両手ですくいとる。事情などを汲みとって察する」の意味、「低徊家」は漱石の造語で、考えながらあちこち立ちさまようこと。「低徊趣味」について漱石は「一事に即し一物に倒して、独特もしくは連想の興味を起して、左から眺めたり右から眺めたりして容易に去り難いという風な趣味」と説明しているという。三四郎はそういうことをしている方が、書物から知識を得ていくよりも「命に奥行がある」と感じるのだ。そんな青年がほかならぬ美禰子にいかれたのは、彼女の顔に感じ取った「奥行」のためであったかもしれない。

そのことは、三四郎がよし子の顔を観察したときの描写と比べればよくわかる。兄の野々宮の使いでよし子が入院している病室を訪ね、顔を見合わせた。

眼の大きな、鼻の細い、唇の薄い、鉢が開いたと思う位に、額《ひたい》が広くって顎《あご》が削《こ》けた女であった。造作《ぞうさく》はそれだけである。……蒼白《あおじろ》い額の後《うしろ》に、自然のままに垂れた濃い髪が、肩まで見える。それへ東窓《ひがしまど》を洩《も》れる朝日の光が、後から射《さ》すので、髪と日光《ひ》の触れ合う境の所が菫色《すみれいろ》に燃えて、活《い》きた暈《つきかさ》を脊負《しょ》ってる。それでいて、顔も額も甚《はなは》だ暗い。暗くて蒼白い。その中に遠い心持のする眼がある。高い雲が空の奥にいて容易に動かない。けれども動かずにもいられない。ただ崩《なだ》れるように動く。……

三四郎はこの表情のうちに嬾《ものう》い憂鬱《ゆううつ》と、隠さざる快活との統一を見出した。その統一の感じは三四郎に取って、最も尊《たっと》き人生の一片《いっぺん》である。そうして一大発見である。

彼女は、「初《はじめ》から旧《ふる》い相識《しりあい》」のように「御這入《おはい》りなさい」と言い、肉の豊かではない頬がにこりと笑った。蒼白いうちに「なつかしい暖味《あたたかみ》」をたたえ、三四郎に母の影を思い起こさせた。よし子の顔には「奥行」のかわりに、母が子を包みこむようななつかしい暖かさがあった。それは尊いものではあれ、三四郎にとって、異性としての憧憬ややみがたい興味をかきたてるものとは別の魅力だったのである。

やがて三四郎は、原口さんの画室で美禰子が絵のモデルをつとめる現場に立ち会い、本人と画布に描かれつつある人物を観察することになる。団扇《うちわ》を翳《かざ》して立ち、静《しずか》さのうちにいる美禰子は、その姿のままで既に画であった。三四郎にすれば、「原口さんは、美禰子を写しているのではない。不可思議に奥行のある画から、精出《せいだ》して、その奥行だけを落して、普通の画に美禰子を描き直している」。美禰子本人がもつ奥行をわざわざ取り除いて、画家はその像を描いている、と見えたのだ。「にもかかわらず第二の美禰子は、この静さのうちに、次第と第一に近づいて来る」。画布に描かれた像が、だんだんと生の美禰子と重なろうとしている。本人から奥行がそがれていくことの暗示でもあろうか。三四郎には「この二人の美禰子の間に、時計の音に触れない、静かな長い時間が含まれているように思われた」。が、「その時間が画家の意識にさえ上《のぼ》らないほど柔順《おとな》しく経つに従って、第二の美禰子が漸く追付いて来る」。本人や画家の意識さえこえて、両者は接近しつつあった。しかし、「もう少しで双方がぴたりと出合って一つに収まるという所で、時の流れが急に向《むき》を換えて永久の中に注いでしまう」、すんでのところで二人は重なり損なってしまう。画家の画筆《ブラッシ》はそれより先には進めない。美禰子は苦しそうであった。

三四郎は絵の「素人」だから、万遍なく絵の具が塗ってあれば立派に見えるが、「旨《うま》いか無味《まず》いか無論分らない」。技巧の批評は出来ないかわりに、技巧のもたらす感じだけを受け取っている。そして「原口さんらしい画だと思った」。

画家の口から、結婚した知人がうまくゆかずに離縁したという顚末が話題にのぼる。お互い自由にならない結婚は考え物だという流れである。そんな見知らぬ人の話と関係があるのかないのか、美禰子はさらに疲れたようすを感じさせた。

ひと休みして、画は再開する。原口は美禰子の眼付について、三四郎に語るかたちで筆を動かす。毎日描くうちに画に一定の気分ができてくる。眼の表情は毎日変わるとしても、自然に一種一定の表情を引き起こすようになっていくので、この眼付をこのまま仕上げていけばいい、と言いかけて、原口の筆はとまる。美禰子がふだんと違っていることに画家の眼は気づいたらしい。

原口は話をまたはじめる。「画工《えかき》はね、心を描くんじゃない。心が外へ見世《みせ》を出している所を描く」。そして「見世で窺《うかが》えない身代は画工の担任区域以外と諦めべきものだ」と。「見世」と「身代」という語句がわかりにくいが、見世は表面にあらわれている表情や様子、身代はここでは表からは見えない内面や精神活動を指すように思われる。とすれば、表面の観察でうかがい切れない内面、つまり心そのものは画家の担当領域外であって、手の打ちようがない。画家は肉を描くしかないのだが、結果的にそこに「霊」が籠らなければ、画として通用しないだけとなる。そんな語りが進むなかで、美禰子は今日はどうかしている、と原口は見抜く。本人は静かに否定するばかりである。

三四郎は原口の話を甚だ面白く聞きながら、しかし美禰子のことばかりが気になって仕方がない。恋する青年の眼には、美禰子は変わらずに自然に美しく感じられるのである。しかし、原口が美禰子に不審そうに「どうかしましたか」と何度めかに問うたのを聞いて少し恐ろしくなった。そういえば美禰子という「活人画」は今や、色光沢《いろつや》がよくないうえに堪えがたい懶《ものう》ささえ見せている。「もしや自分がこの変化の原因ではなかろうか」。この強烈な自我意識が芽生えたとたん、三四郎は「自分はそれほどの影響をこの女の上に有しておる」と考えた。果たしてそれは真実であったかもしれない。ただし、三四郎が期待した意味ではなく。

このあと原口の提案で、翌日の元気のいいときに再開しましょうとお開きになる。美禰子の顔色の悪さは、不意に現れた三四郎への後ろめたさがもたらしたと想像されてくる。美禰子は結婚が決まろうとしていた。青年の自分への気持ちを知っていた彼女は、結果として彼の心をもてあそんだことになることを自覚していたのだ。三四郎に「われは我が愆《とが》を知る。我が罪は常に我が前にあり」と旧約聖書の詩篇の一句をつぶやいたことからもそれはうかがえる。

原口の筆で持ち前の「奥行」が落とされた画のなかの美禰子は、本人と重なりそうになって寸前のところでとどまっていたが、やがて「森の女」と題された画の完成によって「二人」は重なり合うこととなる。三四郎はもはや、美禰子のなかへと入りこむことは叶わなくなった。展示場の一室の正面に懸けられた画の前には人がたくさん集まっていた。広田先生と与次郎がかたわらで意見し合っているのを受けて、「二人は技巧の評ばかりする」と、三四郎が画面に別のものを見ていることが暗示される。かつて彼の魂をふらつかせた、美禰子の顔がもっていた長い奥行は失せ、二人の運命は分かれた。奥行の喪失は、別れの象徴でもあったらしい。美禰子という人間、そして原口が描く画の「奥行」に漱石がこめた意図は、思いのほか大きかったのではないだろうか。

ほかに、絵画とは関係なく、「奥行」が示唆的に用いられているのが『**それから**』である。代助と話をしているとき、友人の平岡が「日本は西洋から借金でもしなければ、とうてい立ち行かない国だ。それでいて、一等国をもって任じている。そうして、むりにも一等国の仲間入りをしようとする。だから、あらゆる方面に向かって、奥行きをけずって、一等国だけの間口を張っちまった」(六)と言う。美術評で説いたことを考え合わせると「奥行」に込められた深い意味を読むこともできそうだ。活動しているものには奥行がなく、落ち着いて静かでいるものには奥行がある、とすれば、奥行をけずってしまった国は、単に表面的に騒がしいだけで、見掛け倒しといった意味合いにもとれるかもしれない。

＊

では漱石の「奥行論」は、美術だけでなく文学にも同じようなことが言えるのか——といった問題は私には手におえないのだけれど、たとえば小説について、描写はあくまで客観的でありながら、読む側に裏側に何かがありそうだと物色したい衝動を促す、つまり技術ではなく精神作用による何かが読者を内側へと引き入れてゆく、といったことはあるだろうと想像できる。間口だけで解決してしまう小説ならば、初読のときは面白がることができるかもしれないが、もう二度と読まない可能性が高い。奥行のある小説ならば、読み手によって、また時代や社会によってさまざまな解釈を許し、何度も立ち返って味読することができる、と（なんだか漱石の小説のことを言っているようではないか）。

さらに小うるさく説明するとすれば、かつて漱石が論じていた、いわゆる「写生文」がもっとも要点とするのは「作者の心的状態」である、という話と関係するかもしれない。漱石は写生文が普通の文ともっとも違うのは作者の心的状態であるとして、「写生文家は泣かずして他《た》の泣くを叙《じょ》するもの」（「写生文」明治四十年一月二十日、読売新聞）と述べている。写生文とは、登場人物が泣いたからといって一緒になって泣きじゃくるような文章ではないのである。また写生文家の人間に対する同情は、「一散《さん》に狂奔《きやうほん》する底《てい》の同情ではない。傍《そば》から見て気の毒の念に堪《た》えぬ裏に微笑を包む同情である。冷刻《れいこく》ではない。世間と共にわめかない許《ばかり》である」、その態度は人事を写す際に「全精神を奪はれて仕舞《しま》はぬ」のだと。写生文を書く者は、悲惨な境遇の人物に対して世間とともにわっと同情することなく、気の毒な思いを内に包み隠す。冷淡に見えるかもしれないがそうではない。だから描写は客観的となるのであるが、実際、描写される対象との間に保たれる一定の距離が、書き手が登場人物と一緒になって泣いたり喚いたりする文章よりも、読む側にかえって見えない、書かれない奥の部分への興味を促すことは往々にしてありそうだ。それはやはり絵と同じく、作者の心的状態、つまり技術によるものではなく、まったく精神作用からくる深さによるのである。

「動かない」ことを好んだ漱石

奥行論の流れでもう一つ、また脇道にそれるとはいえ、やはり漱石の美術を見る眼にからんでくる話をしておきたい。漱石その人は、「活躍と常寂」でいえば、文展評からも読み取れるように「常寂」を好んでいた。『明暗』を書いていたころ、日課のように作っていた漢詩に「静」の文字が多くみられるのは、とくに晩年に向かうにつれて「落ち付いた」「静」の状態や心境に傾いていったことをうかがわせる。

亡くなる一年前、大正四年（一九一五）十月の木曜会で、漱石は雪舟の絵について大いに論じたという。松浦嘉一の「木曜会の思い出」によると、「西洋の絵は人情が主である。人間臭いものが多い。人間を離れた、人情をとり除いた、気高い芸術品を絵の方に求めると、まあ、雪舟がそれだ」と漱石が言い出した。たとえばどんな絵かと門下生たちに問われると、一連の《馬図》(図53)を思い浮かべたのか、「雪舟の絵にはムービングがないね。馬一匹描くにしても走っていたり、跳ねていたりしている所を描かない」と答えた。そして静と動を対比するように「北斎はそういうマンネリズムをやっている」と、躍動する馬を描いた北斎をおとしめて雪舟に軍配をあげたという。また「雪舟の馬は落付いていて、ちゃんと坐っている馬でなければならない。雪舟はそういう馬を描いて、馬の本態をよく現わすのである。又馬のエッセンスはそういうポーズでなければ出ない」といい、落ちついたさまを描いてこそ対象の本質を現わすことができるのだと主張した。

さらに「木でも、雪舟のは木のエッセンスが出ている。水でも、水の本性を描くのである。風が吹いて立つ浪の所は描けても、静かな水の本性の所を捉えて描いている人は、あまりない」と、雪舟の絵を「ディバイン(神聖、神々しい)」という語句まで出して持ち上げたうえで、それに比べれば狩野探幽、俵屋宗達、尾形光琳の一派の絵は調子が低くて下品である、と言ったとか。

ただし言い添えておくと、漱石は別のところで宗達の絵を見て「雄大」で「箇樸の趣」があるとほめてみたり(大正二年九月二十六日、津田青楓宛書簡)、『草枕』(六)では「雪舟、蕪村らの力《つと》めて描出した一種の気韻は、あまりに単純

図53　《雪舟／馬図》狩野常信模筆
江戸時代　東京国立博物館

でかつあまりに変化に乏しい」と画工につぶやかせているし、大正二年十二月には、宮内省式部官岡田平太郎の茶室で雪舟の絵を見せられても「先生はお世辞を云はない人だから、主人の自慢の雪舟などにも一向感心した様子を見せなかった」という（野上豊一郎「南山松竹図」）。また雪舟の描く馬がちゃんと坐ってばかりいるわけでもなく、北斎が跳びはねる馬ばかり描いたわけでもない。となると画家単位で述べているというより、もちろん美術の見方に変遷があったともいえるけれども、漱石はそのつど自分の主張にそった作品を引っぱってきて喋っていると考えられなくもない――それだけ守備範囲の広さが尋常でないともいえるのだが。

その場にいた森田草平や久米正雄たちも漱石の言うことすべてに納得がいったかどうかは疑わしいが、肝心なのは漱石が思索を重ねて持論に至り、自信をもって述べたことである。最後には「全体、動くということは下品なものだ。動くより凝《じ》っとしている方が品がよい。だから文学や音楽は動かない絵より下品なものだ」と断じたという。振り返れば『草枕』（三）でも、「動と名のつくものは必ず卑しい」と画工に言わせていた。

雪舟を評した発言からすると、漱石は人情をとり除いたところに気高さを見ていたことになる。しかし、そういう気高さは文学にはない、とも言っている、なぜなら「文学は人情から出来ているから」だと。『草枕』の画工は「非人情」をもとめて山に入ったが、そこでも人びとはめいめいの日常を生きていた。仙界ではあるまいし、人の世はどうしたって画中と同じようにはゆかない。漱石の心は、せめて絵の中に気高さや落ちついて静かな常寂をもとめ続けたのかもしれない。

黒田清輝の物足りなさ

ようやく文展評に戻れば、漱石は、強いて奥行の匂いのするもの、として、いわば付け足しのように**黒田清輝**が横向きの婦人の胸像を描いた**《習作（赤き衣を着たる女）》**（図54）に言い及んでいる。

「其顔と着物と背景の調子がひたりと喰付《くっつ》いて有機的に分化した様な自然の落付を自分は味はつた」と、落ちつきは感じたようだ。そして、「若し日本の女を品位のある画らしいものに仕上げ得たものがあるとするなら、此習作は其一つに違ない」。

図54　黒田清輝《習作（赤き衣を着たる女）》
1912年　鹿児島県歴史資料センター黎明館

ひととおり美点を認めている。が、それ以上は何ら感じることができなかった、というのだから印象は薄らとしたままで留まったのだろう。画中に入っていきたいほどの欲求を漱石の眼はもよおさなかったらしい。落ちつきの味わいだけでは事足らなかったのだ。

なぜだろうか。その理由を、あえて青木繁を引っぱり出して推測すると、習作でさえ技量的には文句をつけようがない黒田の作品には、奥行の「匂い」はしても、中まで入りこんでゆき

図55　黒田清輝《マンドリンを持てる女》
1891年　東京国立博物館

たい衝動までは引き起こさない。それは黒田がすぐれた「黒人《くろうと》」だからではないか。のちに述べるように、漱石は「素人と黒人」という文章で、黒人でありすぎることの弊害を語っている。そう考えれば、逆に、青木の画の技術的に完璧ではなくても漱石をとらえて離さない、画面の中へと釣り込ませそこで漂っていたいと思わせる性質が浮き彫りになってくる。それは青木の天性のものでもあり、画をみて精神的な「奥行」ということを発想する漱石の感覚との相性でもあって、いずれにしても技術では測れないものであったのだろう。

ちなみに漱石は翌大正二年三月十日、黒田清輝がパリ留学中の明治二十四年（一八九一）に描いた《マンドリンを持てる女》（図55）を光風会展で見た感想を、寺田寅彦への手紙で綴っている。上半身を大きくはだけた西洋女性がマンドリンを抱いてうつろな表情をこちらに向けている絵だが、

> 例のはだかのマンドリンを持つた女はつく／＼拝見致候があれは人間にあらず怪物に御座候——膝頭其他に林檎を括りつけたるやうな趣有之甚だ奇異に候のみならずあれを五分間わき目も振らず見て居られるものがあつたら一等賞に価する鑑賞家と存候

私信とはいえ、色白で妖艶とも見える女性を「人間にあらず怪物」とはあんまりな。それでもやはり、技術は巧みでも自然さのない作風への嫌悪感は一貫している。対して、青木は架空の神話世界を描いてさえ漱石に毫も不自然を感じさせないのである。

電気のかかる話

ところで、このときの文展で漱石が「電気をかけ」られた彫刻は、**朝倉文夫**が二十一歳の弟をモデルにして彫った裸像**《若き日の影》**（図56）のみであったという。こんなふうに書く。

「唯生れた通りの自己を諦らめの眼《まなこ》で観じて」いる「彼の姿勢と彼の顔付の奥にある彼の心を見た時、その淋しき瞑想をも見た」、「彼に同情し」「彼に惚れて遣《や》りたかった」……。

ここでも「彼」の顔付の奥をみつめる漱石と裸像との距離はいたいほど近づいている。それにしても「電気がかかる」という言葉で漱石はどういった意味を表わそうとしたのだろうか。

『草枕』（一）に、

……画中の人物と違って、彼ら（旅中で出遭う人間）はおのがじし

図56　朝倉文夫《若き日の影》1912年　朝倉文夫記念館

勝手な真似《まね》をするだろう。しかし普通の小説家のようにその勝手な真似の根本を探《さ》ぐって、心理作用に立ち入ったり、人事葛藤《かっとう》の詮議立《せんぎだ》てをしては俗になる。動いても構わない。画中の人間が動くと見れば差し支《つかえ》ない。画中の人物はどう動いても平面以外に出られるものでない。平面以外に飛び出して、立方的に働くと思えばこそ、こっちと衝突したり、利害の交渉が起ったりして面倒になる。面倒になればなるほど美的に見ている訳に行かなくなる。これから逢う人間には超然と遠き上から見物する気で、人情の電気がむやみに双方で起らないようにする。
（傍点筆者）

と画工の思索が繰り広げられている。人間同士につきものの面倒を避けるために実在の人間を画中の人間と見立てようとする。生身の人間を相手に「人情の電気」が起こってしまえば、非人情ではいられなくなる、それを避けようとしているのだ。

続いて、「そうすれば相手がいくら働いても、こちらの懐《ふところ》には容易に飛び込めない訳だから、つまりは画《え》の前へ立って、画中の人物が画面の中《うち》をあちらこちらと騒ぎ廻るのを見るのと同じ訳になる。間《あいだ》三尺も隔てておれば落ち付いて見られる。あぶな気《げ》なしに見られる。言《ことば》を換えていえば、利害に気を奪われないから、全力を挙げて彼らの動作を芸術の方面から観察する事が出来る。余念もなく美か美でないかと鑑識《かんしき》する事が出来る」と、距離をおいて人情を働かせずにすめば客観性をたもって観察できるというのだが、果たしてそううまくいくかどうか。いずれにしても、ここでは「電気が起る」という言い回しで、漱石は人情がぶつかって利害が絡んで面倒なことになる、という意味を表わしているらしい。

オマケとして当時の「電気事情」を眺めると、明治三十三年（一九〇〇）には電灯照明が二十万灯に達し、七年後、漱石が朝日新聞に入社した明治四十年には東京市の電気局が電灯・電力供給事業を開始している。また同年は電力需要が激増し、電気事業者が増えたという。すなわち電気事業者数は百四十六か所を数え、火力発電七万六〇〇〇キロワット、水力発電三万八六〇〇キロワット、また日本全国の電灯加入者数は明治四十一年に百万個に達し、さらに「文展と芸術」が書かれた大正元年には実に四百五十万個とうなぎのぼりに増加した。夏目家にはこの前年、明治四十四年秋に電灯が引かれたという。暮らしに電気がなじんだ頃合いの執筆だったことになろうか。これは早い方ではなかったようで、鏡子夫人によれば、「このころになってもまだ石油ランプを使っていて、電灯は贅沢だというふうに申しまして、どうしても電灯をつけようということに賛成してくれません」、埒が明かないので主人の入院中に引いてしまったと『漱石の思い出』で回想している。当時は一灯一円で引いてくれたといい、洋服などに関してはハイカラできちんとしてないと気が済まない主人が「変なところで非常に旧弊」だと鏡子夫人は述べている。なにより文字と格闘する仕事であれば電灯はさぞ重宝すると思うのであるが、漱石の頑固で始末屋の一面が垣間見られるようで興味深い。

それはおいても、文展評で用いられた、「電気」に「かかる」という動詞をつける表現はどうも耳慣れない。当時は一般的だったのか、それとも漱石得意の造語で、たとえば「エンジンがかかる」のようなニュアンスで用いたのだろうか。と思っていたところ、明治三十八年（一九〇五）の

「倫敦塔」で似た表現を見つけた。ロンドン滞在中にテムズ河畔にある城砦、倫敦塔を訪れた印象を想像をまじえて物語った短篇である。中世末から十九世紀まで国事犯の牢獄として使用され、多くの著名人も処刑された場所であるから、死者たちの影がつきまとう。そこで見かけた若くあやしい女が、連れていた七つばかりの男の子に、壁に刻まれたダッドレー家の紋章を説明していて「ゼラニウム」の「G」のところで、ふいに黙ってしまった。「見ると、珊瑚《さんご》のような唇が電気でも懸《かけ》たかと思われるまでにぶるぶると顫《ふる》えている。蝮《まむし》が鼠《ねずみ》に向ったときの舌の先の如くだ」（傍点筆者）というのである。紋章を刻んだのはノーサンバランド公爵の息子ジョン・ダッドレーで、父と四人の弟とともに投獄されて処刑宣告を受けたが赦免されたという。

女のようすはあたかもダッドレー家と関係でもあるかに見受けられた。その唇が電気でもかけたようにぶるぶるふるえた――となると、唇に電流が流れたというイメージに近いだろうか。場所がかつての処刑場だけに、ふいに電気椅子が思い浮かんだ。人に高電圧を加えて感電死に至らしめる死刑執行具である。アメリカでトーマス・エディソン（もしくは彼のもとで感電死研究をしていたハロルド・P・ブラウン）が発明し、一八九〇年に初めて死刑執行に用いられた。その後は絞首刑に代わってアメリカで死刑執行の一般的な方法になったというので、関連する記事を漱石は見知っていたかもしれない。ちなみに蝮の主食は鼠であるらしく、獲物に対峙したときに舌をぶるぶるとふるわせるのであろうか、漱石の知識の幅広さに驚く。なににしろ女がふいに口をつぐんだときの唇は、感電したごとくであったわけである。しばらくして女は紋章の下に書きつけてある題辞を朗らかに誦しはじめる、まるで生まれてからこの日まで毎日諳誦してきたかのように。

漱石はこの短篇を、フランスの画家ポール・ドラローシュの《エドワードの子供達》と《レディ・ジェーン・グレイの処刑》に想像を助けられながら書いたことは先に述べたが、女を口ごもらせた「G」は、ジェーン・グレイの夫ギルフォードをさしている。ジェーンは、ノーサンバランド公爵の第四子ギルフォードと政略結婚させられて女王に即位しながら、大逆罪で捕らわれ夫とともに処刑された。十六歳で悲劇の死を遂げた少女の名を、イギリス史を学んで知らない者はいないという。

いずれにしても「電気にかかる」は、感電するような衝撃を受ける、といった意味となろうか。ならば坂本繁二郎の《うすれ日》の牛の気分に感じない「電気のかからない人間」とは、受けてしかるべき（おそらく「倫敦塔」の女のように、見た目はごく静かな）衝撃に鈍感な者、ということになるかもしれない。

朝倉文夫《若き日の影》に戻って、ことのついでに彫刻家でもある高村光太郎の評を見ておくと、この像が最も世評に上ったものであるとしながら、

　私が此の像に向つた時の第一の感じは、いかにも実物のやうであつて、なまなましてゐるといふ事であつた。そして、直ちに其が厭らしい感じに変つて行つた。見るに堪へない厭らしさである。実体を石膏に取つたもののやうな厭らしさであつた。

えげつない悪評である。高村は、この「厭らしさ」は「自然の理解なき盲写である」ことからくるもので、「優れた技巧が真の技巧にならない例」だとして、この後も作者の態度がいかに評価できないかをえんえんと述べる。その中で、多くの人が「若き日の影」という概念に伴う感慨を、この彫刻のありもしない肉の叫びや生の力と混同している、と見る側をも槍玉にあげたのは、結果的にこの作品が一等と二等なしの三等を受賞したことを踏まえてであろう。技巧は円熟しているから「没分暁な審査員と称する人々によつて優等の作と見られたのも決して無理ではない」と書く。高村が「彫刻をいつくしむ」ゆえに舌鋒が鋭さを極めたのだと想像することもできるが、ともあれ審査員や審査態度への批判をしたのは漱石だけではなかったのである。

参考までに朝倉本人の談話を引いておこう。自分としては別に出品した父と母の像が本命であったのに、比較的まずくて自信のない本作が受賞したといい、「何《ど》うも文展では芸術上我々の不満に思ふ俗向のものが反《かえ》って受けがよく、自分等が宜《よ》いと考へる作は何時《いっ》も審査員には認められぬやうである」（十月二十三日、読売新聞）。朝倉は前年も同じような経験をしたのだという。審査とはそういうものかもしれない。

仰々しさと自然さ

文展鑑賞もいよいよ終盤である。

「どうです」と、**南薫造**の**《六月の日》**（図57）の前に来て寅彦が聞いた。畑で腰に着物を巻いただけの青年が麦刈りの手を休め、鎌をわきに挟んで両手にもった徳利から水を飲んでいる。画家の

郷里、瀬戸内に取材したという。漱石は、

畠の真中《まんなか》に立つて徳利《とつくり》から水を飲んでゐる男が、法螺貝《ほらがい》を吹いてゐるやうだ

と答えた。また、

図57　南薫造《六月の日》1912年　東京国立近代美術館

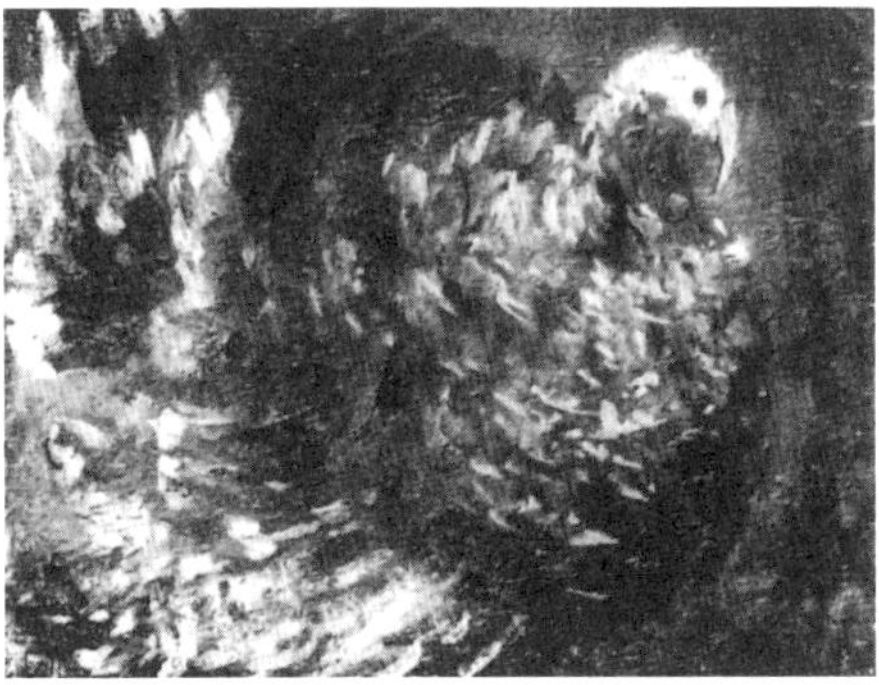

図58　レオナルド・ヒル《習作》

其男が南君のために雇はれて、今畠の真中《まんなか》に出て来た所だといふ気がする……

いかにも不自然でわざとらしいと言いたいらしいが、客観的で冷たいだけの批判とは一味違う。ウィットを込めて巧みな文学的表現

をとったけなし方の一例であろう。

次に、英国の画家**レオナルド・ヒル**が七面鳥の顔から胸のあたりを描いた**《習作》**（図58）を見る。寅彦が感心して「どうしても西洋人だ」というのを聞いて、漱石は後から感心したという。モノクロ図版で見るかぎり、画面いっぱいに鳥の顔と胸元がアップで迫りくる構図と、印象派を思わせる大胆な筆のタッチが、日本人画家には見られないものだと寅彦が感じたとすればわからなくない。漱石は見直して画に感心したのか、それを一目で指摘した寅彦の眼識に感心したのかもしれない。

その隣には巨人がいた。画面いっぱい、腰に布を巻いた筋肉隆々の男が歩を進めている。後方では対照的になよやかな半裸の女が従っている。審査員でもある**中村不折**の**《巨人の蹟》**（図59）だ。漱石は不愉快を感じたらしく、「此巨人は巨人ぢやない、たゞの男だ」「きたならしい唯《ただ》の男だと告

図59　中村不折《巨人の蹟》1912年
上伊那広域連合

図60　石井柏亭《和蘭の子供》1912年

げたい」と旧知の画家の作品をなじる。さらに追討ちをかけるように、偉大な男を描こうとしてうまくいっていないこの画に比べて、まったくそんな意図のなさそうな**石井柏亭**の《**和蘭**《オランダ》**の子供**》（図60）の方がまだ偉大であるとさえいう。このテンペラ画は、ヨットらしい帆船が浮かぶ海だか川だかを背後に、異国の少年が草原で無造作に座っているスケッチふうの絵だ。不折の巨人に比べてみれば、どこをとっても自然な印象があるには違いない。漱石はこの数年前から不折の態度を批判的に観察していたことが書簡からうかがえると芳賀徹氏は指摘している。たしかに明治三十九年十一月十一日の橋口五葉宛では、不折が「無暗に法螺を吹くから近来絵をたのむのがいやになりました」と敬遠し、四十五年五月二十六日の戸川秋骨宛では、「あの男の画も書も駸々乎《しんしんこ》として邪道に進歩致し候、あゝ恰好ばかり奇抜がつてどうするかと思ひ候」と「悪口」を書きつけている。漱石は画にわざとらしさや仰々しさを感じると決まって不愉快になった。そういう神経を逆なでする意図のない自然さを見習いたまえ、とでも本人に告げたかったようだ。

「画が解る」ということ

混雑した会場をようやく見終わった漱石と寅彦は、入口付近に設けられた休憩所でお茶を飲んだ。一息ついた漱石は、感慨深げにつぶやく。

「この恐るべき群集は、みな絵画や彫刻に興味があるのだろうか」

「さあ」。そう答えた寅彦は逡巡しているようであった。

連載が十二回におよんだ「文展と芸術」の稿を締めくくるにあたって、漱石は謎かけにも似た話を加えている。「絵が解る」ということについてである。というのも、自分が口を極めて罵った日本画が二等賞をとり——木島桜谷《寒月》と安田靫彦の《夢殿》を指す——また自分が大いに賞めた西洋画もまた二等賞をとった——小杉未醒《豆の秋》を指すが、漱石がけなした南薫造の《六月の日》も二等賞に選ばれた——のだ。一等賞は設けられていないから二等は最高賞である。つまり、自身の評価と審査結果が一方で合致し、一方で食い違う現象が同時に起こったことになる。

して見ると、自分は画が解るやうでもある。又解らないやうでもある。それを逆にいふと、審査員は画が解らない様でもある。又解るやうでもある。

こうシニカルに結んだ漱石の言葉には、「絵が解る」「解らない」ということの空疎さが暗示されているようだ。自分の眼で見て、感じ、思いめぐらせた考えを自らの言葉で述べる、鑑賞者としてそれ以外に何があろう。審査や及落、評価を重視することの本末転倒を滔々と述べた冒頭の芸術論と、鮮やかに呼応した結びとなっている。

それにしても、国や画壇の思惑や確執がうずまく第六回文展は、漱石にとって純粋に「芸術」のみに向き合う場とはならなかったと思われる。翌年明けの神経衰弱や、つづく胃潰瘍の種にならなかったかと懸念せずにいられない。

漱石が無視した作品

余談めいたことを加えておきたい。展示された作品のなかで現在では名品とされながら、または大家の作品でありながら、安田靫彦の作品とは対照的に、漱石がまったくふれなかったものは少なくない。それらを眺めれば逆に漱石の美術の見方が浮き彫りになってくるのではないか、そんな興味からの脇道である。

たとえば**小林古径《極楽井《ごくらくのい》》**（図61）は、かつて小石川伝通院あたりに霊泉として名高い湧水があり、少女たちがよく水を汲みに来たと「江戸名所図会」にある、その一場面を切り取った風俗画である。五人のうら若い少女が桃山時代のものらしい色とりどりの着物を身にまとい、白木蓮の咲く樹下で柄杓を手に水を汲んだりそれを眺めたりしている。後に文化勲章を受章する日本画の大家となった古径が二十九歳の時の作品で、当時の世評も高く褒状を受賞、現代も「清澄な情趣、豊かで内面性の深い作風は、早くも古径の芸術の輪郭を示している」（文化庁・文化遺産オンライン）と評されている。しかし、漱石は素通りしたものとみえる。一見平和な日常を美しく切り取った情景は、《夢殿》のようにいかにも意味ありげではない。反感こそ催さなかったものの、漱石の眼には「ノッペリ」した

図61　小林古径《極楽井》　1912年　東京国立近代美術館

図62　前田青邨《御輿振》部分　1912年　東京国立博物館

図63　土田麦僊《島の女》1912年　東京国立近代美術館

画面としかうつらなかったのではなかろうか。

前田青邨《御輿振》（図62）は平安時代末期、比叡山延暦寺の僧兵が御輿を担いで京の街に乱入、内裏におしかけた事件を扱ったもので、迎えうつ朝廷軍や見物する民衆などが絵巻状に描かれている。やはり後に文化勲章を受章する前田青邨二十七歳の作品で、三等を受賞して出世作となった。漱石は日本の事物を描いた「大和絵」は好みにそぐわなかった節があるともいわれる（陰里氏ほか）が、青邨は《一遍上人絵伝》など中世の絵巻の模写を通じて筆法を学んだという。勝手な推測をすれば、この絵を前にした漱石の眼には、たとえば《伴大納言絵巻》といった過去の名作絵巻をなぞった伝統踏襲の作業にすぎないと見えたのかもしれない。

また**土田麦僊《島の女》**（図63）は、二曲一双屏風に上半身をはだけた女たちが臼をついたり髪をとかしたりする姿が描かれている。図柄は後期印象派の画家ゴーギャンのタヒチ時代の絵を思わせるが、その原色の鮮やかさや土臭さを穏やかで淡い空気感のなかに移しこんだ印象がある。実際

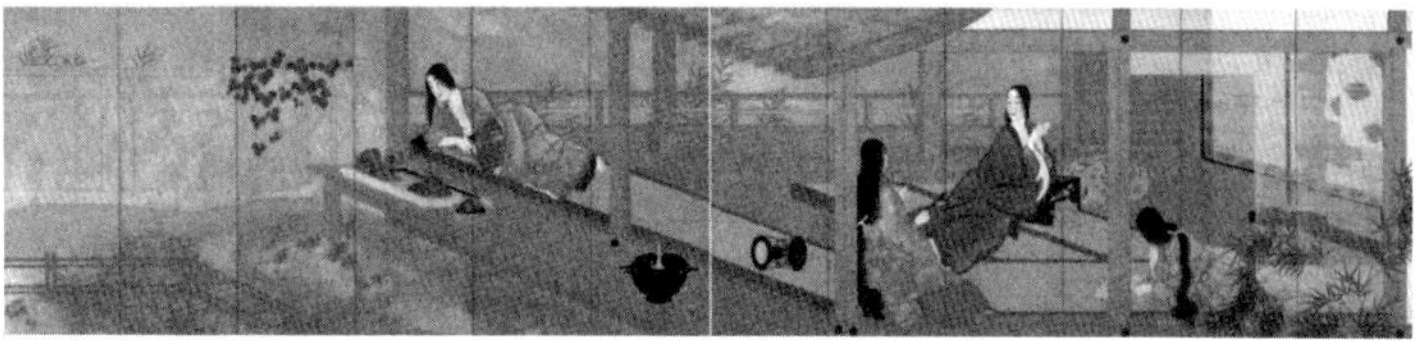

図64　松岡映丘《室君》重要文化財　1916年　永青文庫

に画家は伊豆大島や八丈島に取材し、ゴーギャンをしのんで描いたという。漱石は先にもふれた講演「模倣と独立」においてゴーギャンに言及している。「模倣」を否定しながらも、しかし一概に悪いわけではないという例として、ゴーギャンがフランスに生まれながら「野蛮地」（タヒチを指す）に入って行き、あれだけのオリジナルな絵を描いたのは、フランスでさまざまな絵を見てヒントを得ていたからであると述べるのである。人真似ばかりしていた子供も一人前になるにつれて自然にインデペンデントが発達してくるものである、と。しかし《島の女》を前にした漱石には、麦僊がゴーギャンのイミテーションの域にとどまっていると感じられたのかもしれない。イミテーションから出発しながらゴーギャンがきわめてオリジナルな世界を築いたのに比べ、ゴーギャンを模倣した麦僊は、土田麦僊でしか描けないものにまで昇華していない、と思えたのではないか。

これらの絵は、美術史のうえでは「深い内面性」（小林古径）「群衆描写の豊かさ」（前田青邨）「日本画としての革新性」（土田麦僊）などが評価されてきた。しかし、「鑑識上の修養を積んでいない」漱石にそのようなところは見えていないし、見ていない。「美術史上の評価」など知ったこっちゃないのである。画家がこの時代、この国においてどのような態度で作品を描き、それがいかに表現され、漱石の眼に訴えてくるか、そこが大事なのである。

美術史上の新しさと、漱石がかぎ取る新しさは同じではない。とすれば、以上に挙げた絵は、漱石には、粛々と日本の伝統を踏襲し、あるいは西洋画家に倣い、一人ひとりの画家ならではの生々した感じも時代に切実な何かをももっていない、ノッペリとした「死んだ絵」、と瞬時に判断されたのではないだろうか。語るに足りなかったのは、漱石にすればごく自然ななりゆきであった。そう考えるなら逆に安田靫彦《夢殿》は、何かを言わずにいられない気持ちにさせる、漱石をして持論を語るよう駆り立てる（あるいは神経をざらつかせる）インパクトをもっていたといえるかもしれない。

なお、後にふれるように漱石が最後に鑑賞した大正五年（一九一六）の第十回文展では、評判になっていた**松岡映丘**の**《室君》**（図64）もおそらく関心外であったらしい。鎌倉時代、画家の故郷である播州の港町室津に集う遊女たちが雨の日中を思い思いに過ごす姿を描いたこの作品は特選となり、生涯を通じて代表作とされている。漱石は会場を一巡したあと、評判の作品はどこにあったのかと尋ねて引き返したが、戻ってきて「あれならすでに見ていた」と述べたというから、初見では特に感じることはなかったのであろう。映丘はその後も第十一回《道成寺》、十二回《山科の宿》が連続して特選を受賞している。

三　「素人と黒人《くろうと》」について

文展評は以上の一回のみで、このあと漱石の美術展評や画集評といった記事はあまり見られなくなる。そんななかで次の記事はなかなか興味深い。芸術にからんで相変わらず独自の道を行く論である。

黒人じみる弊害

自分は此《この》平凡な題目の下《もと》に一種の芸術観乃至《ないし》文芸観を述べたい。

この一文で始まる「素人と黒人」は、大正三年（一九一四）一月七日から十二日まで五回にわたって朝日新聞に連載された。原稿用紙にすれば十八枚ほどだが、力のこもった読みでのある文章である。「文展と芸術」でしめされた芸術論を補強する思考が展開していて、文展評や漱石の芸術観をより深く味わう助けになりそうだ。

冒頭の一文については、理由をこんなふうに説明している――ふつうの人が使う素人と黒人《くろうと》（玄人）という言葉には多くの誤解が含まれていて、芸術について用いるときに一種滑稽な響きを与えてしまうために、それを正したいのだと。

誤解とはどういうことか。世間では、その道に熟達していれば黒人として尊敬し、その道に堪能でない者は素人だと軽蔑する。芸術においても、たとえば画家であれば当人が何年か稽古をつめば黒人と自覚し、絵筆をもったことがなければ素人と思い込んでいる。しかしこれは世間がいい加減にきめた基準に害され、自分たちの立場をよく分析していない結果にすぎないと漱石はいうのである。

「素人離れのしたさうして黒人染《じ》みないものが一番好《い》い」——そもそも漱石は文芸作品においてそんなふうに考えていた。しかし最近、いくつかの展覧会でとくに日本画を見たとき、最初はその御手際に感心したが、途中でその御手際の意義に疑いを抱くようになり、しまいには軽蔑しはじめた。その経験がきっかけで、「素人と黒人」という意味をより理知的に解釈するようになり、自分の感情の内にある骨格を発見したのだという。

次に、思いがけず歌舞伎俳優が二人、三週間ほどの間をおいて来訪してきた話が挿入される。最初、「芝居に懸けては全くの野蛮人」を自称する漱石は、「今の世は素人が書をかき、画を描く時代だ、小説を作る時代だ、舞台に出る時代だ」、なぜなら「人間が遣るのだから」と話したけれど、相手にはおそらく通じなかった。二度めなどは、同席していた親しい小宮豊隆も自分の言ったことに納得しないので、漱石は「幕府を倒した薩長の田舎侍が、どの位旗本よりも野蛮であったか考えてみろ」「羅馬《ローマ》を亡ぼしたものは要するに野蛮人じゃないか」とたとえ話を持ち出した。歴史上でも世の中を変えてきたのは、その道に通じていない「野蛮人」——漱石のよく使う語で言い換えれば「門外漢」や「素人」だというわけである。漱石としては「自分の頭に対する責任として」この問題をもっと明瞭に、組織的に表現しなければ済まない気がした、そこでこの一文を書くことにしたという。自身で考えたことに納得できるかたちを与えて表現したい、というのは漱石らしい気分の持ち方で、小説もこれまでしばしばそうして書いてきたのであった。

さて漱石は問題をよりはっきりとさせるために、「素人と黒人」を人間に当てはめて考えてみる。

俗にいう「黒人の女」は人づきあいがいい、愛想がある、気が利いている、などの特色があるが、それらはすべて人間の本体や実質とは関係の少ない外部の装飾的なものであって、人格や精神にふれるような深さとはまったく関係ない、上面丈《うわつらだけ》を得意に徘徊しているのだという。それをふまえると、「一見人を引き付ける魅力を有《も》つた黒人といふものが、存外詰《つま》らなく見えて来る。彼等の特色は彼等に固有のものではない、誰でも真似の出来る共有的なものだ」「必要なのは練習と御浚《おさらひ》丈で、其外《そのほか》殆んど何にも要《い》らない……要するに黒人の誇りは単に技巧の二字に帰着して仕舞ふ」ということになるのである。「そんな技巧は大概の人が根気よく丁稚《でっち》奉公さへすれば雑作なく達せられる」のであって、「精神的の教養よりも遥かに容易」だと漱石は断じる。ここの「教養」は、修養や成長といった意味に近いだろうか。

この特色を絵画や俳優、また文芸にも応用してみると、黒人はあまり威張れたものではないことになる。漱石は、その道を歩む人たちに「素人でも尊敬すべきだといふ真理」をわかってもらいたい、と訴える。「腕は芸術の凡《すべ》てゞはない、寧《むし》ろ芸術界に低級な位置を占めるのが腕」であり、「否、多くの場合に黒人は此腕の御蔭で、芸術を破壊する、堕落させる、向上の邪魔をされてゐる」のだと。人間は権謀術数さえ練習すれば沢山だと考えてはならない、「誰が権謀術数丈で人間になれると思ふか。人間は権謀術数よりもう少し高いものである」と、この勢いでいくと黒人は一方的にやられて形無しである。うーん……というところで、漱石は具体的な人物を引っぱってくる。

登場するのは、漱石がその書に魅せられていた良寛上人だ。良寛は、平生から「詩人の詩と書家の書」を嫌ったという。「本職」という意味では立派に違いないものを嫌う上人の見地は、「黒人の臭《にほひ》を悪《にく》む純粋でナイーヴな素人の品格から出てゐる。心の純なるところ、気の精なるあたり、そこに揩《す》れ枯《か》らしにならない素人の尊さが潜んでゐる」、さらに「腹の空《むな》しい癖に腕で掻《か》き廻してゐる悪辣《あくらつ》がない。器用のやうで其実は大人《おとな》らしい稚気に充ちた厭味《いやみ》がない」。そんなわけだから、素人というのは「拙《せつ》を隠す技巧を有しない丈でも黒人より増《ま》し」なのである。そして、「自己には真面目に表現の要求があるといふ事が、芸術の本体を構成する第一の資格」であって、それをもっていながら黒人の特色を羨んだりするのは、君子の品性を与えられているのに手練手管の修業をしなければ一人前でないと悲観するようなもの――つまり間違った思い込みだと言っているらしい。

素人と黒人の逆転

ここまでの説を、漱石はさらに「新らしい所」から述べようと試みる。それは「輪廓」と「局部」の関係性とでもいえようか。どういうことかというと、何事もふつう観察というものはまずは輪廓、それから局部、そのまた局部へ……という順に移る。しかしそれは「大から小」に移っていくに過ぎず、「浅いところから深いところ」でもなければ「上部（表面の意味か）から立体的内部」への移行でもない。しかし平凡な黒人は、「大→小」を「低い平面から高い平面に移れた」と思い込む。が、じっさいはその過程でイリュージョンに酔わされ、欺かれて、大事なものを何所かへ振り落して気が付かずにいる、と漱石は説く。というのも、観察が輪廓を離れて局部に移るにしたがって、輪廓は忘れられてしまう。そこで得意に改良や工夫をしても、悉く部分的であって、全体に響いてこない。「大きな眼で見ると何の為《ため》にあんな所に苦心して喜んでゐるのか気の知れない小刀《こがたな》細工をする」、これは「進歩でなくつて、堕落である。根本義を棚へ上げて置いて、末節にばかり齷齪《あくそく》する」という態度なのだと。これが黒人が陥りやすい間違いだというわけである。

一方で、素人は部分的研究や観察に欠けているが、「大きな輪廓に対しての第一印象は、此《この》輪廓のなかで金魚のやうにあぶ〳〵浮いてゐる黒人よりは鮮かに把捉《はそく》出来る」と漱石は考える。ゆえに、「細かい鋭どさは得られないかも知れないが、ある芸術全体を一眼《ひとめ》に握る力に於《おい》て、糜爛《びらん》した（ただれた）黒人の眸《ひとみ》よりも慥《たしか》に潑溂《はつらつ》としてゐる」としながら、こんな例を引く。「富士山の全体は富士を離れた時にのみ判然《はつきり》と眺められる」。なるほど。

そういえば、野上弥生子の小説「明暗」を読んで送った手紙（明治四十年一月十七日）でも開口一番、「非常に苦心の作なり。然《しか》し此《この》苦心は局部の苦心なり。従つて苦心の割に全体が引き立つ事なし」と忠告をしていた。同年一月十二日、「帝国文学」に掲載された野村伝四の小説「寒水村《そずむら》」への感想にも、「趣向が面白い。さうして是といふ不自然がない。結構であります。一字一句に苦心するよりあの方が遥かにいゝ」と書いている。絵や小説に限らず、漱石は何においても不自然さを嫌ったのと同様、狭い局部にこだわって広い全体が見えなくなることに常に気を配り、警戒していたのである。

さてしかし、もし既存の輪廓をよしとして、これは破れないものだと観念してしまえば、その仕事の自由は極めて狭いところをうろついているに過ぎないのであって、「個人の自由は殆ど殺されてゐる」といい、漱石はこれを絵画論に応用する。能や踊と同じく、守旧派の絵画においても、当初から「輪廓は神聖にして犯すべからず」という約束のもとに成立するとすれば、その中で活動する芸術家は五十歩百歩のわずかな間で己の自由を見せようと苦心するだけになるのだと。その点、素人の眼は「一目《もく》の下《もと》に芸術の全景を受け入れるといふ意味から見て、黒人に優つてゐる」。

そうなると、黒人と素人の位置が自ずと逆転してくる。「素人が偉くつて黒人が詰《つま》らない」ということになる。パラドックスのようだと言いながら、漱石はならば歴史を見よ、と促す。「昔から大きな芸術家は守成者《しゅせいしゃ》であるよりも多く創業者である」。創業者は「黒人でなくつて素人でなければならない。人の立てた門を潜るのでなくつて、自分が新しく門を立てる以上、純然たる素人でなければならないのである」。輪廓の中でもがいても進歩はない。輪廓から疑って崩し、新しくしていくのは、素人こそが可能なのだと、漱石はここでも型にはまらないことの大切さを説くのである。

『吾輩は猫である』で漱石が彗星のごとく文学界に登場したとき、文壇人からは「せいぜい学者の余技としか見なされなかった」という（重松泰雄『草枕』解説）。〝黒人〟の文壇人からみれば〝素人〟だったのである。が、その後の漱石は「倫敦塔」「幻影の盾」「薤露行」「坊っちゃん」……と一作ごとに体裁や文体の異なる小説を発表し、いかにも型破りで「既成作家には見られぬ清新、奔放な文体や構想」は、「平常小説に関心の深くない読者層をも巻き込んで広汎な反響を呼び起こした」。漱石自身がそもそも〝アウトサイダー〟だったのだ。さらに当時の文壇においては、恋愛も扱えば天下国家も論じる小説家（漱石は明治三十四年九月十二日の寺田寅彦への手紙で「学問をやるならコスモポリタンのものに限り候」と書いているが、小説家としても同じ志向をもっていたのだろうか）は異端とみなされ、非難を浴びた。一連の体験は漱石のなかで、いわゆる素人、ひいては孤立者や少数派への眼差しへと少しずつ転化していったのかもしれない。

ずいぶん前になるが、もとは西洋哲学を研究していた梅原猛さん（一九二五―二〇一九）が、聖徳太子や柿本人麻呂について従来の説を吹き飛ばすような新説を打ちたて、さらに縄文時代などの古代文化論やけれん味に溢れたスーパー歌舞伎を生み出して、いずれも大きな話題を呼んだことがあった。大胆に型を破る新しいことをなしえたのは、その道の専門家でなかったからだろう。当時はアカデミックな立場の人たち、それぞれの専門家から多くの批判を受けたとご自身が語っていた。そのこと自体、専門家には不可能な発想であったことの裏返しでもある。文化の裾野を広げ、発展を促してゆくのは、時にこのような〝素人〟による創造性によるのである。

「拙」ということ

ところで、良寛について述べたくだりに「拙」という語がみえる。熊本で教師をしていた頃に「木瓜《ぼけ》咲くや漱石拙を守るべく」という句をつくっているが、漱石はこの語に格別の思い入れがあったようで、小説などでもしばしば用いている。そのままでは「つたない」「へた」の意味だが、漱石は生きる姿勢としてとらえていたらしい。そこには「不器用ながらも目先の利にとらわれることなく愚直であること」「世渡りが下手でも人に媚びることなく正直であること」といった意味が含まれていたと思われる。漱石が良寛の書に「素人の尊さ」「厭味のなさ」とともに「拙」をみとめたことから、思い出されたのが子規の《東菊》（図65）である。

《東菊》は明治三十三年、根岸から熊本にわざわざ送られてきた、そして漱石が唯一所有してい

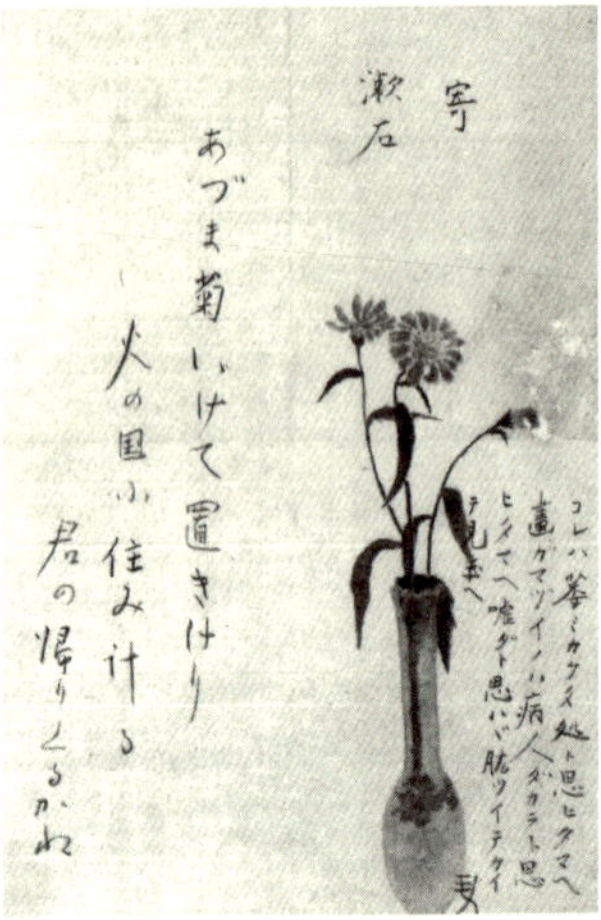

図65　正岡子規《東菊》1900年　岩波書店

た子規の絵だ。縦B4サイズほどの画紙の右下寄りに、一輪花瓶《ざし》に挿した東菊が水彩で描かれている。右上に「寄　漱石」とあり、左半分ほどを「あづま菊いけて置きけり火の国に住みける君の帰りくるがね」という歌が占めていて、全体にやや地味な印象ではある。脊椎カリエスで病床にあった子規は絵を描くのを心のなぐさみとしていたが、やはり布団にはいつくばって筆を動かした一枚であろう。右下に小さな文字で「これは萎《しぼ》み掛けた所と思い玉《たま》え。下手《まず》いのは病気の所為《せい》だと思い玉え。嘘だと思わば肱《ひじ》を突いて描いて見玉え」と〝註釈〟が添えられているところから、「自分でもそう旨《うま》いとは考えていなかったのだろう」と漱石は明治四十四年、「子規の画」と題した一文で書いている。

袋に入れてしまってあったのを、散佚しないうちに懸物に仕立てておこうとふと思い立ち、久しぶりに取り出してみた。表装が仕上がって壁にかけてあらためて眺めてみると、漱石の眼には「如《い》何《か》にも淋しい感じ」の画だと映った。全体で三色しか使っていない、紫の花が二つだけ小さく花開いたようすを見て、「どう眺めても冷たい心持が襲って来てならない」とため息が聞こえそうな感想を書きつける。漱石からみれば、回想のなかの子規は人間として最も「拙」の欠けた男であった。しかし、この絵で彼はわずか三本の茎の花に五、六時間の手間をかけて、どこまでも丹念に塗り上げている。俳句や歌を無造作に作り上げたのとは打って変わって「拙《まず》くてかつ真面目」と感じたのだ、らしくない、と。

何だか正岡の頭と手が、入《い》らざる働きを余儀なくされた観がある所に、隠し切れない拙《せつ》が溢《あふ》れている……

馬鹿律《りち》気《ぎ》なものに厭味《いやみ》も利いた風もありようはない、下手《まず》いのではなく、これはまさに働きのない愚直ものの旨さである――。漱石は子規がわざわざ自分のために描いた一輪の東菊のうちに、確かに「拙」を認めた。技巧もすべてのはからいもここでは浄化されている。失笑と感服のまじった感情に襲われながら、漱石はやはり画がいかにも淋しいことが切ないらしく、「出来得るならば、子規にこの拙な所をもう少し雄大に発揮させて、淋しさの償《つぐない》としたかった」と締めくくる。友がこんなところで「拙」の美を実現していたことを、亡くなって十年近くを経て発見した漱石の、しみじみとした懐かしみが伝わってくる。

画を見る漱石の眼は、ここではふだんと違った色合いを帯びている。「余のために」描かれて都から九州まで旅をしてきた一枚。そのような画を人は生涯にいくつ、いや一つでも持つことができるだろうか。子規を思わずに漱石はこの画に向き合うことはできない。人の縁は同じ画の価値を変える。子規の手紙から選んだ二通の中央において表装させた《東菊》を、漱石は生涯そばにおいて慈しんだことだろう。

行く春や壁にかたみの水彩画（明治四十五年）

図66　夏目漱石《水仙図》1915年　岩波書店

ところで子規の《東菊》は、どことなく漱石が大正四年（一九一五）京都に遊んだときに描いた小品《水仙図》（図66）を連想させる。画帖の一頁に花を三つつけた水仙が竹製の編み籠に活けられていて、日付と落款をのぞいて周囲は空白である。この絵についてはのちにふれるが、当時盛んに描いていた南画とは異なる素朴な味わいで、妙に「拙」の語が似合う一枚である。漱石は、自分の絵を子どもの遊びだと述べながら、しかし〝黒人ぽくなる弊〟を戒めていた。手紙でも「私のは画といふよりも寧《むし》ろ子供のいたづら見たやうなものです。その小供の無慾さと天真が出れば甚だうれしいのですがたゞ小ぎたない所丈が小供で厭味は大人らしいから困ります。書でも画でもかきなれないと一通りのものは出来ず、又書きなれると黒人くさくなつて厭なものです」（大正二年十一月三十日、福島在住の長塚節門下の歌人、門間春雄宛書簡）と書いている。

また『草枕』（十一）では、観海寺を訪れた画工が先代和尚の描いた達磨の絵を見せられたところ、頗るまずい画だが、「俗気《ぞつき》がない。拙を蔽《おお》おうと力《つと》めている所が一つもない。無邪気な画だ」と感じ、これを描いた先代和尚もやはりこの画のような構わない人であったんだろうと思いをはせている。良寛の書が「拙を隠す技巧を有しな」かったのと同様の意味で、画工はこの画を好もしく感じたのであろう。漱石は晩年、自身の書画帖を「守拙帖」と名づけた。

＊

「素人と黒人」の最後で漱石は、「偉い黒人」や「詰らない素人」は自分が述べてきたことがあてはまらないこと、また「俗にいふ通人《つうじん》といふのは黒人の馬鹿なのよりもずつと馬鹿なものだから、是も評論の限でない」と補足している。ひるがえって、漱石は小説家という本職においては、自身が指摘した黒人の弊を払拭して「偉い黒人」であることが求められた。いっぽうで、「門外漢」として文展評などを書くにおいては、「黒人の馬鹿なの」よりも改革的なことができるのは自分である、という自負を心に秘めていたかもしれない。門外漢の素人だからこそできる美術評がある、その静かな確信を抱きながらあの百十枚を綴ったのではなかろうか。結果的にそれは実現したといえよう。

四　津田青楓君は「ぢゞむさい」

もう一つ、新聞への寄稿ではないが、漱石が晩年に親しくまじわった画家の仕事について評した文章がある。そこからは漱石の美術を見る眼のまた別の面がうかがえる。

晩年の〝画友〟

私は津田青楓君の日本画をみて何時《いつ》でもぢゞむさいぢやないかと云ひます。

ずいぶん無遠慮にはじまるのは、大正四年（一九一五）十月の「美術新報」に発表された記事である。「津田青楓氏」という総題で小宮豊隆を含む数人が寄稿したうちの一つで、一見聞き書きふうにも読めるが、同誌の編集人宛の形をとって執筆したらしい。

津田青楓は明治十三年（一八八〇）、京都で生け花の師匠を父に生まれた。漱石の十三歳下にあたる。兄は文学や美術にも造詣が深く、華道家として名をなした西川一草亭である。京都市立染色学校を卒業後、二十歳で徴兵されたが、軍では衛生部に勤務しながら図案原稿を作り、「ホトトギス」ほか文学雑誌に従軍生活などについての投稿をはじめ、またヨーロッパ美術にも興味を深めていった。除隊後は京都高島屋図案室に勤務、二十四歳のとき自ら図案雑誌を出して編集にも携わる。明治三十七年（一九〇四）、日露戦争が勃発すると召集されて満洲へ赴き、旅順総攻撃を体験した。三十九年に帰還すると、浅井忠らが主宰する関西美術院の夜学に通い、安井曾太郎、梅原龍三郎らとともにデッサンを学ぶ。翌年には農商務省海外実業練習生としてフランスへ渡り、アカデミー・ジュリアンに入学。同窓の斎藤与里、荻原守衛らとたびたび漱石の小説について語り合ったという。明治四十三年（一九一〇）に三十歳で帰国し、翌年に上京。小宮豊隆の紹介で漱石宅を訪れ、門下生らとも交友がはじまった。このころ漱石から朝日新聞の挿絵画家に推薦されたが、渋川玄耳のお眼鏡にかなわなかったようだ。いっぽうで木曜会に参加するようになり、漱石との親交は深まっていった。明治四十五年（一九一二）、森田草平の『十字街』が初めての装幀の仕事となる。翌大正二年秋には油彩に関心を示した漱石に頼まれて、道具を揃え、描き方を一から指導したが、性に合わなかったのか長続きしなかった。その後、漱石はもっぱら南画ふうの絵を描くようになる。

青楓は後年、良寛に強く魅かれてゆくが、大正三年に漱石と帝室博物館で草書屛風を見たのが良寛の書を見る初めての機会であった。二人の美術を話題にしながらの交流は漱石が亡くなるまでつづいた。

自分の芸術的良心に一直線

記事に戻ると、漱石が津田の日本画に対して「ぢゞむさい」と繰り返していることに、ちょっとのけぞる。「爺むさい」を広辞苑で見ると、「年寄りじみている。きたならしい。むさくるしい」の意味とある。漱石が直接、どう考えても芸術的な性質ではないと告げても、当人は「僕はぢゞむさい立場でもつて画を描くんだ」と主張するらしい。ただし、表面上無茶なその主張は、内部に立ち入るとなかなか意味があると漱石はいう。口下手な画家の言葉よりも、画自身が遥かに巧みにその辺の消息を物語っている、と。

> 津田君の画には技巧がないと共に、人の意を迎へたり、世に媚びたりする態度がどこにも見えません。一直線に自分の芸術的良心に命令された通り動いて行く丈です。

遠まわしではあるけれど、漱石の信条からすれば誉め言葉にほかならない。しかし高評の道のりも一筋縄ではいかない。こんなふうである。

漱石曰く、はたから見ると自暴《やけ》に急いでいるようにも見え、どうなったって構うものかという投げ遣りの心持も出て来るように見える津田は、悪くいえば智慧の足りない芸術の忠僕のようなものだ。まともだが、訓練が足りず、洗練もない。しかし、である。そこに「彼の偽《いつ》はらざる天真の発現が伴つてゐる」。利害の念、野心、毀誉褒貶の苦痛などの一切の塵労俗累が混入していない……

図67　津田青楓《漱石先生読書閑居之図》1921年　新宿歴史博物館

と名誉挽回をはかりながらも、それでも自分は彼にもっと智慧を与えたい気にもなるのだという。西洋画についてもストレートには褒めない。津田君は、たとえ時勢遅れになっても女性像などではなく、静物が描きたいらしい。また色彩の好みが全く反対で、自分が好かない色を平気にごてごて使うのには辟易する。そんなふうに、あくまで自身に正直で、どこをとっても自分を譲らない――といった具合である。

さんざん失礼な言い草を並べながら、かつて結城素明や小杉未醒らに寄せた日本の芸術界を背景にした好意や期待とは異なる、他にみない親密な気分がうかがわれる。画業をひっくるめた津田の人格への愛情とでもいおうか。二人の交流は後にもふれることになるが、身近なところにいて絵画で自己の表現を貫く津田の存在は、漱石には小さからぬ力となったのではないだろうか。『道草』や『明暗』など晩年の著作の装幀を、それまでの橋口五葉にかわって津田に任したのも信頼のあらわれであろう。漱石が亡くなるとき、津田は死の床に寄り添って水筆で唇をぬらし、枕元で慟哭したという。

二〇二〇年、津田青楓の生誕一四〇年を記念した回顧展が練馬区立美術館で開かれた。九十八歳まで永らえた彼の画業の一端を見た日、その感動は得も言われぬものであった。門外漢の私は絵の巧拙や青楓の評価に詳しくないが、モダンな図案画、戦争体験をもつ社会派としての仕事、飄逸な南画、良寛研究の成果……多種多彩ないずれの表現にも津田青楓の生きた証のごとき存在感が刻まれているようだった。増えて困るので余程のことがなければ展覧会図録は買わなくなっていたが、このときはおさまらない余韻を持ち帰って味わいたくて迷わず入手してしまった。

五　西洋美術と同時代の日本美術へのまなざしの違い

インスピレーションの源と時代の憂鬱

さまざまな美術に対峙する漱石の眼を追ってきたが、次第に気になってきたことがある。西洋美術に向かうときと、同時代の日本美術に向かうときの漱石のまなざしの違いである。

漱石が西洋美術を見るとき、その眼はたいてい「批評者」の眼とはいえなかった。すでにあるものとして、そこから思想やインスピレーションを得る源であり、または何かを論じたり伝えたりするための有効な素材や道具であった。「倫敦塔」がドラローシュの絵に触発されて書かれたことは先に述べたが、ターナーにしろ、グルーズにしろ、ラファエル前派やその他にしろ、あくまで視点は成果としての作品にあって、画家その人には向けられない。成果物からさまざまな発想や思想を引き出すことはあっても、それぞれの画家がその人ならではの自己を表現しているか、といった見方がされることはない。とりたてて指摘するまでもない、当たり前のことと思われるであろうか。私にはそうでもないような気がするのである。

たとえば『文学論』で漱石は、「真」について論じるのにターナーを引き合いに出している。ターナーが描いた海（《海戦中のテメレーア号》一八三九年など）は、燦爛《さんらん》として絵具箱を覆したようであり、また雨中を進行する汽車（《雨、蒸気、速度――グレート・ウェスタン鉄道》一八四四年）は、溟《めい》濛《もう》（くもってくらい）として色彩のある水上を行くようである。いずれも自然界に実在しそうにないが、充分に文芸上の「真」をそなえている。自然に対する要求以上の要求を満たすことができるために、科学的には「真」といえないとしても、文芸上は「真」といいえる──という具合で、ターナーの絵は「真」を論じるための既存の素材として用いられている。ターナーは『坊っちゃん』でも、赤シャツと野だの会話に《金枝》が持ち出されて二人の滑稽さが浮き彫りにされていた。絵を論じようとすることの素材や道具として用いる点は酒井抱一や長沢蘆雪など日本の伝統美術についても同じ傾向がある。

いっぽう日本の同時代の美術に対したとき、漱石の眼は異なるはたらきかたをしている。芸術家に対する態度が、より切実に感じられるのだ。視点はときに作品そのもの以上に、画家やそれをとりまく人間に向けられた、ともいえるだろうか。

「文展評」がいい例である。漱石の絵を見るまなざしは、足をとめるたびに「その画家が自己を表現したものであるか否か」が重要な評価の基準となっていた（言及しなかった場合はその手前で問題外の判定が下されていたと思われる）。それは「画家と作品（の関係）」の視点が常にある、ということでもある。「○○君」と画家の名を出し、時に呼びかけたりするのもその表われの一つであろう。同じ時代を生きる同胞に、漱石はそれだけ〝親身〟であった、ときに〝おせっかい〟とみえなくもないくらいに。

性分といってしまうのでは物足りない。近代化の渦中で漱石にはつねに憂国の思い、裏返せば故国への同情があったからである。諧謔を含んだ苦言、皮肉に満ちた辛辣な忠言、激励をこめた率直な讃辞……いずれも放っておけば「亡びる」かもしれない日本への真剣な直言とも読めなくない。和辻哲郎は「先生の諧謔には常に意味深いものが隠されている。熱情、愛、痛苦、憤怒など先生の露骨に現わすことを好まないものが。……先生がその愛する者に対する愛の発表はおもにこれであった」（「夏目先生の追憶」）と書いている。漱石の美術評は、広く近代日本をともに生きる一人ひとりにめいめいのありようを問う切実さを裏にかかえていたのだと思う。

「あの人は天才と思ひます」——青木繁という繋ぎ目

そして、西洋芸術や伝統芸術への向き合い方と、同時代の美術への向き合い方、その両者をつなぐ結び目にあって、二つの領域を兼ね備える漱石にとっておそらく唯一の存在、そして〝運命の〟画家が青木繁だったのではないかと私には思えてならない。

漱石が青木の遺作展に足を運んだあと、津田青楓宛の手紙で「青木君の絵を久し振に見ましたあの人は天才と思ひます」と書いたことは先に述べた。『三四郎』の深見先生が浅井忠を、画家の原口が黒田清輝をモデルにしたと言われることも前に紹介したとおりだが、新関公子氏は遺作となった『明暗』でゆきずりのように津田と面識をかわす貧乏画家は青木繁を、そして彼を津田に引き合わせた小林は、青木の友人であった岩野泡鳴をモデルに造形されたと推察している。となると、漱石のなかには、世間でみとめられず不遇なまま逝った青木という画家が最後までしっかりと居座っていたことになる。

浅井忠については、束の間ではあるがロンドンで親しく過ごし、漱石は人柄も作品も評価していたが、彼の急逝を聞いて共通の友人に宛てた手紙をみると、青木を悼んだ津田宛のものとはトーンが異なる。

浅井画伯は惜しき事致候小生いつか同君の水彩を楣間《びかん》（欄間《らんま》）にかけ度《たし》と存居候《ぞんじおりそうら》ひしにまだたのみもせぬうちに故人となられ候。家がないから画などたのんだつて駄目だと思つてるうちに画の方が駄目に相成候。同君帰朝後の事業半途にて遠逝《えんせい》画界のため深く惜むべき事に候。

（明治四十一年一月二十日、渡辺和太郎宛）

故人に敬意を表し、あくまで「画界のため」に才能を惜しむという思いは伝わってくるとしても、たとえば「天才」という言葉とは、どうしたって結びつかない。一方で青木についての文章からは、誰よりも自分がもっとずっと彼の画業を見ていたかったのに……という切なる惜念が感じられるのだ。

〝水底の女〟

『それから』では代助の精神状態をあらわす場面で青木の《わだつみのいろこの宮》が引かれていたが、漱石はかつて次のような詩を書いている。

水底の感　　　　　　　　　　　藤村操女子

水の底、水の底。住まば水の底。深き契り、深く沈めて、永く住まん、君と我。
黒髪の、長き乱れ。藻屑もつれて、ゆるく漾《ただよ》ふ。夢ならぬ夢の命か。暗からぬ暗きあたり。
うれし水底。清き吾等に、譏《そし》り遠く憂《うれ》透らず。有耶無耶《うやむや》の心ゆらぎて、愛の影ほの見ゆ。

明治三十七年二月八日、寺田寅彦宛の端書に

読んでいると、やはり《わだつみのいろこの宮》の画面が思い出されてしまう。しかし青木がこの絵を制作したのは明治四十年で、詩が書かれたときまだ存在していない。じつはこの詩は、明治三十六年五月二十二日、遺書「巌頭之感」をのこして華厳の滝に身を投げた一高の教え子藤村操を偲んで書いたとされている。藤村が自殺する数日前、下読みを怠けていたことを漱石が叱責したというが、「万有の真相」は「不可解」、という遺書に記された哲学的な悩みか、または失恋によるとされる藤村の投身の原因とは無関係である。なお詩は、「藤村の恋人が後を追って投身するという虚構の作で、黒髪のもつれ合う水底で結ばれる愛がうたわれている」（漱石全集二十二巻注解）という。

この詩を漱石が白馬会で見た青木繁の木炭の素描群から霊感を得たのではないかと推察するのは新関公子氏である。前年の明治三十六年九月から十月にかけて上野で催された第八回白馬会展に青木は《大穴牟知命《おおなむちのみこと》》ほか神話を題材とする作品群を出品して白馬会賞を受賞している。私が見るところ、漱石の詩はそのうちの一つ《**黄泉比良坂**《よもつひらさか》》（図68）に感化を受けたと思えなくもない。黄泉平（比良）坂は生者の住む現世と死者の住む他界との境にある坂のこと。青木の絵では青緑の水の

なかを裸体の女たちが長い髪をゆらめかせながら漂っている。右上方、明るい光の中に背を向けて頭をかかえた人物がいる。男にも見えるが、そこは今や引き返すことのできない生の領域であろうか。

また詩をつくった年の暮れから書かれはじめた『吾輩は猫である』では、水島寒月が水底から少女に呼ばれる幻覚にとらわれて危うく身投げしそうになる話が出てきて、やはり《黄泉比良坂》の画面を思わせる。新関氏は漱石のすべての小説に「女と水」や「恋愛感情の発動と水が象徴的に重なる」表現は枚挙に暇がないという。そのような漱石の感性が《わだつみのいろこの宮》に出会ったとき、瞬時に強い、しかし静かな電流が走るような感応を得たのではないかと想像がふくらむ。この絵はどこかで見たことがある、そうだ脳裡で長らく思い描いて、己の眼で見ていたものではなかったか、と。

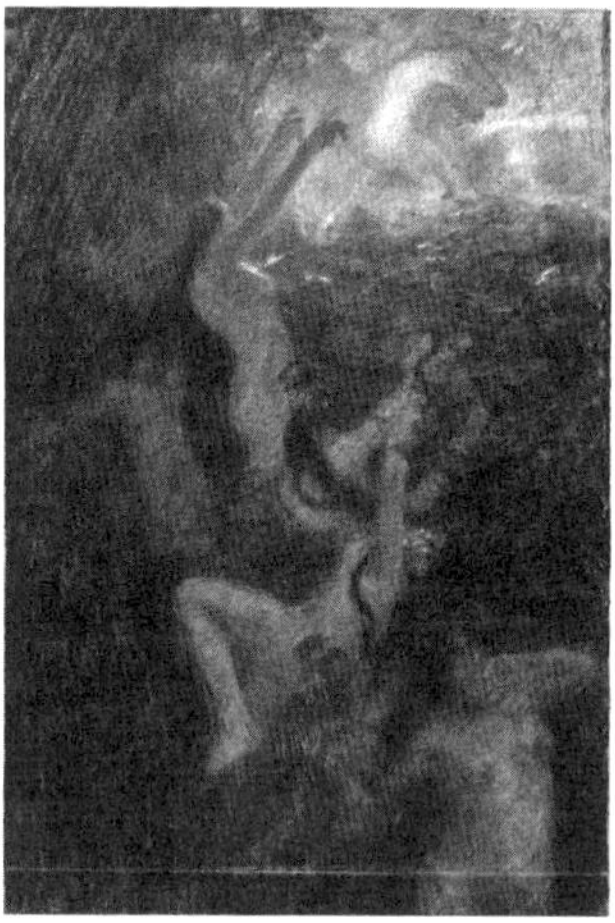

図68　青木繁《黄泉比良坂》1903年
東京藝術大学大学美術館

『それから』ではまた、代助が自分の意匠をもとに専門家に注文して本家の欄間の周囲に描かせた模様画も、描写からすれば青木の絵を思わせる。

紺青の波がくだけて、白く吹き返すところだけが、暗い中にはっきり見えた。代助

図69　ウォルター・クレイン《ネプチューンの馬》1910年　装飾芸術美術館付属図書館、パリ

はこの大濤《おおなみ》の上に黄金色《こがねいろ》の雲の峰を一面に描《か》かした。そうして、その雲の峰をよく見ると、真裸《まはだか》な女性《にょしょう》の巨人が、髪を乱し、身をおどらして、一団となって、あれ狂っているように、うまく輪郭を取らした。

代助が北欧神話に出てくる知・詩・戦の神オディンにつかえる十二少女の一人で、戦場の空を飛び、戦死すべき者を選んで天国に案内するという「ヴァルキイル」を雲に見立てて注文したということからも、「白い泡の大きな塊が薄白く見えた」ことからも、またタイトルからしても、青木の明治三十七年作**《運命》**（本書カバー裏に掲載）が発想の源になってはいないだろうか。いっぽう芳賀徹氏はこの画の源泉としてウォルター・クレイン**《ネプチューンの馬》**（図69）を想定し、新関氏はやはり青木の明治三十五年の素描**《渾沌》**（図70）を直接の図像源と推定している。一連の青木の素描には似たような図柄がいくつも見られる。《運命》にしろ素描にしろ、それら青木の作品が漱石のなかで融合された可能性も考えられよう。

つまるところ青木は漱石にとって、多くの西洋画でそうしてきたようにインスピレーションや思想の源となる世界を生み出す画家であったのと同時に、文展で評した画家たちのように、しかし本人とは一度もまみえることのなかった、明治をともに生きながら生き延びられなかった同時代の画家でもあった。青木だけが二つの領域の結び目にいた。漱石は青木を前にしては客観的な批評者でいられなくなっているようにみえる。詩情に満ちた精神に共鳴しすぎたために、あるいは魂がぴたりと響き合ったために。そして、若くして世を去った彼を惜しみながら、「天才」と称するしかなかったのだ。

図70　青木繁《渾沌》素描　1902年

文展に嫌われた青木繁

漱石がいわば〝運命の〟画家に出会えたのは幸運にほかならなかったが、その青木を当時の世間は、権威ある人たちはほとんど評価しなかった。

明治四十年八月、二十五歳の青木は父が危篤という知らせを受けて故郷の久留米に帰り、父を見送ったあとも九州で過ごしていた。秋の第一回文展には三年前の作《運命》と《女の顔》を友人の岩野泡鳴らに依頼して出品したが落選している。翌年の第二回文展には、十月九日の提出締切を過ぎ、十五日に開幕したあと、二十日ごろにようやく完成させた《秋声》を東京に送って出品を試みたものの、間に合わず日の目を見ることはなかった。九州各地を放浪しながら翌四十二年の第三回文展に《秋声》をふたたび出品したが落選したという。そのうち喀血して病臥するようになり、画業も暮らしもままならなくなっていった。明治四十四年三月二十五日、福岡市の病院で息を引き取ったとき、まだ二十八歳であった。

《運命》は海か川か緑色の水のうねりに裸の上半身をあらわした髪の長い三人の女性が輪舞しているような幻想的な図柄、《女の顔》は恋人の福田たねをモデルにした肖像で、かすかに首をかしげてこちらを見つめる力ある瞳が印象的だ。いっぽう、《秋声》は森のなかで髪を長く垂らした着物姿の女性が、細い木に寄りかかってあらぬ方を見やっている姿である。明治後半の画家がよく描いた情緒的な「樹下婦人図」の作例として、青木が文展の監査傾向に追従しようとする意識がみられる、と図録の解説にはある。漱石が見れば、それでも青木の「自己の表現」をどこかに感じ取ったであろうか、やや心許ない。

十七歳で上京して小山正太郎の画塾「不同舎」で学んだ青木は、東京美術学校の西洋画科に進み、在籍中にあの《黄泉比良坂》など日本神話に取材した作品で第一回白馬賞を受賞、卒業した明治三十七年(一九〇四)には、房州布良の旅で想を得た、大漁の水揚げに列をなす裸体の男たちを描いた《海の幸》が反響を呼び、一躍その名が世に知られるようになった。しかし、明治四十年の東京勧業博覧会に出品された《わだつみのいろこの宮》が三等の末席に終わった(審査結果では一等賞が七人に与えられたという)あと、作品が世間の話題になることや賞を受けたりする機会はなくなっていく。

文展とも無縁に終わったが、青木はどうにかして自分の作品が審査を通り、あの華やかな会場に堂々と飾られ、群衆の視線を集めることを望んでいたに違いない。その願いは生きている間にかなえられなかった。そういったことを思えば、漱石が文展評に差し挿んだ一文は、審査基準へのあらためての疑問と、文字どおり命をかけて自己を表現し、都から遠く離れた地で若くして斃れた青木への限りない思いをこめた追悼文にさえ読めてくる。世の評価はどうであれ、漱石にとって青木は「天才」としか呼びようのない唯一無二の芸術家であった。

「天才」の悲劇

ところで「天才」について、漱石はどのように考えていたのか。

『三四郎』で佐々木与次郎に連れられて寄席木原店《きはらだな》に上った三四郎は、小さんという落語家《はなしか》を聞く。その後、与次郎は大いに小さん論を始めた。

小さんは天才である。あんな芸術家は滅多に出るものじゃない。何時《いつ》でも聞けると思うから安っぽい感じがして、甚だ気の毒だ。実は彼と時を同じゅうして生きている我々は大変な仕合せである。今から少し前に生れても小さんは聞けない。少し後《おく》れても同様だ。――円遊《えんゆう》も旨《うま》い。しかし小さんとは趣が違っている。円遊の扮した太鼓持《たいこもち》は、太鼓持になった円遊だから面白いので、小さんの遣《や》る太鼓持は、小さんを離れた太鼓持だから面白い。円遊の演ずる人物から円遊を隠せば、人物がまるで消滅してしまう。小さんの演ずる人物から、いくら小さんを隠したって、人物は活潑潑地《かっぱっはっち》に躍動するばかりだ。そこがえらい。

三四郎は、その比較がほとんど文学的といい得るほど要領を得ていたので感服した。

まず与次郎の口を借りて漱石は、落語家を「芸術家」としている。そして言う、「天才」は芸においで自分が消えてしまっているが、いくら消えても人物はいきいきと躍動する、芸自体が一つの世界をつくりだしている、そこが要であると。一方で「凡才」とはいわないがたぶん「能才」あたりの円遊は、芸において当人が消えないままで面白い、おそらく技術が長けているからだろう（広辞苑では、「能才」は「物事を成し遂げる才能。また、その才能を持つ人」。対して「天才」は「天性の才能。生れつき備わったすぐれた才能。また、そういう才能をもっている人」）。「天才」は技術では測れない。自我が消えているにもかかわらず、その人の芸術でしかない――これは「自己の表現」のもっともすぐれた顕われの一つかもしれない。

漱石はかつて『文学論』で「天才」について、一種の「畸形児」として社会に受け入れられず嘲笑されることもあると「天才の悲劇」を語っている。さらに『吾輩は猫である』（十一）では「天才は昔から迫害を加えられるものだからね」と詩人の越智東風君が言っている。この点では短かった青木の人生と重なってみえてくる。

青木繁の限界、悲劇的な生涯について、しかし高階秀爾氏は時代特有の事情が大きかったとみている。資質においても精神においても「あらゆる意味で世紀末的特質を備えた芸術家でありながら、およそ世紀末的でない近代日本に生まれて来てしまった」、しかも彼のように九州の小藩の士族の家に生まれ、「お国のために」能力を発揮する伝手もなく新時代の到来とともに反抗心を募らせるも現実は虚しく、没落していくしかなかった青年は当時、数えきれないほどいたという。「天才児青木の生涯は、やはり日本の近代化だけが生み出した特異な悲劇にほかならなかった」と（『日本近代美術史論』）。

『三四郎』に出てきた三代目柳家小さんは晩年耄碌して老醜をさらしたという。天才と世間的な幸福は相性がよくないのかもしれない。

六　芸術批評が浮き彫りにした〝生きる姿勢〟

大きかった反響

「文展評」の寄稿を依頼した山本笑月は、漱石が亡くなった直後に追悼談を残している。

文学者などにはよく新聞記者嫌ひと云ふやうな人があるものだが、漱石さんはお自身が新聞社員であつたせいでもあらうが、同じ社の社員ばかりで無くどこの人にも親切に別け隔てが無かつたやうである。（「朝日新聞時代」大正六年一月、以下同）

漱石より六歳下の山本が、「先生」でもなく「漱石さん」と呼んでいる。漱石が作家先生や文学

者然とせず、新聞という媒体や仲間となじんでいたからかもしれない。また、

新聞なども細かい個所までよく読み味つて、常に意見を持つてゐた。

これまでみてきた漱石を思えばごく自然なことであろう。

そして次の回想は、何気ないようで重要な証言を含んでいるのではないだろうか。

一度新聞に文展の絵画評を書いたことがあつた。その後も書いて貰はうと思つて何と言つて頼んで見ても、俺は本職で無いから書かぬ、と云つてどうしても承知しなかつた。今年（大正五年）の十一月六日のことだ。それが最終の遠出かも知れぬが、文展を観に行つて午後一時頃から四時まで見て居た。そして側から人が何を尋ねても一言も云はないで見て居た。見終つてから伴れの人に、「室君《むろぎみ》」（松岡映丘《室君》絹本着色六曲屏風を指す。図64）と云ふのが大変な評判だが何処に在りますか、と聞かれた。で、その人が委しく在る室を教へると、再び中へ入つて行つて見て来た末に、あれなら見て居た、と言つたさうだ。

「文展と芸術」が新聞に掲載されたあと、いつのことかは定かではないが、漱石にふたたび文展評を書いてくれないかと頼んだといっている。これは「文展と芸術」が好評だった、もしくは反響が大きかったことを物語っているだろう。掲載後、記事はいずれも美術雑誌の「多都美」（巽画会）

に連載第五回までの芸術論が、「研精画誌」(美術研精会)には二号にわたって全体が転載された。また陰里鉄郎氏によれば雑誌「東亜之光」「芸文」などで「芸術は自己の表現に始つて、自己の表現に終るものである」といぅ冒頭の宣言が取り上げられたといぅ。心理学者の松本亦太郎博士が「某席で漱石ほど絵の分らぬ男はないと言ったとかで漱石崇拝者中憤慨してゐる向もあるさうだ」といぅ記事を京都日出新聞(大正元年十一月二十九日)に載せたかと思えば、松本氏は雑誌「芸文」(大正二年一月)に寄稿した「文展の日本画」では「近来芸術は自己の表現であると云ふ事を頻《しきり》に世間で唱へて居る」と非難した。また高村光太郎は読売新聞で大正元年十一月一日から十六日まで十一回にわたって第六回文展の西洋画評「西洋画所見」を掲載し、その第八回で、漱石の宣言を「不明瞭」「曖昧」「芸術作家の側から言ふと不満」と槍玉に挙げた。このことは改めて述べるが、とにかく記事が注目を集め、読者にインパクトを与えたことは事実のようだ。

さらに津田青楓の兄、西川一草亭が同年十一月八日付の読売新聞に「夏目漱石氏に」と題して「文展と芸術」の批評を掲載している。批評が批評されたわけである。この切り抜きを津田が漱石に送ったところ、漱石は翌日、御礼をかねて興味深い返信をしている。

あれに対して小生が又書くと面白いのですが面倒だからやめませう。つまり御令兄は小生の副義と認めるものを芸術の本義になされたいのでせう。夫《それ》から紙や筆や木やのみは媒介物だといふ御説ですが、此媒介物は自己を表現する必要の媒介物で邪魔ぢやないのです。此媒介物をなくなして直ちに人の心に、もしくは時や空の上にわが芸術をやきつけるとすれば、やきつけ方にもよるでせうが、まあ芸術ぢやなくなつてしまひます。直接のはたらきになると愛と愛のやりとりといふ様なものになつて仕まふんですから意味が違つてくるでせう。

一草亭がどのような文章を書いたのか、芸術の「副義」と「本義」とは何を指すのかはわからないのだが、その次に漱石が言っているのは、資材や道具は単なる媒介物ではなく「自己の表現」に必要なもので、これなしに表現をしようとすれば、たいていが芸術ではなくなってしまうということである。自己の表現が芸術になるためには、見えないものを見えるものにする過程を担う媒介物が不可欠であると主張しているらしい。なるほど、心から心へ、または心から時空へと表現をしようとすれば、愛のやりとりというのは魅力的な言葉であるが、どのみち精神面の世界にかぎられるために、芸術とは別物となってしまう、と。漱石が何に対しても独自の論を展開するさまに再三感嘆する。

いずれにしても、漱石の「門外漢」の美術評は、「狭い美術業界」への視野にとどまっておらず、門外漢ならではのオリジナルな視点も読み手には新鮮であったろう。会場をめぐる臨場感とともに、画に描かれた内容を会話で描写するなど個性的な展評は、いたずらに専門用語など難しい言葉をちりばめて読者をおびやかすようなところがない。それどころか読者の側に近い目線は共感を誘い、なにより読んで面白い。当時の美術評としては画期的だったのではなかろうか。自称「変り物」は「出来得る限りを尽」したのである。

開会したときから盛況の文展ではあったけれど、漱石の連載が回を追うごとに、来場者の伸びに拍車をかけた可能性も考えられる。むろんそれだけでなく、文展が「第六回展に至って一大社会行事の観をなし、新聞各紙は大々的にこれを報道し」（陰里氏）たことが、先に挙げたような入場者数の激増につながったに違いないけれども。「文展と芸術」は、明治四十三年の第四回展から文展が京都に巡回されるようになっていたためか、二日遅れて大阪朝日でも連載が始まっている。

「本職で無いから書かぬ」

反響を呼び、再び寄稿を頼まれるのは不名誉なことではなかったに違いない。しかし、漱石はこれを最後に文展評を書かなかった。当人にしてみれば、会場に足を運べば言いたいことが次々と湧きあがるのは目に見えている。それを書こうとして、適当な世辞や気やすめで原稿用紙を埋めるならラクかもしれない。しかし、漱石は心にもない褒め言葉などと無縁な人である（文展評の後まもなく連載がはじまった「行人」で、漱石は「今の日本の社会は……皆《みん》な上滑《うわすべ》りの御《お》上手《じょうず》ものだけが存在し得るように出来上がっている」と一郎に言わせている）。手抜きもできないものだから、引き受けてしまえばかかる労力も並みではなかろう。

また、漱石の胸のうちにはとりわけ日本画への不満が重なっていた。「文展と芸術」が書かれた翌大正二年（一九一三）十二月の講演「模倣と独立」で、文展を観たが全く面白くなかった、と毒づいたことはすでに安田靫彦のところでふれたが、このとき「公《おおやけ》には書きませんでしたが」と前置きして、とくに日本画のひどさを「ノッペリして」いるだの「手だけで描い」た「気高いというものがない」「人格の乏しい絵」だのと言いつのったのをみると、漱石が二度と文展評を書こうとしなかった気持ちが推し量られてくる（それでも漱石は亡くなる直前まで会場に足を運んだ。山本笑月が午後一時頃から四時まで三時間近くかけて見たと証言している文展鑑賞は、じつに漱石が逝去するひと月前のことである。やはり「期待の裏返し」であったのだろうか）。そのうえ官展の権威主義、審査評価の虚しさはストレスをつのらせる。いずれにしても、（江藤淳氏ふうに言えば）たかが文展評とはいえ、漱石は予想以上に心身疲弊したのではないか。

一方、持論をうんうん推し進めていくように、「理」だけでは説明できないのが人間であり、人間の心理である。そして、それを描くのが小説である。二刀流は時に相乗効果を生むことはあるけれど、常にバランスをとって続けていくのはそう簡単ではない。批評を書けば、それだけ小説を書く時間は少なくなり、胃痛がより悪化する原因にもなろう。

そんななかで、「何と言つて頼んで見ても、俺は本職で無いから書かぬ、と云つてどうしても承知しなかつた」という漱石の態度は、ことのほか強い決意を伴った本音の表われではなかったかと思われるのである。「本職で無いから書かぬ」——漱石は自分のどれくらいあるかわからない残りの時間を「本職」の文学、創作という本来の「自己の表現」に注ごうとしたのではないか。その思いが「どうしても承知しなかつた」背後にあったと想像されてくるのだ。時間稼ぎであったかどうかはともかく、小説の合間に書いたには違いない美術批評は、読者へのサービス精神も含めてやや気張ったところなど、たとえば横山大観が表装展覧会で出品した絵のように〝どこか自然を欠いた〟ものでもあった——漱石自身そんなことは百も承知であったかもしれない。そして、自分は小説（という場）で自己を表現する人間だと、あえていえば美術を批評してあらためて強く認識したのではないだろうか、と。

思い出されるのが、明治三十八年九月十七日の虚子宛の手紙で「とにかくやめたきは教師、やりたきは創作。創作さへ出来れば夫丈《それだけ》で天に対しても人に対しても義理は立つと存候。自己に対しては無論の事に候」と吐露していたことである。

入社した当初は朝日新聞のためなら尽力を惜しまないと公言したとおり、定期的に小説を連載しながら小説以外のさまざまな記事を執筆しつづけた。文芸欄の編集や講演もこなした。そのなかで、繰り返す胃潰瘍や生死の境をさまよった修善寺の大患、痔や神経衰弱など毎年のように病に臥したことは、残り時間を意識させる大きな要因になったかもしれない。漱石はしだいに自身の「本職」でこそなすべきことがはっきりと見えてきたのではなかろうか。その意味で「文展と芸術」は〝大仕事〟であったかもしれない。

＊

ここまで見てきたことから漱石の美術批評の特徴を大まかに整理しておくと、

一、自ら生きる時代の芸術に、幅広く偏らず目を配った。これは当時の文芸誌を努めて読むようにしたこと、若い小説家志望者への懇切な忠言を惜しまなかったこととも通じる。好みや定評あるものに安住も逃げもせず、同時代人として期待と不満を抱きながらも根気よく向き合い続けた姿勢は、たとえば私にとっては、現代美術への「見てもわからない」といった苦手意識や先入観から食わず嫌いになりがちな癖《へき》に反省を促してくれる。

二、目のつけどころが独特で、視点がオリジナル。権威や他者の眼を気にすることなく、何につけてもテーマを発見し、自分の頭で考えたことを自分の言葉と手法で表現する「創造的」「提案型」の批評、いわば積極的な攻めの姿勢の批評であった。このことは、美術を鑑賞するうえで誰しも何にもひるむことはないと教えてもいる。

三、美術において漱石が評価する性質とは、自然、自由、自己の眼、新しさ、オリジナリティ、感性への正直さ、生々の感じ（腐ったり干乾びていない）、無我無欲、真面目な努力と勇気と決心、などである。

四、逆に漱石が厭った性質とは、不自然、模倣、旧態依然（因習的）、型への囚われ、マンネリズム、評価を気にして媚《こび》を売る態度、権威の局所集中、などである。

五、国の近代化とともに生きた一人として、芸術を含めた日本の現在と未来を自分事として考え、美術と対しつづけた。このことは現代でも、目の前の作品を漫然と眺めるだけでなく、時代との関わりのなかで見るという美術との向き合い方に気づかせてくれる。

そんなふうに、漱石の現代美術への批評は、徹底して自身のモノサシで論じた、漱石以外の誰でもない、内容だけでなく文体も新しい、さらにいえば白けない熱い美術評であった。そこから導かれるのは、「芸術批評も自己の表現に始まって自己の表現に終わるものである」ということであり、ひいては「生きることは自己の表現である」ともいえるかもしれない。このことは、次にあらためて考えてみたい。

III 「自己の表現」とは何か

一 絵筆をとる漱石

漱石は、美術を見るだけでなく、とくに晩年は〝描く人〟でもあった。絵を描く人の眼、という視点からは、漱石の「美術を見る眼」の何がみえてくるだろうか。また、描くことで漱石はどのように「自己の表現」をしていたのだろうか。

水彩画の流行と漱石の挑戦

イギリス留学から帰った明治三十六年の暮れごろになって、漱石は水彩画を描きはじめた。当時、水彩画が流行していたことに多少は影響されたのか、もしくは病床で絵に夢中になって前年に逝った友、子規のことが頭に去来したのだろうか。

漱石の妻の鏡子が回想するには、

（明治）三十六年の暮れごろからしきりに何かを描《か》いていたようですが、私がいちばん不思議に思うのは絵のことです。（『漱石の思い出』以下同）

じつはこの年の夏、漱石は神経衰弱が昂じて、ふた月ほど夫婦別居で過ごしている。

十一月ごろいちばん頭の悪かった最中、自分で絵の具を買ってまいりまして、しきりに水彩画を描きました。私たちがみても、そのころの絵はすこぶるへたで、何を描いたんだかさっぱりわからないものが多かった……

葉書にもしきりに水彩画を描き、友人の橋口貢《みつぎ》（五葉の兄）や門弟の野間真綱《まさつな》らと始終やりとりをしていた。なお「頭の悪い」という言い回しが鏡子夫人の話にはたびたび出てくる。漱石の神経衰弱のことを指しているが、ここで「頭」という語は、精神や気分など心の面を含んだ意味で用いられているようである。当時は一般的な言い方であったのか、たとえば『行人』では一郎が講義で辻褄の合わないことをたびたび話すと指摘されて、「どうも近来頭が少し悪いもんだから」と打ち明けている。そういえば『三四郎』で広田先生が言った「日本より頭の中の方が広いでしょう」の「頭」も、単純に頭脳のことをいっているとは捉えにくい。鏡子の思い出はつづく。

絵は死ぬまで好きで描きましたが、もっとも中ほど気が進まなかったり忙しかったりで描いたり描かなかったりいたしましたが、不思議なことにその後も頭が悪くなると絵を描いたのはおもしろいことだと思います。

話は南画に凝った晩年にまでおよび、不愉快で不機嫌な顔をしている夫が、何をしても面白くない気持ちを絵を描くことで紛らそうとしていた、と鏡子には見えた。

宅に残っている南画の密画などは、そういう時に幾日も幾日もかかって描いたもので、こり出すと明けても暮れてもこれでいいというまで、紙のけばだつまでいじっているのだから、根気のいいものです。

身内ならではの観察といえるが、実際にそうだとしたら、何か狂気めいたものが漱石にとりついていたのかと疑ってしまう。もっともそういった時ばかりではなく、「ずいぶん上機嫌でおもしろそうに楽しんで描いていたこともあった」というのは事実だろう。対照的にもみえる態度は、躁と鬱のごとく同じ心の両面か、紙一重のようなものかもしれない。いずれにしろ家人が記憶する漱石の集中ぶりは尋常でないものがある。鏡子はこんな思いももらしている。

力作の密画に限ってあたまの悪い時にできたのは妙なことだと今でも思っております。

上機嫌ではなく、ある意味で正気をうしなっていた時には力作ができた。それだけ凄まじく絵に打ち込んだとき、「天才」ではないが噺家の小さんのように、漱石自身が消えて、力作が残ったのかもしれない。

ところで「力作の密画」とは具体的にどのような絵を指すのだろうか。漱石は大正二年前半あたりに神経衰弱で苦しんでいる。その時期に描かれた画を今のところ私は見ることができていない。

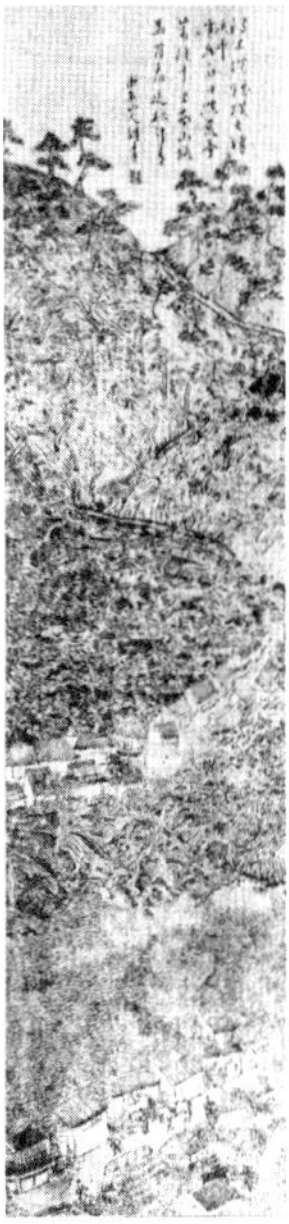

図71　夏目漱石《南山松竹図》1913年　『夏目漱石遺墨集』第三巻（求龍堂）より

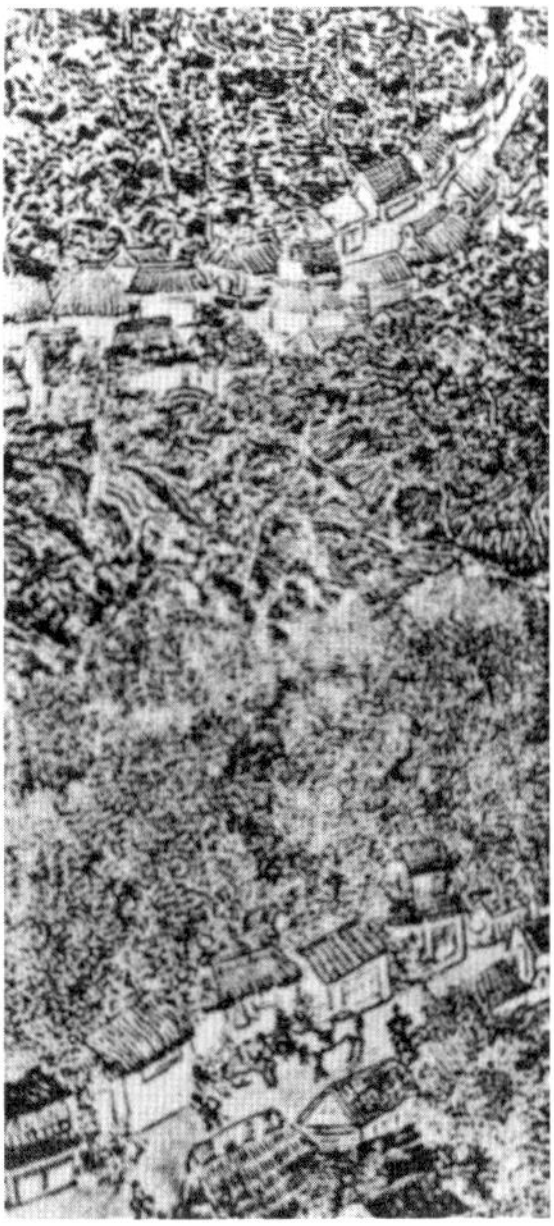

図72　同右　部分

唯一、《南山松竹図》（図71・72）大正二年、とある小さなモノクロ図版が『夏目漱石遺墨集』第三巻に掲載されていた。目を凝らすと息が詰まりそうな、きめの細かい筆致の山水画である。おそらく野上豊一郎が漱石からもらいうけて大正十二年（一九二三）の関東大震災で焼失した形見の一枚であろう。野上の「南山松竹図」によると、漱石が南画風の半折の山水を八枚描いたうち最初のもので、「紙面の半分以上は松山で、下の方は竹林であつた。竹林は雨雪点とか胡椒点とか云つたやうな描法で、その中を一筋の往来が斜に通り、両側に人家が古駅らしく列《なら》んでゐた。……何より著しいことは、無数に排列された松が、すべて同じ密度で同じ大きさに描かれてあることであつた。驚くべく根気のいい画」と述べているから、「力作の密画」にあてはまりそうである。さらに「その表現に素人でなければ到底描けない遅拙な所があつて、それが誠に温順な気持のよい調子を作つてゐた。私は尊敬の念を起し、同時にまた欲しくなつた」、そして「ください」と言わずにいられなかった。野上の見るところ漱石の絵で「最上のもの」であった。おねだりをし続けてとうとう頂戴し、表装した後、漱石は箱書までしてくれたという。焼失を免れた箱の裏には「甲寅五月漱石自題」とある。「甲寅」は大正三年であるが、絵が描かれたのは「大正二年の春か、元年の冬であつたやうに思ふ」と野上はいう。同時期に描いて漱石自身が亡くなるまで保存していたという残りの七枚も似た描法であったとすれば、鏡子のいう「力作の密画」は一連の山水画を含んでいると考えられる。また専門家による評価はいざ知らず、少なくとも鏡子と野上の高評価は一致しているといえるだろう。

水彩画熱はいったん空白期間に入ったが、明治四十四年に上京した津田青楓との交友がもたらした影響は大きかったようだ。ひと回り以上も年下ながら、フランスへの美術留学の経験もあり、漱石の小説にも親しんできた青楓は、美術を語り合うには格好の相手であった。青年画家との会話でかつての絵ごころがむずむずと蠢き出したのか、翌年の初夏あたりにふたたび絵筆をとりはじめたらしい。さらに翌大正二年秋には油彩に興味をもち、青楓が道具を用意して指導したものの長続きしなかった経緯は先に述べたとおりである。

このタイミングを考えれば、大正元年秋、漱石が絵を描きはじめたと知った新聞社の山本笑月が、ならばと「文展評」を依頼することを思い立ったのかもしれない。漱石のほうも自分が描く立場になってみれば、見ているだけでは気づかなかった類の興味も湧き起こり、執筆意欲の一助になった可能性もあろう。だとすれば、漱石の文展を見る眼は、多少なりとも「描く人の眼」になっていたといえる。逆に、絵を描きはじめた矢先に文展を「批評するために見た」ことが、漱石の絵筆を握る熱心さを劇的に昂じさせたといえないだろうか。眼にした作品群が脳裡にうずまいて、反面教師といっては語弊があるが、ならば自分には何をどう描けるか、どのような世界が築けるか、そんな思いが作画熱に拍車をかけたことはじゅうぶんに考えられる。

「作品」といえる画だけでも、漱石は少なくとも五十点以上描き残している（没後に書とあわせて一度ならず『遺墨集』が刊行された）。晩年はめったやたらと絵筆を握っていた時期もあり――津田宛の大正二年六月十一日の手紙に「三日に一つ位傑作を拵えては一人で眺めてゐます」、また同年十二月十一日の寺田寅彦宛には「小生画をかくのと遊ぶのと運動するのとでいそがしく候画も明日はやめやう〳〵と思ひながら其明日がくると急に描きたくなり候」と書いていて、かなりの熱中ぶりがうかがえる――知人に贈ったり、震災や戦災で失われたりしたものを合わせれば、実際に描いた数はその何倍にもなるだろう。

そのような、あくまで素人画家としての〝画業〟は、文学を本職とした漱石にとっていったい何だったのか。また自ら描くことは、美術を見る眼に変化をもたらしただろうか。とすればどのような変化だったのだろう。

「下手」では片づかない？

漱石の絵は、当時周りにいた人だけでなく、現代の美術研究者ら専門家からも「下手」「稚拙」と評されることが多い。ずいぶん前に神奈川近代文学館や、やはり十年以上前に「夏目漱石の美術世界展」が催された東京藝術大学大学美術館で漱石の画が展示されていた。計二十点近く見たはずだが、あまり記憶に残っていない。あらためて遺墨集や図録で一点一点を繰り返し見てみた。正直にいって、どれも「うまい」と感心するには至らない。漱石が親しんでいた与謝蕪村や渡辺崋山らの南画を横に並べれば、それこそ門外漢の眼にも、申し訳ないけれどたちまち〝素人っぽさ〟が感じ取れてしまう。いっぽうで、漱石の描く線はとげとげしさがなく、独特のやわらかさをもっているように思える。それ以上に、稚拙さこみで無視できない何かに引っかかる。下手だけでは片づけられない、いったい何がそう感じさせるのか。

例が適切かどうかは別として、フェルメールなどとは異なり、漱石の書画は優れているから大切に残されるような類ではない。「夏目漱石が描いた」ために珍重され、遺墨集にもなるのである。見る側も、「漱石が描いた」という先入観なしで向き合うことは難しい。いやでも〝文脈〟なるものがついてまわる。しかし、もし純粋に客観的な見方ができないのであれば、逆にそれは漱石の画と見る側のそれぞれ唯一の向き合い方ができる貴重な機会ともいえるかもしれない。漱石がどんな時に何をどのように描いたか、仮に「漱石の精神世界」といっておくが、見る者がこれまでどう漱石とつきあってきたかによって、画は思いのほか多くのことを語ってくれる気がする。

ふと「魂のピアニスト」といわれるフジコ・ヘミングさんがインタビューで話していたことを思い出した。「私の絵はうまいとか下手とかじゃなしに、だれも描かない、私だけの絵で、ピアノも同じ。私よりうまいピアニストはたくさんいるわ。私は作品の魅力を伝えるために、私がいいと思うテンポで、自分らしく弾くことが一番大切だと考えているの」（『天然生活』二〇二二年十月号）。彼女も日常的に絵を描いていた。描くことは、ピアノの演奏になんらかの影響を与えなかったことはないと思う。あるいは弾くことを支えていたかもしれない。

図73　夏目漱石《山上有山図》1912年　岩波書店

漱石の山水南画の最初期の作品といわれるのが、文展評の翌月、大正元年十一月に水彩で描いた**《山上有山図》**（図73）である。簡素な一艘の釣り舟が浮かぶ川を挟んで、手前の岸にはみすぼらしげな柳が数本生えている。対岸には右手にこんもりとした樹木が茂り、道を挟んでやはり簡素な家屋がたち、その向こうに低めの緑の山、さらに奥には小高く青い山が二つ重なる。その奥には空を突くように、ひときわ高い山が亡霊さながらのシルエットで描かれている。対岸の道に五つほど散らばる白い点は鵞鳥であるらしい。こまかく見れば幼稚な印象は否めないけれど、全体を引いて眺めれば、私には何となしに長閑でわるくない気分が醸されて見えてくる。左上に自賛があり、「山上に山有りて路《みち》通ぜず　柳陰に柳多くして水西東《みずせいとう》　扁舟《へんしゅう》　尽日《じんじつ》　孤村の岸　幾度か　鵞群《がぐん》　釣翁《ちょうおう》を訪《と》う」と吉川幸次郎氏は読み下している。

翌月六日に「行人」の連載がはじまっているから、準備や執筆にとりかかる合間に絵筆をとっていたことになろう。この後は描くことにどんどん熱心になっていく。それを思えば、一度で懲りた（?）文展評も、自ら絵筆を握るようになったことも、結果的に本職である小説の執筆に功を奏したのではなかろうか。手を動かして線を引き、色を選んで彩色してゆく行為は、頭でものを考えて文字を書く作業とは別の刺戟や発想をもたらしたはずだ。司馬遼太郎氏は「街道をゆく」の旅をしながら、風景をスケッチすることで現地の心に近づいていったと述べていた。画を描くことによって手と眼と脳が連動する、それは執筆を補完する、また支える、さらに何らかの気づきを促すものであったと思われる。

描く時間がもたらしたもの

鏡子は『漱石の思い出』で、大正元年暮れのことをこんなふうに回想している。

頭が悪くなると絵をかくと前にもちょっと申しましたが（明治三十六年十一月頃のこと）、この時にもずいぶん絵をかきました。この病気（神経衰弱）が起こると側《そば》にいる私たちも困るのですが、第一自分も苦しいのでしょう。それを逃れる一つの方法が絵であったことはたしかだと思います。だから絵は写生風のものより、頭にあるものをかってに描くというふうに見受けられました。そうしてそれは風景にしても人物にしても現実とは飛びはなれた浮世ばなれのしたものばかりでございました。

日本画とも水彩画ともつかない妙ちくりんな絵を何枚も何枚も描いて、もみくちゃにして屑籠に捨てたり、年の暮れあたりから大きな南画風の絵を描き出すと、できたものをピンでとめて一か月も毎日眺めたり、人の批評をきいて筆を入れたりしたという。友人や門下生から遠慮のない悪口を言われていたが、容易に降参はしなかった。しかし「その道で心得があるとか一家をなしてるとかいう方の批評は、すなおに求めてきいて」手入れをしていたという。漱石がすなおに従った批評者とは、津田青楓や兄の西川一草亭らを指すと思われるが、絵だけでなく何事においてもそういうふうがあった——そう鏡子は語っている。

たしかに見ていると、漱石は写生画をあまり描いていない。頭の中にあるもの、精神世界を絵に表わしたものが大半だ。対照的に、同じく正規の教育を受けなかった正岡子規の画は写生がほとんどであった。対象と根気よくむきあって無心に筆を動かし、紙におとしこんでいる。技術は専門家に及ばないかもしれないが、色彩の配合も細かな描写も魅力的で見事といっていい。対象のいのちを写し取っている感がある。

漱石の数少ない写生画といえば、大正二年作の《書斎図》（図74）がある。早稲田の家の書斎を内から外へと俯瞰して描いたやはり縦に長い小品で、手前の赤を基調にした明るい柄の絨毯の上に火鉢や白っぽい座布団、帳面ふうのものが散らばるように置かれ、壁際の赤い卓には落款印らしき小物類が載っている。壁の外側にはテラスが巡り、幅の太い仕切りで左右に分断されてはいるが、庭に繁茂するお気に入りの木賊《とくさ》や芭蕉などの緑が見える。

この年、漱石は正月から強度の神経衰弱に苦しみ、三月末には胃潰瘍で病床生活に入り、連載中の「行人」を四月八日より中断せざるを得なくなった。《書斎図》は、療養生活を経て九月に連載を再開しようとする回復期に描かれたことになる。専門家にいわせれば遠近法がゆがんでいたり、技術的にはほめられる絵ではないらしいが、赤と緑と白を基調にした画面がもたらす明るい印象に、見ていてゆっくりと心が静まってくる。病の癒えた漱石が穏やかな気分を取り戻す過程で、一人黙

図74　夏目漱石《書斎図》1913年　神奈川近代文学館

然と筆を動かす息づかいが伝わってくるからかもしれない。その時間は、小説執筆に不可欠な思索へと向かう沈静をもたらしたのではなかろうか。

水彩画はこれが最後あたりで、以後は日本画の絵の具や墨を用いて主に南画を描くようになっていく。

非常な真面目さ

津田青楓は漱石の画歴について、次のように述べている（「漱石先生の画事」）。

描き始め（筆ならし）は、半紙判を少し長くした大きさの紙に、青い藪《やぶ》や赤い柿や墨色の鳥を水彩で始終かいていた、これが第一期。土佐引の紙に半切で線をあまり用いず薄墨をぬたくった物の形の不器用な画を続けて描いていたのが第二期。風景はほとんどなく、藪の中の小径を歩く坊主や、梧桐の下に猫が眠っているとか、萩の上に月とか、二歳にもならず急逝した五女のひな子の小さな画像に野菊を配したものなどが描かれた。「可成り不器用な下手なものでした」。漱石も津田の絵について好き勝手なことを言っていたが、プロの眼で冷静に見てやはり漱石の画は上手くなかったのだ。しかし、こうも言う。

私はいつもその不器用と下手さとそしてそのうちに非常な真面目さがある事をひそかに推服して居りました。

「非常な真面目さ」という言葉は、漱石のものに取り組む姿勢の核心をついている。

津田が「先生の画の下手さは石濤《せきとう》と云ふ支那人に似てゐますね」と言ったら、「石濤と云ふのは支那の偉い坊さんだよ」と答えたという。石濤は明末から清初にかけて、細密な山水画に個性的な表現をとりいれて独自の境地を開いた画僧。漱石の博識にふたたび恐れ入る。

津田は第三期に入って漱石の風景画、山水画が急に立派になったと感じた。以後はあぶらがのってずんずんいいものが出来たという。その中から津田が激賞したものを初めて経師屋にやって表装し、「画でも書でも自分の部屋にかけるものは自分でかいたのが一番いゝ」と言ったという。

かつて漱石は明治三十九年七月二日の虚子への手紙で、

人間は自分の力も自分で試して見ないうちは分らぬものに候。……自分の忍耐力や文学上の力や強情の度合やなんかはやれる丈やつて見ないと自分で自分に見当のつかぬものに候。

小生は何をしても自分は自分流にするのが自分に対する義務であり且《か》つ天と親とに対する義務だと思ひます。

と書いていた。どう評されようと自分流であることが漱石にとってはもっとも大切であり、ごく真面目に正直な己をあらわす――これが画で漱石が実践した「自己の表現」であって、その継続は徐々に、技量ではないところで、たとえば津田のような人の心を動かすようになっていったのかもしれない。先述したとおり野上豊一郎も漱石の山水南画の讃美者となっている。ただし漱石には本来の自己を表現する文学という場が別にあったから、画業はいわば副次的で、しかし不可欠な「自己の表現」であったともいえそうであるが。

画に凝りはじめて一年余りが経った大正二年十二月八日、漱石は津田宛の手紙でこんなことを書いている。

私は生涯に一枚でいゝから人が見て難有い心持のする絵を描いて見たい山水でも動物でも花鳥でも構はない只崇高で難有い気持のする奴をかいて死にたいと思ひます。

同日の野上豊一郎宛の手紙にも同様の内容が見える。漱石が絵に精神的なものを求めていたことは明らかだ。この前段には、上野の美術協会で平泉書屋古書画展覧会を見に行って大変面白かった、「文展よりもどの位面白かつたか分らない」とあり、さらに「文展に出る日本画のやうなものはかけてもかきたくはありません」と相変わらず文展の日本画への不満をこぼしている。これは自分が描くようになったことで、文展の日本画をみてなぜこれほど不愉快になるかの原因がより鮮やかに感得できたためかもしれない、表面上はきれいにできた絵のなかに精神はまるで見えない、と。そして自分が描きたいのはそのような技量に優れた絵ではないのだ、そう誰よりも自身に言い聞かせている印象さえある。

この一週間ほど前には歌人の門間春雄に宛てて、自分の画は「下手なひどい画」で、臆面もなくそれを飾っているから人に笑われる、と自嘲的に書きながら、「たゞあの趣丈が好なのです」とやはり基準が上手さにはないことを語っている。また、画というより子供のいたずらのようなものだが、その無慾さと天真が出ればうれしい、ただ「かきなれないと一通りのものは出来ず、又書きなれると黒人くさくなつて厭なもの」というジレンマも感じていたことは先にも書いた。そんな気持ちを抱きながら、漱石は描きつづけた。

精神的な風景

《一路万松図》（図75）はちょっと変わった絵である。両側が崖状になった一本の道が、上へ上へとジグザグに続いている（どことなく万里の長城が思い出された）。整備でもされたかのように一定の幅を保った道の左右には無造作に松が生えているが、根っこは背景に広がる雲海から生えているようにもみえる。下方に小さな橋がかかっているが、下に水が流れているので川かと思えば、上流はやはり松を生やす雲海につながっていて不自然といえば不自然だ。画面中ほどには大きく短いトンネル状の石門が施され、その上からも松の木があちこちにのびている。人や生きものの姿は見当らない。左最上部で道が途切れる奥にはお堂と三重ほどの塔が並んでいて、もはや周りに雲海は見えない。下からこの道を歩きはじめるとすれば、まず橋を渡り、次に門をくぐる。そのことが何らかの儀式を意味するようにも思えてくる、桃源郷へのトンネルをくぐるような……。いずれにしても実際にはあり得ない風景であり、漱石が頭のなかでつくりだした世界ということになる。

松は長寿や節操を象徴し、神聖な木として神霊が宿ると信仰されたというけれど、この画に対峙して、さて「ありがたい心持」はもたらされるだろうか。

右上に「大正三年甲寅十一月寫漾虚碧堂《ようきょへきどう》漱石」の落款がみえる。漾虚碧堂は漱石の書斎の号である。大正三年は、四月から八月にかけて『こころ』を連載し、九月から十月のひと月を胃潰瘍で病床に過ごしたが、十月には岩波書店から単行本となって刊行されている（前に述べたように自装には意欲的に取り組んだはずで、病臥する前にずいぶん根を詰めたのだろうか）。十月末には飼い犬のヘクトーが近所の池で死んでいるのがみつかった。

十一月は、『硝子戸の中』で自身のつらい過去を漱石に語った「女」が訪ねてきた頃にあたる。彼女は、自分のような経験をした女を小説に書くとすれば、その女は死ぬ方がいいと思うか、それとも生きているように書くかと尋ねた。漱石はどちらにでも書けると答えたが、女の気色をうかがって「生きるという事を人間の中心点として考えれば、そのままにしていて差支《さしつかえ》ないでしょう。しかし美くしいものや気高いものを一義に置いて人間を評価すれば、問題が違って来るかも知れませ

図75　夏目漱石《一路万松図》1914年　岩波書店

ん」と答えて、あとは黙って女の話を聞くよりほかなかった。しかし、夜道を連れ立って歩きながら、漱石に送ってもらうことを光栄だという女に、「そんなら死なずに生きていらっしゃい」といって別れた。病気がちで、死という境地について常に考えていた漱石は、「死は生よりも尊《たっ》とい」という言葉が絶えず胸を往来するようになっていた。十一月十三日の林原耕三宛の手紙では、「生より死を択ぶ」「嘘でも笑談でもない死んだら皆に柩の前で万歳を唱へてもらひたいと本当に思つてゐる」と書いている。《一路万松図》を描いたのはこの時期にあたる。当時の漱石の精神や心象風景の何を、この不思議な画は表わしているのだろうか――。

『こころ』では、「先生」が「私」に宛てた遺書の最後に、渡辺崋山が画を描くために死期をのばしたという逸話がやや唐突に挿まれている。「渡辺華山《わたなべかざん》は邯鄲《かんたん》という画《え》を描《か》くために、死期を一週間繰り延べたという話をついせんだって聞きました。ひとから見たらよけいな事のようにも解釈できましょうが、当人にはまた当人相応の要求が心の中にあるのだからやむをえないとも言われるでしょう」。先生自身がこの手紙を書くために死期をのばしていることとの前例として引かれたのである。幕府を批判して蛮社の獄に連座した崋山は一八四一年、郷里三河で蟄居中に自刃したが、道を志して都へ上る途中の青年が一生分の夢を見て起きてみると粟が炊き上がらないほどの短い時間でしかなかった、という「邯鄲の夢」で知られる中国の故事を題材にした《黄粱一炊図》を亡くなる前に描いた。崋山はこのときの漱石とほぼ同じ、齢四十八歳であった。

画中にうねうねと続く一本道は、左上で切れたまま、先はどう続いているのかわからない。歩みつづけたところに死があるのだろうか。あるいは生あるものが死んでから歩みはじめる道なのだろうか。生の息づかいが感じられないこの道に、足を踏み入れてみたいような、同時に少しこわい気もする。私はこの画に、漱石の言葉でいう「奥行」を感じているのだろうか、それがために、上手いとも美しいとも思えないにもかかわらず妙に惹きつけられているのかもしれない。漱石が何を描こうとしたのか真相は霧に包まれている。けれど、自身のうちで思索を繰り返した、どこからきてどこへゆくのか、永遠の問いのような生と死のあいだの風景を、漱石はこの画に表現したような気もする。

水仙図の「拙」

漱石の数少ない写生画の一つ、大正四年（一九一五）三月に画帖に描かれた《水仙図》（一六八頁）に私は妙に惹かれる。正月にはじまった「硝子戸の中」の連載を二月下旬に終え、京都を旅して木屋町の宿大嘉《たいが》に滞在していたときに筆をとったものだ。漱石の京都行きは四度めで、これが最後となった。地元生まれの津田青楓や兄の西川一草亭の案内で宇治の平等院や伏見稲荷など張り切ってあちこちに足をのばし、毎日馴れないご馳走を食べ過ぎたためか（日記には贅沢な京料理や食べきれなかった中国料理、買い食いしたものなどが記されている）、途中で漱石は胃を悪くして寝込んでしまい、滞在は予定よりずいぶん長引いた。一草亭の回想「漱石先生の画」によれば、「鴨川に面した朝日の能《よ》く当る二階の硝子障子の中で、寒い日は三人で唐紙を展《ひろ》げて画を描いたり」していたが、静養に入ってからは病床の慰めでもあったろうから、まさに亡き子規の面影が頭にちらついたことと想像する。

《水仙図》は、漱石を崇拝しているらしい祇園町の芸者二人が遊びに来たおり、揮毫をねだろうと持参した画帖に、床の間に活けてあった竹籠の黄色い水仙を写生したものという。正方形に近い画面に、描き込まない空間は風通しがよく、淡い色彩の組み合わせも心地いい。目を凝らせばおかしな箇所を見つけられなくもないが、武張ったりうねったりすることのない素朴な筆づかいは、どこか自然に抜けた感じがある。と同時に「拙」という言葉をあらためて思い出させる。

漱石は旅に出て三日目、三月二十一日の日記に「自分の今の考、無我になるべき覚悟を話す」と書いている。最晩年の理想、「則天去私」への道のりを歩みつつある心境が、筆を動かすときの精神に多少は影響した可能性もある。

二十八日には「昨夜三〔人〕（漱石を慕う祇園の芸妓、御君さん、金之助、御多佳さん）が置いて行った画帖や短冊に滅茶苦茶をかいては消す」、二十九日には「又画帖をかく、午後御多佳さんがくる、晩食後合作をやる」とある。

縦長の画布に頭の中の風景を奥へ奥へと描いたような南画は、見る側を深みに誘いこんで終わりがない。未完の不安みたいな消化不良がよくもわるくも尾を引く。それとは異なり、目の前のものを写生した画は、自由な空気が漂っていて、ある意味、安心して見られる。移動効果、ということがある。日々の思索や人間関係などが降り積もった早稲田の書斎ではなく、旅の途中であればそう根を詰めようもない、イレギュラーな時空間が、漱石の「拙」を引き出したのかもしれない。

＊

「漱石先生の画」で西川一草亭が書いた逸話が面白いので、いくつか紹介しておく。

まずは、漱石と自身に池大雅と曾我蕭白の関係をあてはめるという話。鴨川に面した宿では「硝子越しに見える向ふ河岸の柳を三人で写生した事も有る」、そんなときのこと、風に吹かれて黄色く煙っている柳を一草亭が乱暴な筆づかいで一気呵成に描いているのを見て漱石は「君の様にそんなに急がしくして画が描けるかね」と呆れたが、一草亭にしてみれば、漱石の描くようすは太い細いも何もない単純な線で緩急もなくきわめて悠長にぽつりぽつりという筆づかいなので、あれで画が描けるのかなと訝った。昔、池大雅のところへ遊びにきた曾我蕭白が、大雅がきわめて悠長にゆっくりゆっくり描いて少しも画が捗らないのを見て逃げ戻った——という逸話を持ち出して、自分と漱石に似ていると思ったという。

また、漱石の画が「謡《うたい》に似た下手さ」であるという話。一草亭が思うに、晩年に良寛を学んだ漱石の書は線にも味わいがあり字形も工夫が費やされていたが、画にいたっては技巧の上から眺めて旨いとか、面白いとか、気が利いているとかいう評語の下せるものは一つもなかった。そして、そのまずさは、漱石がやはり熱心であった謡に似ていると思ったという。虚子の鼓が調子よく威勢のいいのに引き換え、漱石の謡は萎靡不振（萎えしおれるように振るわない）であった。鼓に圧倒されて円滑でなくふらふらとたよりなくなっていくさまを漱石自身が小品に綴っており（『永日小品』「元日」のことか）、一草亭にはそれがちょうど漱石の画にもあてはまると感じたのであった。

次は極め付きの逸話である。漱石には子どもっぽいような無邪気さで、おそれも恥もなく自作の画への批評をねだるところがある、と私には見受けられるのだが、京都を発って東京に戻った漱石は、旅先での礼状とともに山水画を二枚送ってきて、一草亭と青楓に遠慮のない批評を請い願った。一草亭は、自分は他人の仕事を無遠慮に批評する癖があると振り返っているが、根気よく描かれていてもやはり「極めて幼稚な単純な物の様に思へた」ため、ずいぶん辛辣な評を書いて送ったらしい(十一歳下であることは微塵も影響を及ぼさないようだ)。それに対する漱石の返信には、礼をいいながらもムキになるのを抑え、忠言を素直に受け取るようすがうかがわれる。

画の批評をして下すつてありがたう存じます、あの赤黒い方は仰《おおせ》の通りドス黒くて変な色です、暗いと云はれても仕方がありません、下部の方が面白いとの事満足の至です、上部は締りが足りないでせうか、之れはもつと説明を画に就て承つて置くと参考になつてよいと思はれるのですけれども遠方の事だから致し方がありません、もう一枚の画はあたまでつかち尻つぼまりの所為《せい》で構図上に変な落付かない感が起るのではないでせうか、青楓君はあの花に点をうたないと不調和だと云ひます。私も花の色が落ち付かないのみならず樹が小過ぎて上部のデカイ山に圧されると思ひます、二つとも表装の価値が有るといふ御見込なら表装させて下さい……
(五月四日)

なんだか愛おしくなってくるような文面である。ごく丁寧で謙虚なのは、素人の自覚からでもあろうか。人間漱石の味わいは、こういうところからじわりと感じられる。

これを受けて、しかし、一草亭はさらに露骨で厳しい辛口評をすぐさま送ったらしく、それに対する漱石の、機嫌を損ねながらも律義な返信がまた切なくていい。

今度の御手紙始めてあなたの本音が吹き出たやうな気がします、あなたの批評はまあ痛快といふやうな所です、内容はあれで宜敷《よろし》いが言葉が少々荒つぽ過ぎます、何だか興奮して書いた様な所が有りますが如何ですか、あゝなつて見ると表装する価値も何もない様ですがもし其方《そのほう》が本当ならやめにして下さい。又あれ程罵《ののし》つても表装の価値があると思ふなら構はないから表装して下さい、どつちにしても遠慮は要らないから思つた通りを正直にやつて下さい……此手紙に対してお返事は無論要りません。（五月八日）

一連のやりとりを一草亭は後からこんなふうに思い返している。

「今見直しても夏目さんの画が幼稚な物だと云ふ事は矢張否定出来ない様な気がするが、併《しか》し素人の画と云ふ物は一般に煉熟《れんじゅく》した黒人《くろうと》の筆癖を真似《まね》たがるもので、描けもしないのに気取つた筆使をしたり、威勢のよい線を引いて虚勢を張つたりするもので有るが、夏目さんの画にはそう云ふ傾向は少しも無かつた。どこ迄も正直に幼稚な筆を幼稚な儘《まま》にさらけ出して、自分の描かふと思ふ物を少しも無理をしないで素直に描いて居られる点に夏目さんの人間としての尊さが窺はれると思ふ」、その点を考えずに技巧の上からのみ漱石の画を無遠慮に批評したことをかえりみて、済まなかったと反省するのである。

縦長への志向

唐突かもしれないが、漱石は画に関して「縦長への志向」があったと私は感じている。といっても、見ることのできた画のほとんどが縦に長く、画帖や色紙などやむなく正方形に近いものをのぞけば横長の画があまり見当たらない、そんな単純な理由からではある。ただ、漱石が繰り返し縦長の画に取り組んだことが、「文展と芸術」で主張した、精神的な「奥行」ということとからんでいるように思えなくもないのだ。漱石の筆が水平的な横への広がりではなく、山水の頂やその向こうの空を目指して画布の上へ上へと運ばれてゆくようすが、画面の世界の奥へ奥へと精神的な深みが積み重ねられようとする営みと合わさって見えてくるのである（以前に述べた、漱石の「奥行」が「思慮」につながっている、漱石が自身の奥行のなかに入りこんでいたのではないかという推測は、じつはここにからんでくる）。

それは漱石の「美術を見る眼」ともつながっていて、極端なほど縦に長い青木繁の《わだつみのいろこの宮》に漱石があれほど惹かれた要因の一つに、ひょっとして縦長志向も数えられるのではないだろうか。

さらにこじつけを恐れずにいえば、逆に漱石が酷評した安田靫彦の《夢殿》や木島桜谷《寒月》、今や名作とされていながら一言もふれなかった土田麦僊の《島の女》や前田青邨の《御輿振》などは、いずれも横に長い。また漱石が寺崎広業の《瀟湘八景》よりも横山大観の《瀟湘八景》を評価したとき、前者が横長で後者が縦長であったことが深層心理ではたらきはしなかったか。一方で、寺崎が波を細かくまじめに描いた努力に感じ入り、その効果に言い及んだのは、自ら絵筆をもちはじめた眼で見たためとも思われる。

＊

ふりかえれば、漱石は「人情から出来ている」文学の道を行く志はゆるぎなかったが、同時に人情をとり除いたところに気高さを見ていた。それだから自身が描く画には「非人情」を、静かな常寂の世界をもとめたのかもしれない。小説を書き続けるためにもそれは不可欠だったとさえ思われる。

そしていま思うに、「下手な」漱石の画に私が引っかかり、惹かれてしまうのは、長年つきあってきた漱石の精神世界に画をみることで近づける、もっといえば表からは見えない漱石の奥行に入りこめるからなのだ。その意味で漱石の画はすべて、私にとっては「ありがたい」といえそうだ。

さて、いくら熱が高じても、画ばかり描いているわけにはいかない。大正四年六月初めから三か月に及ぶ「道草」の連載がはじまった。六月二十八日の津田宛の手紙には「私は毎日小説を書いてゐます」とある。画に熱中しはじめた頃も、津田への手紙で助言にしたがって自作を修正したことを述べたあと、「もう小説がせまつてゐるので娯楽は一寸出来ません」（大正元年十二月二日）と書いた。「行人」の連載開始を数日後に控えていたのである。漱石自身は画を〝娯楽〟と位置づけ、本職をおろそかにすまいとしていた。そこで私もしばらく漱石の美術評を読み、画を見ていた眼を転じて、久しぶりに小説を読み返しはじめた。すぐさま深く引き込まれ、あっと目の覚める思いがした。画や謡などの副次的な自己表現に支えられて、この人は「本職で」ものすごい自己を発揮させていたのだと。

二　「自己の表現」再考

さいごにふたたび漱石の「芸術は自己の表現に始つて、自己の表現に終るものである」に返って、「自己の表現」とは何か、ということをあらためて考えてみたい。この言葉が、突飛なようだけれど、私たちが未来を生きるうえで、漱石をもこえて新たな意味をもつと思うからである。

それにはまず、漱石の言葉を「芸術作家の側から」批判した高村光太郎の言い分をみてみよう。高村はどこがどのように「不明瞭」「曖昧」「不満」だと感じたのか、そこから逆に漱石の主張が照らし出されてくることを期待しながら。

高村光太郎の批判

高村光太郎は、彫刻家の光雲の長男として明治十六年（一八八三）に東京で生まれた。漱石の十六歳下にあたる。東京美術学校の彫塑科で学ぶかたわら短歌を雑誌に発表するなど、文芸活動にも早くから手を染めた。明治三十九年、欧米に留学。ロダンの影響を受け、三年後に帰国してからは荻原守衛とともに日本の近代彫刻の歴史を開いたとされる。また詩作や欧米の芸術思潮の紹介、美術批評など幅広い活動を展開した。

漱石批判はこんなふうにはじまる。

> この頃よく人から芸術は自己の表現に始まつて自己の表現に終るといふ陳腐な言をきく。此は夏目漱石氏が此の展覧会について近頃書かれた感想文に流行の源《みなもと》を有してゐるのだといふ事である。私はつい其を読過する機会がなかつたので、此に加へた説明と条件とを全く知らないでゐる。それ故甚だ不用意の様であるが、其の言論とは関係なく唯此の一句に就いて思ふ所を述べてみたい。

最初から「陳腐な言」と決めてかかっているので、この後の展開はなんとなしに察せられてくる。高村は、漱石の宣言は新聞に載ってから「流行」しているという。やや茶化した気分が感じられなくもないが、見過ごせないのは、漱石が宣言のあとにえんえんと述べた説明と条件を読む機会はなかったけれど、ただこの一句について思うところを芸術家として述べてみたい、と明言して自説を繰り広げている点である。そしてこう続ける。

> 私の考へでは此一句はかなり不明瞭だとも思へるし、又曖昧だとも思へる。殊に芸術作家の側から言ふと不満でもある。

第一、芸術は経験によつて見ると自己の表現に始まつてはゐない。芸術が始まると自己が表現されるのだと考へる。芸術が始まる刹那の内的衝動に自己表現の意味は、意識的にも無意識的にも存してゐないと私は考へる。

高村が芸術家として漱石の言葉を「不明瞭」「曖昧」と思う理由は、自分の経験からいえば芸術は自己の表現に始まっていない、逆に、芸術が始まると自己が表現されるからだ、とのことである。一例として、高村は林檎を絵に描く過程をあげる。林檎を見て絵に描こうとするに至った動機と、その動機がまとまるまでの内的経過を考えてみると、そこには種々の道筋や種類はあろうが、唯一いつわりのない芸術が胚胎するのは、あらゆる意味において自己というものがその「雰囲気の中に影をみせない」ときであり、そこが善い芸術になるか、くだらない芸術になるかの肝心な分水嶺だと説明している。

自己の表現といふ様な事が意識的には勿論、無意識的にも混入してゐると、其のとき生を享《う》けた芸術は丁度遺伝梅毒患者の様に生涯不純の毒血に悩まされる……

穏やかならぬたとえを用いているが、とにかく「自己の表現」というようなことは、芸術が生み出されるときに意識的にも無意識的にも彼にとってあってはならないのである。

また、自己を意識した段階で、それは相対的な考察、感情であり俗念であるために、あらゆる芸術上の堕落が群がり出てくるともいう。意識したり、あるいは無意識にでも感じ得た自己そのものは、すでに自己ではなくて自己の鎧、自己の影武者なのだ、だから制作時に自己の表現を思う者は不純の芸術を作り出し、模倣や事務的技巧を思う者と変わらない。ゆえに結論として、芸術は自己の表現に始まるのではなく、「芸術はただの表現に起る」のだ、と。そして、

一度かういふ絶対境に胚胎され化育された芸術を第二人称的人物が鑑賞すると、其処に立派な作者の自己が見えるのである。

芸術が生み育てられたところに自ずと作者の自己が表われ、他者にもそれが感得されるのだ——というわけである。

高村の誤解？

読んでいて感じたのは、高村のいう「自己」は、漱石が用いた「自己」とは同じ意味ではないのではないか、少なくともズレているのではないかということである。高村の念頭にある「自己」とは、「私」あるいは「自我」に近い、もっといえば「自己意識」までひっくるめて言っているのではなかろうか（後に述べるように、漱石のいう「自己」は、高村のいうように意識したり感じたりするものというより、「存在」「あるもの」に近い）。そして「自己の表現」については「自己意識をともなった個性の発揮」といった、意図的なもののニュアンスで理解がなされているのではないか。

もしそうなら、漱石の長い説明を一読していれば、「丸で人に見せる料簡もなく、又褒められる目的もないのに、単純な芸術的感興に駆られて述作を試みなくては居られなくなる場合が、我々の生涯中に屢《しばしば》起つて来るではないか」とあったように、芸術家がいてもたってもいられず制作に取り組むとき、「自己意識」が入りこむ余地などないことが語られていることに気づいただろう。これは高村の「芸術はただの表現に起る」とは何ら矛盾しない、どころか、二人がおそらく言っているところの無私、没我の状態から芸術表現が生まれるということは、むしろぴたりと重なっているのではなかろうか（漱石は「好い小説はみんな無私です」と大正五年十一月六日、小宮豊隆への手紙に書いている）。さらに漱石は「白熱度に製作活動の熾烈《しれつ》な時には、自分は即ち作物で、作物は即ち自分」とも書いていた。この作物と一体になることは、高村がいう「芸術は作家にとつて絶対である。自己がその全部である」と合致するか、少なくとも齟齬はないように思われる。漱石が明治三十八、三十九年の「断片」でも「天下に何が薬になるといふて己を忘るるより鷹揚なる事なし。無我の境より歓喜なし。かの芸術の作品の尚《たつと》きは一瞬の間なりとも恍惚として己れを遺失して、自他の区別を忘れしむるが故なり」と書いていたことを考え合わせると、なおさらそのように思えてくる。

「自己」の解釈の多様さ

それにしても、「自己」とはそもそも何なのか。

辞書で調べれば「われ。おのれ。自分。その人自身」とあって、あまりに大まかである。いっぽうで心理学や哲学など諸学問、仏教などの立場からもさまざまな説明がなされ、解釈も一様ではない。たとえばブッダは「自己は存在しない」といいながら、「自己こそ自分の主である」「自己をよくととのえよ」と説いている。これが矛盾しないことを説明するだけでも多くの研究者が多くの言葉を費やしてきた。さらにいえば歴史、西洋と東洋などの地域、つまり視点をどこにおくかによって理解は異なり、これ、という唯一絶対的な解釈などないと思われる。ならば誤解や批判も生じやすい。

ちなみに生成AIに「自己とは何か」と聞いてみると、「「自己」とは、心理学において自分によって経験または意識される自分自身を指します1　一般的には、自らについての内的表象を指す場合は「自己」、心の統合機能を指す場合は「自我」が用いられることが多いです2　自己は同一性を保持して存在するその人間自身を指す概念です3　他人とは違う自分を表す言葉としても使われます4」という答えが返ってきた。日をおいて同じ質問をすると、また異なる回答が出てきた。よけいにこんがらがってしまいそうだが、自己がさまざまに解釈されることだけは確かなようだ。

高村の論旨もそれ自体でよめばおかしいわけではない。芸術家としての実感を語っているといわれれば、間違っているとはいえない。ただ漱石への反論としては誤解があると感じられる。いずれにせよ、「門外漢」が思いのたけを綴った芸術論の一部を目にして苦々しく受けとめた高村は、「芸術の専門家」として異議を唱えずにいられなかったのである。

高村の記事が載った読売新聞を津田青楓がわざわざ郵送してきたので、漱石はちょっと開けてみた。すると自分の言葉を曖昧だといい、陳腐だと断言している。そのくせ後に続く文章を読んでいないと明言している。十一月十三日の津田宛の書簡では、「私は高村君の態度を軽薄でいやだと感じました夫《それ》であとを読む気になりません」、だから新聞をそのまたたんで置いたけれど、新聞を送ってくれたことにはあつく御礼を申し上げます、と結んでいる。かりにある程度の批判は想定内だったとしても、冒頭の一句だけを取り上げて攻撃されれば、漱石でなくとも気分はよくないだろう。続けて読めば不愉快が増すばかりに決まっている。全体を見ずに細部をとやかく言うことこそ、漱石が警告する「自己を誤まる」態度ではないか。威勢のいい批判や非難はたいてい無視するのが一番である。

漱石の考える「自己」とその表現——〝コンナ人間〟

では漱石は「自己」をどのように解釈していたのか。

それを探ろうとすれば、「自己本位」という考えを発見した経緯を語った大正三年（一九一四）十一月の講演「**私の個人主義**」を参照するのが一番かと思う。ひとつ先回りして言っておくと、漱石が考える「自己」は、「他者ではない」という相対的な意味合いが大きいということである。言い換えるなら、「他人と対比した自己」「他ではない自」（漱石は「自己が主《しゅ》で、他は賓《ひん》である」と述べている）ということになる。

自己本位という考えは、漱石がイギリスに留学し、いくら本を読んで学んでも文学とは何かがまったくわからない、と悩み苦しんだことから生まれた。西洋文学について、西洋人の書いていることと自分の考えはどうしても一致しない。そこを解決しないまま、他人の言うことを知識として得ても、自分に納得がいかなければ不安や不愉快はいつまでもつきまとう。ならば新たに己の立脚地を建設するしかない、すなわち自己本位から出発しなければならない――そう気づいたときから自分はたいへん強くなり、気概が出たと振り返る。その過程において、漱石が厭う態度が列挙される。「人真似」「盲従」「鵜呑み」「人の借着をして威張る」「尻馬に乗って騒ぐ」「機械的知識や自分にはよそよそしいものを我が物顔に喋って歩く」……どのみち漱石は自分自身がないまま他者に頼って平気でいることに耐えられなくなり、自己本位という考えに突き当たって救われたというのだ。

以後は著作やその他の手段によって、それを成就することを生涯の事業にしようと考えたというのだから、それら一つ一つは漱石の「自己の表現」であるといえるだろう（ただし成就したはずの『文学論』は失敗であったと自白している）。

このとき得た自己本位の考えは、その後も変わらないどころかますます強まり、「自己が主で、他は賓《ひん》である」という信念が今なお自分に自信と安心をもたらしているという。漱石がどれほど意識したかはわからないものの、ここでの「賓」という語は大事であるように思う。「賓」は「うやまうべき客、まろうど」という意味があり、単に自分とは別だから関係ないと他者を切り離してしまうのでなく、自分が自分を尊重するのと同じように、いやだからこそ他者をも尊重するというニュアンスが含まれているからだ。これは漱石のモットーといえる「個人主義」に通じている。他人と徒党を組むことはよしとしないが、自分の個性を大切にするのと同じように他人の個性をも敬うという考えである。

漱石は「自己」に関して、門下生の中川芳太郎に宛てて次のようなことも述べている。このとき中川は、学校を卒業して一日で世の中が恐ろしくなったから注意を「周密」に、つまり一層細かく周到にすると書いて寄越していた。その返事として漱石は、周密にも上等と下等があるといい、

自己の智力にて出来得〔る〕限り考へ、自己の感情にて出来得る限り感じ。而《しか》して相手と自己とに不都合の破綻なき様にするを上等といひ。只《ただ》人を見て泥棒の如く疑ひ何でもコソ〳〵〔と〕に先を制する様な事を得意にする是《これ》を下等の周密と云ふ。（明治三十九年七月二十五日）

より注意を細かくするにしても、自己の知力と感情を総動員して互いに関係を損ねることがないようにするのでなければよろしくない。漱石の「自己」はあくまで他者を尊重するものであることがここからもうかがえる。

そして自己本位においては、「自分で自分が道をつけつつ進み得たという自覚があれば」、他人がそれを下らないと思おうと「私には寸毫《すんごう》の損害がない」のであり、「私自身はそれで満足する」と漱石はいう。この「自覚」という点が大事で、それこそが「自信と安心」をもたらすのである。「自信と安心」が何度も強調されているのをみると、自分の事業、つまり「自己の表現」をして生きていくうえで漱石が欠かせないものと考えていたのであろう。

さらに「私の個人主義」の第二篇として、漱石は「有《も》って生れた個性」について述べている。仕事をするなかで自ら掘り当てて進んだ道が「有って生れた個性」とぶつかればますます発展し、腰がすわって安住に至ると。そこにおいても自身の個性や自由と同時に、他人の個性や自由をも認め

ることが必要だと説いている。つまり「他の存在を尊敬すると同時に自分の存在を尊敬する」という解釈としての「個人主義」が提唱されることとなる。その反対の概念をいうなら「党派主義」であり、漱石の嫌った徒党を組む姿勢である。そこでは自己は当然、稀薄になっているか、もしくは全員が右にならえと喪失されているに違いないと。

以上があらまし漱石の「自己」についての考えとなる。そこからあらためて漱石の「自己」の解釈を推し量ると、その人の先天的な資質に、後天的な思考や体験が積み重なった他に代えられない存在そのもの、ということになるだろうか。言い換えれば、先にも引いた虚子宛の明治三十九年七月二日の手紙で漱石は、「小生は何をしても自分は自分流にするのが自分に対する義務であり且《か》つ天と親とに対する義務だと思ひます。天と親がコンナ人間を生みつけた以上はコンナ人間で生きて居れと云ふ意味より外に解釈しやうがない。コンナ人間以上にも以下にもどうする事も出来ない……親と喧嘩をしても充分自己の義務を尽して居るのであります。天に背いても自分の義務を尽して居るのであります」と書いている、その「コンナ人間」が漱石の自己ということになるのではないか。

なお桶谷秀昭氏は、漱石が「私の個人主義」などで「自己本位」というとき、その「自己」は無限に膨張する絶対的な自由な「自己」ではなく、「一個の日本人」という自覚において「国家との相関関係に置かれてゐる」という（江藤淳『漱石とその時代』第五部解説）。時代や社会など、おかれた環境は人の思考や体験に影響しないわけにゆかない。漱石でいえば桶谷氏のいう「国家との相関関係」といった性質は、たとえ見えにくいときでもつねに底流していたと考えられる。

いずれにしても、高村の惜しまれるのは、「文展と芸術」の冒頭の宣言だけをとりあげて批判したことである。解釈がいくらでも可能な「自己」という語句こそ、語られている文脈を抜きにして読むことは危険だ。先にも述べたように漱石は人の已むに已まれぬ衝動によって芸術が生みだされる過程で「私」がなくなっていることは十分に承知していたうえ、後に「則天去私」を標榜したように、歳月を経るにしたがって「私を去る」思いを深めていた――和辻哲郎は、「私」を去ろうとする努力をほかにして先生の人格は考えられない、と前出「夏目先生の追憶」で述べている。しかし、たとえ「私」や「自我」を去ったとしても、各々それまでの積み重ねである他の誰でもない、その時どきの行為主体としての自己はなくなりようがないのである。

「模倣と独立」にみる「自己の表現」

次に、「芸術は自己の表現に始つて、自己の表現に終るものである」という言葉の真意をさらに理解するために、大正二年十二月の一高での講演「**模倣と独立**」が、相通じることを具体的に話していてわかりやすいのでのぞいてみよう。ここで漱石は芸術家を例に出しながら「模倣（イミテーション）」と「独立（インデペンデント）」の違いを語り、インデペンデントの画家のみが自己を表現していることを示唆している。

漱石は三人の画家の絵を見た経験を話す。

一人は外国から帰って油絵の展覧会を開いた。印象派のような絵、古典的な絵、ルーベンスに似た絵などいろいろな絵が並んでいた。「彼《あ》の人は何処《どこ》に特色があるだろう。他人《ひと》の絵を描いている。自分というものが何処にもない」。巧い拙いにかかわらず、自分が何処にも見えないようなものばかりであった。

次にやはり外国から帰った人の絵を見た。品のよい、大人しい、誰が見ても悪感情を催さない絵であった。そのうち一つを買って書斎に掛けようかと思ったけれどやめた。買ってもいいと思ったのは、相当に描きこなしていて部屋の装飾としては突飛でもなくてちょうどいいからであった。買わなかったのは、習ってある程度まで進んだ絵で見苦しくはないけれど、その画家にしか描けないような絵は一つもなかった。他の人でも同じような絵が出来そうだったからである。

最後に見たのは日本で外国の絵を描いている人で、立派な会場で展示をした前の二人とは違って、読売新聞の三階が会場であった。絵はちゃんと整っていなかったり、色の汚い未成品もあったが、自分が自分の絵を描いているという感じは確かにした。だから敬意は持ったけれども金を出して買って書斎に掛けようとは思わなかった。

そんなふうに絵にはいろいろあって、外国帰りの二人は自分で自分の絵を描かない。最後の画家は自分で自分の絵を描くけれども未成品である――ここから何が言えるか。

漱石は、「人は人間全体を代表していると同時にその人一人を代表している」と考える。「その人一人」というのはその人にとっての「自分自身」であり、「貴方がたでもなければ彼方《かなた》がたでもない、私は一個の夏目漱石というものを代表している」。この、ゼネラルではなくスペシャルなものが、漱石にとっての「自己」をさすのであろうが、ともかく人間は〝二通り〟を代表しているというのである。

そして人間全体を代表する方の人間の特色として「模倣」を挙げる。「人は人の真似をするものである。私も人の真似をしてこれまで大きくなった」というからには、一概に真似を悪いと決めつけるのではなく、人間が当然することだと漱石はいうのである。子どもの行為であれ、道徳的にも芸術的にも社会上でもそうであり、流行などは言うまでもない。人真似はほとんど人間の本能ともいえる。同時に、世の中には法律や法則があって、これらは外圧的に人間を一束にまとめようとする。芸術にもそういう法則があるため、特殊性が失われ、〝平等〟なものになる傾向がある。

一方、自分自身を代表する人間としては、「人がするから自分もするのではない」、イミテーション（模倣）ではなくインデペンデント（独立）が重きをなさねばならない（ただし故意の天邪鬼《あまのじゃく》的なふるまいは除く）。人はもともと独立自尊の傾向をもっていて、他人と行動を共にしたくてもどうも歩調が合わない、これが精神的でポジティブな内的欲求として道徳や芸術に発現してくる場合がある——と漱石はいい、そういう「インデペンデントの人」として二人の例を挙げる。一人は、鎌倉時代、強い思想上の根底をもって僧侶でありながら肉食妻帯をするという大改革をした親鸞で、漱石は彼を「著《いちじる》しき自己の代表者」と呼ぶ。もう一人、古い道徳を破って女の道徳から『ノラ』（「人形の家」）を書いたノルウェーの劇作家イプセンを「特別な猛烈な自己」と呼ぶ。二人には自己を表現しようとする意識などなかったに違いないが、漱石にすれば、結果的に自己を表現したことになるであろう。そして彼らがいずれもひどい迫害を受けたことにおいて共通していると指摘する。

人の真似をするイミテーターは「自分に標準はない」、あるいはあってもそれを貫く勇気を欠いているから自己を表現できようはずもないが、自分に目安をもつインデペンデントの人は、「とにかくそれを言い現わし、それを実行しなければいても立ってもどうしてもいられない」「人からいくら非難されても、御前《おまえ》は風変りだと言われても、どうしてもこうしなければいられない」。場合によっては人に迷惑をかけるかもしれないが、漱石に言わせれば、「自己の標準を欠いていて差《さ》し障《さわ》りのない方が間違いがなくて安心だというような人に比べれば、自己の標準があるだけでもこっちの方が恕《ゆる》すべく貴ぶべし」なのである。

ところで、漱石がいかに他人の模倣を嫌ったか、そのことがよく伝わる手紙がある。東京帝大の教え子で教育者となった森巻吉が「帝国文学」（明治四十年一月）に発表した小説「呵責」を読んだ漱石は一月十二日、森に宛てて次のような感想を送った。

あれは文の口調から云ふと僕のかいた幻影の盾や一夜に似て居る。妙な事に僕は僕の癖を真似た文章を嫌ふ。……其人の個性がない様な気持ちがしていくら善く出来てゐてもほめる気にならない。

「呵責」は一読して明らかに漱石の小説「幻影の盾」や「一夜」を踏襲していたようだ。その個性を発揮させない行為を漱石はきっぱりと難じている。ただ、森の文章そのものは取るべきところがあったらしい。しかし、重ねて漱石は意見するのである。

其文章は遂に漱石の癖所を真似たものである。従つて漱石以上に成功した文章でも天下はそれ程動かない。君の損である。真似をされた漱石自身さへ好まぬ以上は他人は猶更である。文は人間である。君は漱石とは違ふ人間であるから自然にかけば屹度《きつと》漱石と違つたものが出来る。
それが君の文章である。

「文は人間である」、だから君は「君の文章」を書きたまえ——美術において漱石が画家たちに強く望んだこととぴたり一致している。すると「絵は人間である」と言ってもいいかもしれない。亡くなる前年も、文章初学者に与える箴言、を求められたアンケートで「一番ためになるのは他の真似をしやうと力めないで出来る丈自分を表現しやう〳〵と努力をさせる注意」であり、「他から受ける感化や影響は既に自分のものですから致し方ありませんが」（「文章倶楽部」大正五年五月）と答えている。

さてイミテーターを否定してインデペンデントを推奨する漱石は、ただしインデペンデントの精神は非常に強烈でなければならない、ともいう。「大変深い背景を背負った思想なり感情なりがなければならぬ」。なぜなら根底のない事をしても、人間として他人のためにならない。人を不愉快にさせるだけで、「成功」はとうていできないからである、と。ここで漱石のいう「成功」は、歴史でいえばフランス革命や明治改革もその例としてあてはまる。相当の時期が来てそうなるべき運命をもった事象というのは強く深い背景が伴っていて、それゆえに人びとの同情を引き起こす、という意味での「成功」なのである——かなり独創的な考えにみえるが、なるほどと思えなくもない。成功しない改革は、必然的でも共感を誘うものでもないのである。

漱石はまた、結果はともかく、善行が尊ばれ敬服の念を起こさせたならば十字架の上に磔《はりつけ》にされたイエスも、また至誠による乃木希典大将の明治天皇への殉死（この講演の前年九月十三日、明治天皇の大喪の礼当日に妻の静子とともに自刃した）も「成功」といいたい、と述べている。漱石の立場からすれば、乃木大将の行ないも一種の「自己の表現」といえるであろう。ただし、精神でなく形式のみを真似て乃木大将の後を追う行為がそうでないのは言うまでもない。

そして歴史が示すように、改正や改革や刷新というものはインデペンデントな人が出てこなければ出来ない、その意味でインデペンデントというのは大いに必要なもので、「心の発展はそのインデペンデントという向上心なり、自由という感情から来る」と独立と自由を称揚する。人はイミテーションだけで生きていけないことはない、しかし「インデペンデントの資格」を持っている人は「それを発達させて行くのが、自己のため日本のため社会のために幸福である」と個人から社会へと視野を広げ、インデペンデントの実践は社会の幸せにも寄与すると述べている。

そのうえで漱石は眼を現代日本に転じ、「われわれ日本人民は人真似をする国民として自《みずか》ら許している」（なんと！）けれども、そろそろインデペンデントの方に重きをおいて、覚悟をもって進んでいくべきではないか——と国家を論じるのである。日本より先を進む西洋を真似るのは悪いことではない、しかし「自分から本式のオリヂナル、本式のインデペンデントになるべき時期はもう来ても宜《よろ》しい。また来るべきはずである」。もはや話は芸術と渾然一体となり、「西洋に対して日本が芸術においてもインデペンデントであるという事ももう証拠立てられても可《よ》い時である」として、こんどは聴衆の一高生に向かって「益《ますます》インデペンデントに御遣《おや》りになって、新しい方の、本当の新しい人にならなければ不可《いけ》ない」とけしかける。「人と一緒になって人の後に喰っ付いて行く人よりも、自分から何かしたい、こういう方が今の日本の状況から言えば大切であろうと思うのでありますす」。

このように見てくると、漱石の考える「自己の表現」が芸術に限らず、国にも、そして人の生きる姿勢全般にも通じていることが伝わってくる（講演の最後、漱石はまたも皮肉をこめて、「文展を見てもどうもそっちの方が欠乏している」ように見えたので、特にそういう点に重きを置いて参考のために話した、と締めくくっているのだが）。

「自己の表現」の可能性

というわけで、ここからは漱石の「芸術は自己の表現に始つて、自己の表現に終るものである」を糸口に、私たちが現代に生きるうえでの「自己の表現」についても考えてみたい。これまで見てきたように、この言葉はさまざまな受け取り方ができる。それは逆に、解釈ごとに新たな生命を得る、古典と似た性質があるといえるかもしれない。高村光太郎のいう「曖昧さ」を逆手に取り、受け取りかた次第で芸術も漱石も超えて、私たちが生きていくうえで思いもかけない力となるこの言葉の可能性を追ってみることにする。

前にも述べたように、最初は「芸術は自己の表現に始つて、自己の表現に終るものである」という言葉にはピンとくるものを感じなかった。しかしいったん考えはじめると、今度は言葉の迷宮に入りこんでしまった。「自己の表現」が頭の片隅に居座ってもやもやとしていた矢先、富岡鉄斎の画業を紹介するテレビ番組を見た。諸国を旅し八十八歳まであくなき情熱で奔放かつ個性的な画境を独学でひらいた。巧いも下手もない、その絵はもはや鉄斎その人であり、鉄斎は絵そのものとしかいいようがない。画面越しながら圧倒された。前後して、知人に勧められて（つまり積極的に足を運んだのではなく）現代美術家の横尾忠則さんの「寒山百得」展を東京国立博物館で見た。「寒山拾得」を独自に解釈した新作百二点が並んでいた。自分の日常ではまったく想像の及ばない、どの作品も迫力に満ちていたが、それが塊となると足し算ではなく何乗かしたほどのパワーで迫ってきた。

ああ、自己がほとばしっている、これらが漱石のいっていた「自己の表現」でなくてなんであろうか、と膝を打った。いずれも、私のために頑張ってくれたわけではまったくない。しかし、時空を超えて見も知らぬ一人の人間が心揺さぶられ、活力を得たのは確かであった。意識しないできたけれど、これまでもこういう体験を何度も繰り返し、その度に私は力をもらってきたのだろう。

＊

振り返ってみれば、「表現する」ということが芸術や文学にとどまらないことに気づかされたのはもう少し前であった。駒澤大学の石井清純先生を相手に、Q&Aのかたちで『禅ってなんだろう?』（二〇二〇年）という本をつくったことがある。禅の教えが欧米人に人気があるのはなぜか。先生は、「（キリスト教のように）神の啓示によって生きるだけでなく、自らの実践によって道を切り拓くおしえとして（欧米人は禅に）魅力を感じた」と説明され、「禅は自己を肯定し、坐禅によって自己を「表現」するもの」とも言われた。私は驚いて「表現する? 芸術家でもないのに?」と正直な気持ちを問うた（その時は「自己」については深く考えず「自分」ぐらいにとらえていた）。すると、鈴木大拙の言葉を引用して、先生は答えた。「芸術家は道具を使って表現する。禅者は自分の心と体を使って表現する」、大拙はそういい、禅者を広義の芸術家であるとしたのだと。

　また「日常に禅をどう活かせるか」についての具体例として、「応援しているサッカーチームが負けるととても落ち込んでしまいます」と言うと、先生は「それをどう表現するかです」と応じ、落ち込んだ気持ちを自分なりに表現できれば何かが変わる、とアドバイスしてくれた。そういわれてもなかなか理解できずに悶々としていたのだが、あるとき突然、つきものが落ちるような感覚がおりてきた。何もかたちある作品をつくることだけが表現ではないのだ、自分がいかに固定観念にとらわれていたか、と遅まきながら気づいたのだ。そういえば、先生が話していた達磨大師の嵩山《すうざん》少林寺での、悟りを開くまでの九年間におよぶ面壁坐禅も大師なりの「表現」といえるのではないか。いや禅者に限らない。人が内にこみあげる思いや衝動を自分なりに選択、判断、決断し、実践すれば、それは「表現」といえるのだろうと。

　たとえば、アフガニスタンで井戸を掘った中村哲さんの生き方も、彼にしかできない「表現」だったのではないか。一度だけ取材でお目にかかったことがある。昆虫採集が趣味の医師だった中村さんは、モンシロチョウの故郷があるアフガニスタンで働いてくれないかと頼まれて喜んで赴いたのがきっかけでハンセン病医療に携わった。五、六年の予定が現地の事情を知るなかで、病気以前に生死にかかわる大旱魃を解消するべきと灌漑工事に着手、やがて必要を感じて学校まで建てるなど事業は広がり滞在は三十年以上に長引いた。「去ってしまえば後悔する」「自分が解決できる問題があるのに、ほったらかしにして逃げるのは日本人として男がすたる」という感覚だった、と九州男児は日焼けした顔に照れ笑いを浮かべた。乾燥地帯で井戸を掘ることは、将来を見越した事業であったかもしれない。しかし最初から人びとや後世の役に立ちたいといった動機だったのではなく、ほかでもない中村さんが、偶然を含めてさまざまなりゆきと積み上げてきた独自の思想が合わさり、そうせずにいられなくなってそうしたのだ。他の人が同じ境遇におかれた場合、わざわざそんな大変な行為に手をそめるだろうか、大多数が違う選択肢をとるのではなかろうか。

達磨大師の面壁九年にしても、中村哲さんの井戸掘りにしても、芸術家たちのオリジナルな仕事にしても、かけがえのない「自己の表現」は、人やその心を動かし得る。勇気づけ、発奮させることができる。人は人の自己表現に生かされてきたのだ。

もう一つ「自己の表現」についての解釈を加えるなら、人が無我無欲でひたすら何かに集中している、その継続状態、プロセス自体も「自己の表現」と呼んでいいのではないだろうか。たとえば試合中のサッカー選手の動き、将棋で対局中の棋士たちの姿や表情、ピアノを弾いている演奏者のしぐさや手の動きそのものに、人は魅せられる。演奏される音楽を耳で聴くだけでは得られない感動をピアニストのパフォーマンスそのものがもたらす、そういう例はいくらでもある。ライブに足を運んでから夢中になった話もよくきく。人が無心になって自身の最大限の力を発揮している、生のリアルを目の当たりにするからだろう。書でも、できあがった作品にとどまらずアートパフォーマンスが公開されるのは、書家の一挙手一投足、そこで生まれる空気が人を感動させる力をもつからにほかならない。

何をどのように表現するか、自分の道は一人ひとりが選ばなくてはならない。「自己を表現する苦しみは自己を鞭撻《べんたつ》する苦しみである」という漱石の言葉どおり、決めた道での自己の表現に苦しみはつきものだが、同時に、自己を表現するのはこのうえなく楽しいことでもあるに違いない。そこには比較も審査も等級も及落も一切ない。ものをいうのは個々の体験や思考の積み重ね、そこから身につけた人間性であろう。一人ひとり顔が異なるように誰もが二人として同じでない、どうしようもない「自己」を徹頭徹尾、とらわれず、積み重ねてきたものを信じてどんどん表現する世の中になったら、どんな風景がみえてくるだろう。

おわりに

AI時代の「自己の表現」

唐突ではあるけれど、来るAIの時代に向けて、これまで見てきたことと関連して書きそえておきたいことがある。

AIとは人工知能（Artificial Intelligence）の略称である。文部科学省の説明によると、「コンピューターの性能が大きく向上したことにより、機械であるコンピューターが「学ぶ」ことができるようになりました。それが現在のAIの中心技術、機械学習です。／機械学習をはじめとしたAI技術により、翻訳や自動運転、医療画像診断や囲碁といった人間の知的活動に、AIが大きな役割を果たしつつあります」ということになる。ようするに、これまで人間がやってきたさまざまなことを、AIがとってかわるようになってきたのである。それは機械的な作業にとどまらない。知能的な言語の理解や推論、問題解決などの知的行動にまで及ぶようになり、その進化は驚異的な速度で今も続いている。

私はコンピューターにはまったく詳しくない。ほとんど弱者に近い。ただ仏教学者の佐々木閑氏がＡＩについて話されているのを聞いたことがきっかけで、あることを考えざるを得なくなった。若いころ科学者志望だったという佐々木氏は、仏教の専門家でありながら現代社会の問題に広く目を配り、ＡＩの急速な進化にも強い関心をもっておられる。たまたま禅文化研究所の動画であらまし次のようなことを語っておられるのを聞いて、動悸が速くなった。

ＡＩは大変な利便性をもたらす一方で、人からアイデンティティを奪う。なぜ私はここにいるのか、私は何ができるのか、私と他の人とはどこが違うのか──という「私」というものの実在性が否定されていく（何から何までＡＩがやれるようになると、自分がいることの意義が薄らいでゆくということだろう）。すると「私なんかこの世にいなくなったっていいんじゃないか」という気持ちになる人が増えていく。しかしこの世の中で役に立っているから（生きる）意味があるのではない。ＡＩの時代に迷い、生き方を見失っていく人にとって、「私という者がここにいる」という存在の意味を、つくっていく、仏教の教えはこれから有効になるだろう。なかでも自分をととのえていくために実際に何をしたらよいのかを具体的に教えてくれる禅はこれからの現代人の心を救う──。

「禅の教えはＡＩ時代を生きる智慧となる」という、どこか鈴木大拙の言葉にも通じる話ではあったけれど、「これからは自分で自分の存在の意味をつくっていくことが求められる」という一節が強く印象に残った。自分で自分の存在の意味をつくっていく、それはまさに「自己の表現」ではないか。誰にでもなにかしら自分にしかできない表現があるはずだ。芸術でもスポーツでも勉強でもお笑いでも料理でも何かを応援することでも……なんだっていい。世の中の役に立とうが立つまいが、他人に評価されようがされまいが、結局はどうでもいいことだ。やむにやまれず何かに打ち込む姿そのもの、またその事実が、時空を超えて人に力をくれることは先にもみてきたとおりである。また好きなことに限らず、なりゆきでやらねばならないこと、やらされることであっても、心構え次第で自己の表現になりうるのではないだろうか。宿題の自由研究などは格好のチャンスである。介護やボランティア活動などでもそれは可能なはずだ。

知り合いにこんな夫婦がいる。数年前にセキセイインコを雛《ひな》から育てはじめたところ、日に日に愛情をつのらせ、大切に飼うだけにおさまらなくなったのはいつ頃からか。ロープや飾り道具を用いて二人とインコが楽しく快適に過ごせるよう自宅のあちこちをアレンジしはじめたと思ったら、ご主人が鳥のイラストを描くようになった（彼の絵をまともに見たのは初めてである）。先日は奥さんの手足のネイルにかのインコの色が美しいグラデーションで施されているのに目をみはった。インコは少しずつ喋る言葉を増やしており、一家は新たな物語を繰り広げつつある。漫然と動物を飼うのもよいけれど、彼らが生みだす表現は予想がつかず、次に何が見られるかは私の密かな楽しみでもある。

何であれ、発想や工夫をこらして主体的に取り組めば、世界でただ一つの表現になりうる。子どもの頃からなぜこれほど犬が好きなのか、という疑問を抱えている私も、いずれ犬とかかわるオリジナルな表現をしてみたいと真剣に考えている。

自己を表現するのに年齢制限はない。いつからはじめてもまったく遅くはない。人生、自己の表現をすることで、自分が存在している意味が生み出せるとともに、ＡＩには決してできない、かけがえのない生のほとばしりを体験できるとすれば、自己の表現は、生きることそのものといえよう。

――と、百十年以上前の漱石の言葉が呼び水となって、「自己の表現」に可能性を見出しつつあるこの頃、珈琲を淹れるとか散歩をするとか、ふだんのルーティンでも自分なりの表現ができないかを考えるようになった。「自己の表現」にレベルを設けてもよいのではと思いはじめたからである。これは、仏教で悟りを意味する「解脱《げだつ》」について、自身の日常的な一つ一つの決め事について達成することを「別々解脱」という、と聞いたことがヒントになった。それをするには一つ一つに思考や判断が促される。うまくいえないが、これは我を忘れる快さをともなう。そういった日常のことや、漱石でいえば南画や漢詩のような〝サブ〟の行為を「小さなレベル」の自己の表現とし、それらが支える、漱石の創作にあたる〝本命〟を「大きなレベル」の自己の表現と位置づけて、志をもつ。そのために努力をしたり己を磨いてゆくことは、誰であれ「生々の感じ」をともなって周りにも波を広げることと思う。

漱石は何を見ていたのか

ふたたび漱石に戻ろう。

あらためて漱石の「美術を見る眼」とは何だったのか。

そこで思い出されたのが、あの『文学論』である。

文学とは根本的に何なのかという問題に野心的に、また科学的に取り組んだこの試みは、イギリス留学から帰国後、東京帝大で講義した内容を書籍化するかたちで明治四十年（一九〇七）に世に出た、漱石の「英文学者」としての仕事である。そもそも念頭にあった構想を、ロンドンから義父の中根重一に宛てた明治三十五年三月十五日の書簡で漱石はこんなふうに述べている。

小生の考にては「世界を如何に観るべきやといふ論より始め、それより人生を如何に解釈すべきやの問題に移り、それより人生の意義目的及びその活力の変化を論じ、次に開化の如何なる者なるやを論じ、開化を構造する諸原素を解剖しその聯合《れんごう》して発展する方向よりして文芸の開化に及《およぼ》す影響及《および》その何物なるかを論ず」るつもりに候……

いかにも壮大である。文学研究にしてはなおさらである。ここには漱石個人の目標というより、明治政府から西洋留学を命じられた知識人としての気負い、「国家へのご奉公」への使命感がにじんでいる。「日本臣民」として責務を抱えた自身を叱咤激励しているかのようでもある。

ただ漱石自身は、長く親しんできた漢詩文に比べ、西洋文学には、その不可解に悩まされることはあっても、心から感動したことがなかったのかもしれない。ロンドン留学中、下宿に籠って英文学に関するあらゆる書物を「この機を利用して一冊も余計に読み終らん」と〝数で勝負〟といわんばかりの態度で読破に打ち込んだことについて、吉田健一は「まだ読まない本の数に悩まされるといふのは、一つの作品を読んで得られるものが少いからであり」、「一行の詩を発見した喜びといふ種類のものを、漱石は知らずにゐたやうである」と「夏目漱石の英国留学」(『東西文学論』)で遠慮なく述べている。また自身も、余は漢籍においてさほど根底ある学力あるにあらず、しかも余は充分これを味《あじわ》ひ得るものと自信す。余が英語における知識は無論深しといふべからざるも、漢籍におけるそれに劣れりとは思はず。学力は同程度として好悪《こうお》のかくまでに岐《わ》かるるは両者の性質のそれほどに異なるがためならずんばあらず……

と『文学論』の「序」で書いている（『文学論』序は、本体がすでに仕上がった後に加えられたもので、刊行の経緯や自身の思いなどが詳しく綴られている）。構想だけは壮大なまま、そのような出発点から試みられた『文学論』は、抽象的で難解な理論や科学論文のような記号が登場するとっつきにくいしろものとなり、「文学研究」としては自他ともに認める〝失敗作〟となった。漱石は「失敗の亡骸《なきがら》」と言い（「私の個人主義」）、吉田健一は「方法を誤」った、「凡《およ》そ文学論として体《たい》をなさないもの」と評している。

しかし、見方をまったく変えて、漱石の執筆の動機が「文学をこえたもの」であり、「個人の意志よりもより大なる意志」（『文学論』序）であったとしたら、『文学論』への考え方をまったく改めなければならない、と磯田光一はいう。「文学をこえたもの」とは、文学を扱いながらも同時代の文明とそこに生きる人間への視点が抜きがたく織り込まれた、どこか科学者が普遍的な真理を探究するような動機ではないかと思われる。吉田健一が「彼は英国に留学を命じられるよりももつと前の、大学に入学する際に英文学科を選んだ時から、或《あるい》はその又もつと前から、英国の文学といふやうなものとは全く別なものを求めてゐたといふ感じがしてならない」といみじくも指摘しているが、

「文芸に対する自己の立脚地」を建築するために「科学的な研究やら哲学的の思索に耽」ったという漱石は、文学を研究するにしても、それをとりまく社会やその時代を生きる「もっと深刻な人生の問題」(吉田)への眼差しを置いてきぼりにすることができなかった。

そして〝国や社会に資するための文学研究〟という使命を担った『文学論』の大構想が挫折したとき、漱石は「神経衰弱にして狂人」となった。そして「この神経衰弱と狂気とは否応《いやおう》なく余を駆《か》つて創作の方面に向はし」めた。文学研究を〈学理的閑文字《かんもじ》〉を弄することと見なし、小説を書くことで現実の問題と向き合う方向へと転換していったのである。

同様のことが、美術批評にもスライドできないだろうか。美術作品を前にして漱石が無意識にやったことは、「美術を論ずる」にとどまらなかった。その社会や時代、そこに生きる人間への甘やかしのない眼が、彼の美術を見る眼にいつも通奏低音としてあった。漱石は美術にことよせて、美術をこえたものを見ていたことになる。美術の奥を見ていた、と漱石流にいってもいいかもしれない。だから書かれたものが、常識的な芸術批評の範疇をはみ出したものとなったのは当然であった。その結果、あらためて〝本職〟の創作に打ち込むようになったことは見てきたとおりである。

通常のレールを外れた漱石の美術批評は、しかし見方を変えれば、素人かつ門外漢の面目躍如であった。さらに美術を通して普遍的なものを見ようとしていたという点で、当人の意図とは関係なく後世の私たちが大いに学ぶことのできる材料を残した。すなわち美術を美術だけの枠にとらわれて見るのでなく、美術を通して時代や社会やそこに生きる人間を見る、文明批評的な眼をもつことの意味である。そのような見方をするのが漱石という人であり、そこからしか見えてこないものが確かにあることを示してくれたのだ。
『文学論』は壮大な意図のもとに著作を試みた一方、美術批評は依頼されて執筆した、という違いはあり、それは文体の違いにわかりやすく表われているが、いずれにおいても漱石の視線はつねに「文学」「美術」の研究や批評をこえたところにおよんでいた。加藤周一は漱石の英文学研究について「知識と評価の領域が、極めて広かった」と指摘したうえで、「およそ評価の領域の広さは、すなわちその人の内面的世界の豊富さを示す」(『日本文学史序説』)と述べている。それは漱石と美術にもあてはまるであろう。好き嫌いの区別なく、漱石の眼はあらゆる美術を網羅的に見ようとした。となると、吉田健一が批判的にとらえた〝数で勝負〟的な態度は、単なる「質より量」ではなく、「木を見て森を見ず」にならぬよう、知識と評価の領域を広げる準備作業であったともとらえうるのである。そして、いずれもその放棄や断念が漱石を創作へと向かわせ、「内面的世界の豊富さ」は小説作品に引き継がれ、発揮された。そういった、対象の背後にある広い世界をつねに視野に入れる点は、漱石の生きる姿勢、漱石の本質を浮き彫りにしている。主題や筋、作品としての特質や完成度などに目が注がれがちな小説よりも、このことは〝本職でない〟仕事を窓口にすると却って見えやすいのかもしれない。

漱石の美術を見る眼を追ってきて、個々の批評や主張に必ずしも賛同しかねながらも、その一貫した流儀は生きる姿勢と直結していることに気づかされた。漱石の美術論はそのまま生き方につながっていた。漱石は『草枕』で「物は見ようでどうでもなる。レオナルド・ダ・ヴィンチが弟子に告げた言《ことば》に、あの鐘の音《おと》を聞け、鐘は一つだが、音はどうとも聞かれる」と書いている。高階秀爾氏は、先輩の導きや先人たちの研究に導かれ、同じ絵を見てもそれまで見えなかったものが忽然と見えて来るようになり、眼が洗われる思いを何度もしたと告白している（『名画を見る眼』あとがき）。あくまで美術の専門家としての体験を述べておられるのだが、「見る眼が変われば、見えるものがまるで違う、他人が見えないものが見える」ということは、漱石の美術を見る眼を考え合わせればより納得がいく。その眼を漱石にもたらしたのは、専門的な美術研究ではなく、広い分野への関心と知識と思索、また文学への取り組みなど、倦まず積み重ねてきた全人間的な精神活動であった。

そして大事なことは、いずれの仕事においても漱石が、

……自ら得意になる勿《なか》れ。自ら棄《す》つる勿れ。黙々として牛の如くせよ。孜々《しし》として鶏の如くせよ。内を虚にして大呼する勿れ。真面目に考へよ。誠実に語れ。摯実《しじつ》に行へ。（明治三十四年三月二十一日、日記）

という態度を貫いたことである。このあとには「汝《なんじ》の現今に播《ま》く種はやがて汝の収むべき未来となつて現はるべし」と続く。

漱石という人は、たとえ孤立することになっても決して心にもないことは言わない、人として偽りがない――ここまできて強く感じたことである（なにせ、自分を大いにほめる評論を発表した人に対しても、わざわざ「書き方の割合には中の方が薄い心持がします」「書き方に大きく見えて其《その》

実確《じつしつ》かりしてゐない所があります」と返事（大正三年一月五日、赤木桁平宛）を出した。「私は私のいふ事が今にあなたに通じる時機がくる事を希望しかつ信ずるのであります」という信念のもとに。「御礼をいふ傍ら失礼も云ひます」の態度は筋金入りであった）。それでこそ人間として信用できるのだと思った。他人の軽薄や不真面目さにふれると、歯がゆさもあってかつい癇癪が起こるが、「冷淡な人間なら、あゝ肝癪は起しません」と自ら述べている（大正二年十月五日、和辻哲郎宛書簡）。内に熱い血潮がたぎり、世の中と、自分と格闘しつづけた、その真面目さは、しかし堅苦しく辛気臭いものではない。情に厚く、無類のユーモアをもちあわせた真面目さである。そういうところが日本人の気質にはたらきかけ、重石ともなってきたのではないか。だから彼が自己を最大限に表現した小説は、時空をこえてよるべとなりえたのだ。漱石が五十年に満たない生涯で播いた種は、未来の少なからぬ日本人をも励まさずにはおかないだろう。

あとがき

小川町、駿河台、真砂町、千駄木、小石川……。

東京で暮らしはじめた二十代のころ、たまたま漱石の小説で目にした地名に出くわしたり、歩いていてほんとうにその場所が存在する（あたりまえなのだが）のだと知ったとき、新鮮な喜びが体を吹き抜けた。あれは、ささやかな異文化体験だったかもしれない。

一人の作家と出会うこと、について考える。

全集の別巻「漱石言行録」を驚きをもって読んだ記憶がある。生前に親交のあった七十人ほどが、漱石の人となりや思い出を語り記した文章が集められている。友人には親切な知己であり、意地っ張りの変人でもあり、教え子には厳格な先生、門弟にはよき師であるが、家人や下女には暴君の顔もみせる。温和な組織人かと思うと癇癪もちの芸術家、また「私」を去ろうとする求道者でもある――と、語り手や書き手によって、まるで異なる漱石が万華鏡をのぞいたようにくるくる繰り広げられたのだ。いずれも証言者にとっては真実なのだろう。それでも、いや、だからこそ、漱石とは百面相をもつ謎の人物か、実体のない、もしくは摑みどころのない雲のような存在なのかとしばし呆然とした。

しかし思えば、人間というのは誰しもそうかもしれない。相手によって変化する。自分でもわからない自分がいる。見様によっては矛盾も少なくない。それぞれの人にそれぞれの漱石がいて自然なのだろう。

本書では美術という窓から漱石をのぞいてみた。好きな漢詩文を漱石が研究対象にしなかったのは、純粋な楽しみにとっておきたい気持ちもはたらいたのでは、と想像したことがある。我が身に引き寄せてはおこがましいが、こんなにも漱石と真剣かつ密に向き合ったことは今までなかった。調べるごとに新たな顔に出くわし、一筋縄ではいかない、心がよめない。そんな四苦八苦のあいだじゅう、深層気分としては活潑潑地に躍動していた。そうするうちに、「私の漱石像」が立体味をおびていった。反骨精神にみち、聖人君子でもなく悟りきらないところをひっくるめて、近寄り難かった人間漱石が、いつの間にか、ちょっとない慕わしい存在となっていた。

これまで多くの方がさまざまな切り口から各々の漱石像を描いてきた。人をそんなふうに駆り立ててしまうほど、漱石には奥行があるのだ。間口だけではあきたらず、奥や裏までのぞいてみたくなるような。私にとってその根っこは、小説の力にほかならない。中学時代に漱石によってその面白さを知り、文学がなくては困るものになった。それが自分史上ゆるがない真実だからである。

鎌倉漱石の會の菅佐原智治さんから講演の機会を頂かなければ、この本は生まれなかった。会場の円覚寺・帰源院では、多くの方が熱心に耳を傾けてくださった。当日、午後の講師として早めに来場して聴かれたあと、本にまとめるようけしかけられた小森陽一先生、ご助言を拡大解釈して奮起することができました。また話を面白がって書籍化に尽力してくれたのは、前著でもお世話になった平凡社編集部の野﨑真鳥さんである。彼女には苦労をかけ通しなのだが、美術への豊富な知識とともに、今回も的確で丁寧な作業で終始助けて頂いた。ほんとうにありがとうございました。

「漱石はその遺した全著作よりも大きい人物であった」(「漱石の人物」)と和辻哲郎はいう。異文化体験を喜んでいたころ、このような本をかく日がくるとは予想もしなかった。私は漱石研究者でも美術研究者でもない。専門家の方が読めば、首を傾げ、反論したくなる点が少なくないかもしれない。泉下の漱石先生はどうだろう。日記や私信までほじくり返されたうえに勝手な推測を並べたてられ、不愉快な顔をしているだろうか。ただ、門外漢の挑戦という点にかぎっては、「おまえもか」と苦笑いして大目にみてくれるのではないか。先生はそんな大きさも持ち合わせていると、手前みそながら今は思える。そしてこのつたない自己の表現が、いつか少しでもどなたかの力になるならば、それは望外の幸せである。

二〇二四年冬

ホンダ・アキノ

関連年表

年号	西暦	年齢	漱石関連事項	漱石の作品など	美術界の出来事	国内外の出来事
慶応三	一八六七	0	一月五日（新暦二月九日）、東京で生まれる。本名金之助。			十月、大政奉還。十二月、王政復古の大号令。
慶応四・明治元	一八六八	1	十一月ごろ、塩原家の養子となる。			一月、戊辰戦争はじまる。四月、江戸城開城。九月、明治改元。
明治四	一八七一	4				七月、廃藩置県。
明治六	一八七三	6				一月、徴兵令公布。七月、地租改正。征韓論が起こる。
明治八	一八七五	8				六月、讒謗律・新聞紙条例発布。
明治九	一八七六	9	塩原家に在籍のまま生家に戻る。			三月、廃刀令。
明治十一	一八七八	11	十月、錦華学校卒業。	二月、友人との回覧雑誌に「正成論」発表。	フェノロサ来日。東大で哲学などを講じる傍ら日本画復興を提唱。	
明治十二	一八七九	12	三月、東京府第一中学校入学。			

明治十四	一八八一	14	一月、実母千枝死去。春ごろ、東京府第一中学校中退、二松学舎に転校。			
明治十五	一八八二	15	二松学舎を中退。		東京上野帝室博物館開館。	
明治十六	一八八三	16	秋から駿河台の成立学舎で英語を学ぶ。			
明治十七	一八八四	17	九月、東京大学予備門予科入学。同級に中村是公、芳賀矢一らがいた。まもなく盲腸炎にかかる。			
明治十八	一八八五	18	猿楽町の下宿で中村是公らと同宿する。			
明治十九	一八八六	19	七月、落第。			三〜四月、学校令発布。
明治二十	一八八七	20	三月に長兄、六月に次兄が死去。九月、第一高等中学校予科に進級。		東京美術学校設立。龍池会が日本美術協会と改称。	
明治二十一	一八八八	21	一月、塩原姓から夏目姓に復籍。九月、第一高等中学校本科英文学進学。	英作文「討論——軍事教練は肉体鍛成の目的に最善か?」執筆。		
明治二十二	一八八九	22	一月ごろ、正岡子規と親交がはじまる。	九月、『木屑録』執筆。	「國華」創刊。浅井忠らが明治美術会結成。	一月、徴兵令を全面的に改定。二月、大日本帝国憲法発布。

年号	西暦	年齢	漱石関連事項	漱石の作品など	美術界の出来事	国内外の出来事
明治二十三	一八九〇	23	七月、第一高等中学校卒業。九月、帝国大学文科大学英文学科入学。	九月、英作文「16世紀における日本とイギリス」執筆。		七月、第一回総選挙。
明治二十四	一八九一	24	夏に中村是公らと富士登山。俳句を本格的にはじめる。	この頃、評論「ホイットマン論」執筆。		
明治二十五	一八九二	25	四月五日、北海道に送籍・分籍。八月、松山で高浜虚子と出会う。	十二月、論文「中学改良策」執筆。		
明治二十六	一八九三	26	七月、帝国大学卒業、大学院進学。十月、高等師範学校英語嘱託になる。			四月、出版法制定。
明治二十七	一八九四	27	年末から翌年始にかけて鎌倉円覚寺塔頭帰源院に参禅。神経衰弱に悩む。		七月、高橋由一没。	三月、朝鮮で甲午農民戦争（東学党の乱）起こる。七月、日英通商航海条約調印。八月、日清戦争はじまる。
明治二十八	一八九五	28	四月、愛媛県尋常中学校に赴任。六月、愚陀仏庵に転居。八〜十月、子規と同宿。			四月、下関条約調印、三国干渉。十月、閔妃が殺害される。
明治二十九	一八九六	29	四月、熊本の第五高等学校講師に転任、七月、教授就任。六月、鏡子と結婚。	十月、「人生」発表。	黒田清輝らが白馬会結成。東京美術学校に西洋画科設置。岡倉天心らが日本絵画協会を創立。	

明治三十	一八九七	30	六月、実父直克死去。十二月、小天村の温泉宿を訪問。一月、「ホトトギス」創刊。	三月、「トリストラム・シャンデー」発表。		
明治三十一	一八九八	31	七月、内坪井の家に転居。五高生の寺田寅彦が訪れるようになる。	漢詩を作りはじめる。	岡倉天心らが日本美術院を創設し「院展」が立ち上がる。黒田清輝が東京美術学校教授となる。	四月〜八月、米西戦争。十二月、パリ条約。
明治三十二	一八九九	32	五月、長女筆子誕生。八〜九月、山川信次郎と阿蘇旅行。	八月、「小説『エイルキン』の批評」が「ホトトギス」に掲載される。		〜一九〇一年、北清事変。〜一九〇二年、ボーア戦争。
明治三十三	一九〇〇	33	九月、文部省給費留学生としてイギリス留学のため横浜出航。十月、パリに立ち寄り一週間滞在してパリ万博を訪れ、月末にロンドン着。		四〜十一月開催のパリ万博に日本も出展、黒田清輝や久米桂一郎、浅井忠らが渡仏した。	
明治三十四	一九〇一	34	一月、次女恒子誕生。五月、ベルリンから来た池田菊苗と交流。	五〜六月、「倫敦消息」が「ホトトギス」に掲載される。「文学論」の構想を固める。		九月、北清事変に関する最終議定書調印。

年号	西暦	年齢	漱石関連事項	漱石の作品など	美術界の出来事	国内外の出来事
明治三十五	一九〇二	35	神経衰弱に悩む。六月、フランス留学から帰国する浅井忠が下宿を訪れ親交を結ぶ。九月、子規死去。十二月、帰国のためロンドン出発。	三月、「文学論」の執筆をはじめる。	太平洋画会創立。「美術新報」創刊。	一月、日英同盟調印。
明治三十六	一九〇三	36	一月、東京帰着。三月、千駄木に転居。四月、東京帝国大学講師、第一高等学校英語嘱託に。夏、神経衰弱が昂じて妻子が別居。十一月、三女栄子誕生。	六月、「自転車日記」を「ホトトギス」に発表。		
明治三十七	一九〇四	37	六、七月ごろ、初代の猫が迷い込む。	五月、新体詩「従軍行」発表。十二月ごろ、虚子のすすめで「吾輩は猫である」の執筆をはじめる。		二月、日露戦争開戦。五月、東京で提灯行列。
明治三十八	一九〇五	38	十二月、四女愛子誕生。	一月～翌年八月、「吾輩は猫である」を「ホトトギス」に連載。一月、「倫敦塔」「カーライル博物館」。四月、「幻影の盾」。五月、「琴のそら音」。九月、「一夜」。十月、『吾輩は猫である』（上編）刊。十一月、「薤露行」。	「みづゑ」「光風」「平旦」など美術雑誌の創刊ラッシュ。	一月、ペテルブルグで血の日曜日事件。五月、日本海海戦。第二回日英同盟調印。九月、ポーツマス条約調印。日比谷焼き討ち事件。十一月、第二次日韓協約。

明治三十九	一九〇六	39	十二月、本郷区駒込西片町に転居。	一月、「趣味の遺伝」。四月、「坊っちゃん」。五月、『漾虚集』刊。九月、「草枕」。十月、「二百十日」。十一月、『吾輩は猫である』（中編）刊。	浅井忠らが関西美術院設立。	
明治四十	一九〇七	40	四月、朝日新聞社入社。六月、長男純一誕生。九月、早稲田に転居。	一月、「野分」。五月、『文学論』『吾輩は猫である』（下編）刊。六～十月、「虞美人草」連載。	第一回文展開催。十二月、浅井忠没。	四月、帝国国防方針、帝国軍用兵綱領を裁可。六月、ハーグ密使事件。七月、第三次日韓協約。
明治四十一	一九〇八	41	十二月、次男伸六誕生。	一月、『虞美人草』刊。一～四月、「坑夫」連載。六月、「文鳥」連載（大阪朝日）。七～八月、「夢十夜」連載。九月、『草枕』刊。九～十二月、「三四郎」連載。		
明治四十二	一九〇九	42	九～十月、中村是公の招きで中国東北部、朝鮮半島を旅行。十一月、義父と義絶。	一～三月、「永日小品」連載。三月、『文学評論』刊。五月、『三四郎』刊。六～十月、「それから」連載。十～十二月、「満韓ところどころ」連載。十一月、「『煤煙』の序」。十二月、「日英博覧会の美術品」。		四月、日糖疑獄事件。五月、新聞紙法公布。十月、伊藤博文暗殺。

年号	西暦	年齢	漱石関連事項	漱石の作品など	美術界の出来事	国内外の出来事
明治四十三	一九一〇	43	三月、五女ひな子誕生。六～七月、胃潰瘍で入院。八月、修善寺の大患。十～翌年二月、入院。	一月、『それから』刊、「東洋美術図譜」。三月～六月、「門」連載。八月、「自然を離れんとする芸術」。十月～翌年二月、「思い出す事など」連載。		五月、大逆事件。八月、韓国併合。
明治四十四	一九一一	44	二月、文学博士号辞退。六月、東京に移転した津田青楓との親交がはじまる。八月、関西へ講演旅行の折、大阪で入院。九月、帰京。十月、朝日新聞文芸欄廃止。十一月、五女ひな子急死。秋、夏目家に電灯が引かれる。	一月、『門』刊。五月、「生きた絵と死んだ絵」「太平洋画会」「文芸委員は何をするか」。六月、「無題」「徴兵忌避問答」講演。八月、「「不折画集」と「畿内見物」」「現代日本の開化」講演。	三月、青木繁没。	一月、幸徳秋水ら処刑される。八月、特高が東京警視庁内におかれる。
明治四十五・大正元	一九一二	45	五月ごろからふたたび水彩画を描きはじめる。八月、中村是公の誘いで日光や信州を旅行。九月、痔の手術を受ける。	一～四月、「彼岸過迄」連載、九月刊。五月、「『土』に就て」。十月、「文展と芸術」連載。十二月、「行人」連載開始。	光風会、ヒュウザン会が結成されそれぞれ第一回展開催。	七月、明治天皇崩御、改元。大喪の礼の九月十三日、乃木大将殉死。
大正二	一九一三	46	一月から強度の神経衰弱、また三月には胃潰瘍が再発し「行人」連載中断。九月、再開。	十一月、「行人」完結。十二月、「模倣と独立」講演。		

大正三	一九一四	47	九月八日ごろから胃潰瘍で約ひと月病臥。十月末、飼い犬ヘクトーが死ぬ。	一月、『行人』刊、「素人と黒人」連載。四～八月、「こころ」連載、九月刊。八月、「ケーベル先生の告別」「戦争から来た行き違ひ」。十一月、「私の個人主義」講演。	二科会結成。日本美術院再興、第一回院展開催。	七月、第一次世界大戦起こる。八月、日本参戦。
大正四	一九一五	48	三～四月、京都旅行、胃痛で倒れる。十一月、芥川龍之介が久米正雄と木曜会に初参加。良寛の書に傾倒する。	一～二月、「硝子戸の中」連載。六～九月、「道草」連載、十月刊。同月、「津田青楓氏」。		一月、対華二十一箇条要求を提出。
大正五	一九一六	49	四月、糖尿病の治療をはじめる。十一月、胃潰瘍で倒れる。十二月九日死去。十二日、青山斎場で葬儀。二十八日、雑司ヶ谷墓地に埋葬。	一月、「点頭録」。五～十二月、「明暗」連載、絶筆となる。		

主な参考文献（順不同）

『定本 漱石全集』全二十八巻＋別巻、岩波書店、二〇一六〜二〇年
『漱石遺墨集』岩波書店、一九七六年
『夏目漱石遺墨集』（三）（四）求龍堂、一九七九年
磯田光一編『漱石文芸論集』岩波文庫、一九八六年
三好行雄編『漱石文明論集』岩波文庫、一九八六年

『日展史　文展編』（一）（二）社団法人日展、一九八〇年
陰里鉄郎解説『夏目漱石・美術批評』講談社文庫、一九八〇年
芳賀徹『絵画の領分――近代日本比較文化史研究』朝日選書、一九九〇年
新関公子『「漱石の美術愛」推理ノート』平凡社、一九九八年
古田亮『特講 漱石の美術世界』岩波現代全書、二〇一四年
夏目鏡子述・松岡譲筆録『漱石の思い出』文春文庫、一九九四年
吉川幸次郎『漱石詩注』岩波新書、一九六七年

坂部恵編『和辻哲郎随筆集』岩波文庫、一九九五年
十川信介編『漱石追想』岩波文庫、二〇一六年
江藤淳『漱石とその時代』第五部、新潮選書、一九九九年
半藤一利『漱石先生ぞな、もし』正続、文春文庫、一九九六年
亀井俊介『英文学者 夏目漱石』松柏社、二〇一一年
加藤周一『日本文学史序説』(下) ちくま学芸文庫、一九九九年
高階秀爾『日本近代美術史論』ちくま学芸文庫、二〇〇六年
同『名画を見る眼』岩波新書、一九六九年
辻惟雄『日本美術の歴史』補訂版、東京大学出版会、二〇二一年
今橋映子『近代日本の美術思想――美術批評家・岩村透とその時代』上下巻、白水社、二〇二一年
『高村光太郎全集』増補版・第六巻、筑摩書房、一九九五年
『吉田健一全集』第二巻、原書房、一九六八年
『別冊太陽 夏目漱石の世界』平凡社、二〇一五年
『別冊太陽 病牀六尺の人生 正岡子規――人は死とどう向き合うか』平凡社、一九九八年

❖図録

『夏目漱石の美術世界展』東京藝術大学大学美術館ほか、二〇一三年
『背く画家 津田青楓とあゆむ明治・大正・昭和』芸艸堂、二〇二〇年
『青木繁と近代日本のロマンティシズム』東京国立近代美術館ほか、二〇〇三年

＊漱石の創作については、岩波文庫、角川文庫を適宜参照しました。
＊引用にあたり、適宜ルビを追加または削除しました。

[著者] ホンダ・アキノ
大阪府生まれ。奈良女子大学卒業後、京都大学大学院で美学美術史を学ぶ。修士課程を修了し新聞社に入社。支局記者を経て出版社へ。雑誌やムック、書籍の編集に長年携わったのちフリーとなる。著書に『二人の美術記者 井上靖と司馬遼太郎』（平凡社）。

夏目漱石 美術を見る眼

発行日――――2024年12月18日　初版第1刷

著者―――――ホンダ・アキノ
発行者――――下中順平
発行所――――株式会社平凡社
〒101-0051 東京都千代田区神田神保町3-29
電話 03-3230-6573［営業］
印刷―――――株式会社東京印書館
製本―――――大口製本印刷株式会社

ISBN978-4-582-83975-3
平凡社ホームページ　https://www.heibonsha.co.jp/

落丁・乱丁本のお取り替えは小社読者サービス係まで直接お送りください（送料は小社で負担いたします）。

【お問い合わせ】
本書の内容に関するお問い合わせは
弊社お問い合わせフォームをご利用ください。
https://www.heibonsha.co.jp/contact/

好評既刊

二人の美術記者
井上靖と司馬遼太郎

ホンダ・アキノ 著

のちに国民的作家となった二人の
知られざる美術記者としての葛藤の日々、
対照的な美へのまなざしを追う

定価 二六四〇円〔一〇%税込〕